le pays où l'on n'arrive jamais

ANDRÉ DHOTEL | *ŒUVRES*

LE PAYS OU L'ON N'ARRIVE JAMAIS — *J'ai Lu* 61**
CAMPEMENTS
LE VILLAGE PATHÉTIQUE
NULLE PART
LES RUES DE L'AURORE
CE JOUR-LÀ
LES CHEMINS DU LONG VOYAGE
CE LIEU DÉSHÉRITÉ
L'HOMME DE LA SCIERIE
BERNARD LE PARESSEUX
LES PREMIERS TEMPS
RIMBAUD ET LA RÉVOLTE MODERNE (essai)
LE MAÎTRE DE PENSION
MÉMOIRES DE SÉBASTIEN
LE PLATEAU DE MAZAGRAN
DAVID
LA CHRONIQUE FABULEUSE
LE PETIT LIVRE CLAIR
L'ŒUVRE LOGIQUE DE RIMBAUD
UN SOIR...
BONNE NUIT BARBARA
LOINTAINES ARDENNES
LA ROUTE INCONNUE
DES TROTTOIRS ET DES FLEURS

ANDRE DHÔTEL

le pays où l'on n'arrive jamais

Éditions J'ai Lu

1

LA JEUNESSE DE GASPARD

Il y a dans le même pays plusieurs mondes véritablement. Si l'on explore les Ardennes, ce n'est pas une forêt que l'on découvre, mais mille forêts. Dans les contrées situées au nord, jusqu'au Rhin ou jusqu'au port d'Anvers, ce sont des centaines de collines et de plaines chargées de richesses, et l'on peut voir aussi les eaux immenses des canaux, des fleuves, des bras de mer, tandis qu'au cœur des villes, sur des places, souvent désertes, s'élèvent les beffrois qui inspirent autant de terreur que d'admiration.

Très loin de ces splendeurs, Lominval est un village qui prétend au titre de bourg. On y trouve un bureau de poste, un notaire, un médecin et un hôtel pour les touristes, l'hôtel du *Grand Cerf*, qui a finalement donné le ton à toute l'agglomération. Il n'y avait là, naguère qu'un groupe de maisons rurales, isolé dans une enclave de la forêt des Ardennes. Puis des gens de la ville y sont venus passer leurs vacances, des villas se sont construites, et ainsi a pris naissance une station provinciale qui garda toujours un caractère sérieux. Lominval est situé en bordure d'un ruisseau, la Flouve, dont les détours baignent des prairies bornées par l'enceinte des bois. Il y règne en toutes saisons un profond silence, et l'on ignore plus qu'ailleurs le monde varié qui se déploie jusqu'à la mer du Nord.

Gaspard Fontarelle naquit à l'hôtel du *Grand Cerf*. Cette vaste auberge portait une enseigne dorée et ses fenêtres s'ornaient de géraniums ou de balsamines selon la saison. Elle était tenue par la tante de Gaspard, Mlle Gabrielle Berlicaut, femme habile et intraitable.

La naissance de Gaspard Fontarelle suscita maints commentaires. Les parents de l'enfant étaient marchands forains. Ils vendaient des cravates et personne n'aurait songé à leur en faire le reproche, si Mme Fontarelle ne s'était avisée, par surcroît, de dire la bonne aventure sur les marchés. Ils avaient habité Lominval autrefois, mais depuis que Mme Fontarelle s'était découvert une vocation de voyante, ils avaient quitté avec leurs deux filles un pays devenu hostile et louèrent des mansardes à Mézières. En vérité ils résidèrent aussi rarement à Mézières que naguère à Lominval. Ils parcouraient sans cesse la région. Ils trouvaient asile dans de misérables chambres. On pouvait les considérer comme des gueux, et Mlle Berlicaut, la propre sœur de Mme Fontarelle, disait qu'il ne manquait à ces gens qu'une roulotte pour mettre un comble à leur manque de tenue. Lorsque Gabrielle Berlicaut parvint à convaincre Charles, son beau-frère, qu'il fallait à tout prix épargner à Gaspard, le dernier né des Fontarelle, la vie désordonnée à laquelle étaient déjà condamnées ses deux petites filles, tout Lominval approuva cette décision.

Gaspard naquit donc au *Grand Cerf*. Il fut entendu qu'il resterait à Lominval et que sa tante s'occuperait de son éducation. On se souvenait qu'un aïeul de Gaspard avait été le maire de Lominval et un autre, plus lointain, lieutenant de louveterie. De l'avis de tous, il était déplaisant que les Fontarelle eussent dégénéré dans le vagabondage, et l'on fut heureux de prédire que Gaspard, grâce aux conseils de Mlle

Berlicaut, réhabiliterait une des plus vieilles familles du pays.

Le jour du baptême, on voulut oublier que la mère était cartomancienne, que le père s'exprimait dans un langage douteux et que les deux filles faisaient les folles. Comme tout ce monde se disposait à quitter Lominval aussitôt après les réjouissances, la tante sut garder une ferme patience. Elle n'eut de regards que pour son neveu qui avait déjà, en ce très jeune âge, une expression de dignité.

— Pourvu que les parents soient loin, nous n'aurons rien à craindre, disait sur un ton tranchant Gabrielle Berlicaut.

Cependant, en ce jour, survint une première aventure mémorable, à laquelle on aurait eu tort de ne pas attribuer d'importance, comme le montrera la suite de cette histoire. Dans l'après-midi, alors que les invités terminaient le repas de fête, au milieu de la grande salle de l'auberge, la tante alla prendre Gaspard dans son berceau pour le faire participer au toast que l'on portait en son honneur.

— Non, ma sœur, s'écriait-elle, devançant Mme Fontarelle, la maman, non, ma sœur, ce n'est pas à vous, mais à moi de présenter ce garçon à la compagnie qui forme aujourd'hui des vœux pour son avenir. Ne suis-je pas aussi sa marraine ?

Sur ces entrefaites, Gabrielle Berlicaut remarqua qu'il manquait deux épingles dans l'ajustement du bébé. Pour éviter de laisser l'enfant à la mère, tandis qu'elle se mettait en quête d'épingles au fond d'un tiroir, elle posa Gaspard sur la plateau d'une vaste balance qui ornait le buffet. Sur l'autre plateau il y avait un chat.

Gaspard était d'un poids raisonnable. La balance pencha en sa faveur avec brusquerie, de telle façon que le chat surpris sembla projeté hors du plateau qu'il occupait et s'élança vers le haut du vaisselier. L'animal causa d'abord un grand dégât parmi les assiettes alignées, puis, de nouveau saisi par la terreur, il ne fit qu'un bond jusqu'au milieu de la table autour de laquelle étaient assemblés les convives. Il semblait que la panique du chat se communiquait à tous, et personne n'osa se saisir de l'animal qui, toutes griffes dehors, sautait à travers la table, renversant l'huilier et les bouteilles de vin. Enfin il s'agrippa au corsage de la femme du notaire et lui laboura le visage. Le notaire et son voisin, le conseiller Perrin, qui s'efforcèrent de la délivrer, eurent eux-mêmes les mains cruellement déchirées. La bête se sauva par la fenêtre, tandis que Gabrielle Berlicaut apportait des linges pour panser les convives.

Le désarroi passé, la compagnie se tourna vers Gaspard, qui demeurait paisiblement couché en travers du plateau de la balance. Gaspard n'était nullement responsable. Toutefois, comme on devait le répéter souvent, s'il n'avait pas été là, rien ne serait arrivé. On ne pouvait considérer le visage déchiré de la notairesse sans y voir la marque d'une fatalité dont Gaspard semblait s'être fait complice. Au moment où, dans le silence général, Mme Fontarelle allait reprendre son enfant, on entendit un coup de tonnerre lointain et, presque aussitôt, il y eut dans le ciel de longs cris qui étaient ceux d'une troupe de grues, remontant vers le nord. On était en mars, et les orages sont rares à cette époque. Quant aux grues, leur passage n'avait rien d'étonnant, mais on suivit longtemps des yeux, dans le haut de la grande fenêtre, leur vol en forme d'un V dont une branche était d'une longueur démesurée.

Gabrielle Berlicaut arracha Gaspard aux bras de sa mère et, le montrant à tous, déclara que malgré les circonstances on boirait en son honneur, car elle voulait (expliqua-t-elle) porter un défi aux mauvaises influences qui rôdaient autour de cet enfant innocent. La notairesse leva aussitôt son verre, et elle fut la première à souhaiter au jeune Gaspard de porter haut le nom des Fontarelle, en dépit des difficultés, et à la faveur des heureuses dispositions que saurait prendre Gabrielle Berlicaut. Un autre roulement de tonnerre ponctua ce discours, et l'on ne sut s'il fallait l'interpréter comme un bon ou un mauvais présage. On se sépara assez rapidement.

La suite des jours et même celle des années n'effaça pas le souvenir de ce baptême. Cependant, jusqu'à ce que Gaspard fût en âge d'aller à l'école, on ne remarqua rien d'étrange ni à l'hôtel du *Grand Cerf* ni à Lominval. Les parents de Gaspard venaient de temps à autre voir leur fils et ils repartaient, apparemment joyeux de poursuivre une vie difficile pourvu qu'elle fût épargnée à Gaspard. Les deux sœurs de Gaspard menaient grand bruit pendant un jour dans l'auberge Berlicaut. Puis, dès qu'elles s'étaient éloignées avec leurs parents, tout rentrait dans le grand silence de Lominval. De nouveau le calme des prairies pénétrait jusqu'au fond de la cuisine et l'on entendait bruire la forêt sous les profondeurs du ciel. Les murs répercutaient longuement les pas des habitants qui vaquaient à leurs occupations éternelles.

Lorsque Gaspard suivit l'école, et mena donc une vie publique, de nouveaux incidents se produisirent. Gaspard avait sept ans lorsqu'il entra à l'école. Il eût mieux valu qu'il apprît à lire un peu plus tôt, mais la tante hésitait, non sans raisons, à le lancer dans le monde. Il n'y avait pas deux semaines qu'il recevait l'enseignement de M. Dumeron, qu'un soir, en revenant de l'école, il s'avisa de monter dans la camionnette de l'hôtel qui stationnait devant la porte. Le commis devait aller faire une course à la ville et il avait laissé la voiture sur le terre-plein. Dès que Gaspard y fut monté par-derrière, la camionnette démarra. Il y a une pente très légère devant l'hôtel du *Grand Cerf*, on s'en aperçut bien en cette occasion. Le commis avait négligé de serrer le frein, et insensiblement le véhicule s'était mis en mouvement pour gagner la rue où une brusque déclivité dévale sur la place de l'église. On vit donc bientôt la camionnette traverser la place, tandis que Gaspard, tout étonné, demeurait assis, les jambes pendantes, à l'arrière. La voiture prit une vitesse notable, en descendant le village, après quoi elle quitta la route, entra dans un pré et finalement retrouva une allée qui plongeait sur la forêt. Les gens alertés se précipitèrent. Gabrielle Berlicaut s'était mise à crier à tous les échos qu'il ne fallait pas s'affoler.

En vérité, personne ne s'inquiéta pour Gaspard, on se l'avoua après l'aventure. La camionnette avait gagné le chantier de la scierie, où elle avait pénétré comme une flèche. Le gardien et sa femme, qui prenaient le café dans leur baraquement, la virent arriver. Ils eurent tout juste le temps de se lever et de s'écarter : en un instant la voiture enfonçait les panneaux de la baraque, comme si ç'avait été du papier, emportait la table avec la cafetière et les tasses, ainsi qu'un vase garni de fleurs qui y était posé. Après avoir défoncé les panneaux du fond, elle allait enfin piquer du nez contre un tas de planches où le capot fut fracassé. Le gardien et sa femme, saisis d'horreur, se précipitèrent et ils furent encore plus bouleversés quand ils constatèrent deux faits remarquables. D'abord ce fut Gaspard qui descendit de la camionnette en leur souhaitant poliment le bonsoir. Puis la femme du gardien, comme éblouie par une vision, indiquait à son mari le haut du tas de planches. Le vase était juché sur les planches, avec ses roses parfaitement disposées, alors que la cafetière, les tasses et la table, réduites en miettes pour leur part, avaient sauté par-dessus le tas. La première démarche du gardien fut d'aller chercher le vase de fleurs et de vérifier qu'il n'avait pas rêvé. Ce fut après seulement qu'il se tourna vers Gaspard et qu'il lui demanda s'il éprouvait quelque mal et comment la chose avait pu arriver. Déjà les gens du village accouraient au fond de l'allée. Ils n'eurent rien d'autre à faire que de contempler le désastre et de s'étonner de voir le gardien qui tenait des roses à la main et qui bavardait familièrement avec Gaspard.

Certes, si le commis avait serré son frein, rien ne serait arrivé, mais pourquoi Gaspard avait-il choisi ce moment pour monter dans la camionnette ? Seule Gabrielle Berlicaut pouvait savoir de combien de secrets mécomptes son neveu avait été la cause première, vaisselle cassée, viandes brûlées, soupières renversées, portes claquées dont le choc détraquait les pendules, fuite des lapins entre les jambes de Gaspard lorsqu'il leur portait de l'herbe, tonneaux dont la cannelle restait ouverte par sa faute et qui répandaient le trésor de leur vin. Il fallait toujours que Gaspard se trouvât là dans l'instant même où tout allait de travers. Gabrielle Berlicaut, après l'aventure de la camionnette, laissa déborder son cœur et confia à tout venant ses craintes et ses soucis.

Lorsque Gaspard eut dix ans, il fut le héros d'un nouveau drame manqué. C'était un jeudi d'automne, et il s'était sauvé pour aller cueillir des champignons dans le bois voisin. Il avait jeté sur son épaule un sac en poil de chevreuil. La feuille n'était pas tombée et il arriva qu'un chasseur le prît véritablement pour un chevreuil dans la confusion du taillis. Le chasseur était M. Steille, un avocat, hôte du notaire. Il chassait en compagnie du notaire et de deux amis autour d'une vaste enceinte. On avait lancé les chiens, sans savoir que Gaspard avait pénétré dans l'enceinte, et, lorsque l'avocat aperçut soudain le sac de Gaspard, il épaula et tira.

Par bonheur, au même instant, le chasseur, saisi d'un doute, avait relevé son arme. Comme il pressait sur la détente, il eut l'idée qu'il était impossible qu'un chevreuil se tînt immobile, alors que les chiens jetaient déjà leurs abois, et ce pressentiment le fit trembler juste assez pour dévier le coup. La balle effleura la tête de Gaspard, où elle traça un léger sillon sanglant. Après quoi, elle fila droit sur le village et pénétra par une fenêtre ouverte de la petite mairie pour aller fracasser le buste en plâtre de la République, posé sur une console. On retrouva la balle dans le mur, et le charron qui passait vers le bas du village prétendit dans la suite avoir entendu siffler cette balle à ses oreilles.

Il arrive qu'un chasseur tire au jugé sur un soupçon de poil, lorsque les bois ne sont pas encore éclaircis. L'avocat n'aurait pas dû être posté à cet endroit, dans un bois si proche de l'agglomération et avec une arme qui avait une trop longue portée. On discuta l'affaire, mais, comme pour l'aventure de la camionnette, on fut horrifié par le danger qu'avait couru Gaspard, autant que par le résultat dérisoire de l'accident. Un buste en plâtre fracassé, c'était une belle pièce à inscrire au tableau d'un chasseur ! Il fallait bien finalement redire encore que Gaspard n'aurait pas dû se trouver là et que c'était inconcevable qu'il traversât les pires dangers avec cet air d'ignorance qui semblait moquerie.

Dans les deux années qui suivirent, il se produisit d'autres événements, que je ne rapporte pas, car ils sont moins significatifs. La dernière aventure dont il fut beaucoup parlé se passa lorsque Gaspard eut ses douze ans. Cette dernière aventure frappa les esprits de façon singulière.

Gaspard, qui se promenait seul autour du village, un soir après l'école, fut surpris par un orage que personne n'avait vu venir, comme il arrive souvent. Il se réfugia sous un gros poirier dont deux maîtresses branches étaient mortes. La foudre tomba sur le poirier, et l'une de ces branches, qui à elle seule avait l'importance d'un arbre de taille moyenne, prit feu, et une rafale énorme l'emporta à cinquante pas de là, juste sur le hangar qui abritait la pompe à incendie.

On retrouva Gaspard inanimé au pied de l'arbre. Ses cheveux blonds avaient roussi. Ce fut la seule trace qu'il garda. Il ne tarda pas à revenir à lui, et se montra tout à fait dispos une heure plus tard. De nouveau la crainte qu'on avait pu ressentir fut mêlée d'exaspération. Il était impossible en effet de maîtriser le feu qui avait pris dans le hangar de la pompe, et il fallut se résigner à voir cette pompe transformée en tas de ferraille.

Comment incriminer Gaspard ? On n'y songea pas. Dès le lendemain, on s'occupait de faire venir une nouvelle pompe à incendie, et l'on mit une sorte de rage à proclamer que Gaspard manquait de grâce et que son air aimable n'était que faux-semblant. Il y a des enfants qui portent partout avec eux une vertu efficace. Les difficultés fondent en leur présence, tandis que d'autres amènent toutes sortes de complications, sans même qu'ils aient à bouger un doigt.

Un maladroit, un importun que ce Gaspard ? Bien autre chose encore, prétendit-on bientôt, quoiqu'on ne sût rien préciser. On murmurait qu'il y avait dans de tels incidents, une sorte de malice cachée qui échappait à Gaspard lui-même, mais qu'il avait en lui.

Gaspard était un beau gamin blond. Il mettait du soin à son travail et ne demandait qu'à rendre service à ses camarades, comme à sa tante. Mais personne ne voulait de ses services. On savait avec quelle facilité il vous faisait renverser un encrier, démolir une pile de livres et casser vos plumes. Jamais lui-même n'était directement responsable, mais il valait mieux se tenir à distance.

Gaspard fut entouré d'une méfiance toujours plus grande. Sans cesse on l'avait à l'œil, et il ne connut guère en somme ce qu'il y a de meilleur dans la vie de l'enfance et dans toute vie, le plaisir de parler à cœur ouvert et d'entendre parler à cœur ouvert. Ses parents le jugeaient parfaitement comblé et ne se souciaient pas, dans leurs courts séjours, des erreurs qu'on lui reprochait. C'était comme si le monde se cachait à ses yeux. En classe, Gaspard était rarement interrogé. Il eut de plus en plus l'assurance que rien ne le concernait et que toutes ses démarches seraient à jamais déplacées.

Je vous ai dit que Lominval était un village fermé, assez austère, et que la vie s'y poursuivait dans la plus grande routine. On se souciait peu des choses du dehors et des pays situés plus loin que la forêt et qui ont tant de variété et de beauté. Cependant, parmi les habitants de Lominval, Gaspard devint encore le plus ignorant des choses du monde. Lorsqu'il quitta l'école à quatorze ans, Gabrielle Berlicaut l'occupa à cirer les parquets et à balayer la cour. Bien qu'il eût montré une intelligence assez vive, la tante se désintéressa de l'avenir de Gaspard. Si elle le gardait chez elle, pour faire son devoir, comme elle le proclamait, elle avait toutefois renoncé à ses rêves. Gaspard, de son côté, ignorait même qu'il eût été possible de concevoir pour lui quelque ambition. Son seul désir était de passer inaperçu. Il s'était d'ailleurs attaché à la maison, et les plus modestes choses du village faisaient partie de lui comme ses mains ou ses yeux. Ses parents vinrent de plus en plus rarement. Ses sœurs avaient une vingtaine d'années. Elles s'étaient mariées avec des forains, et elles se souciaient peu de leur frère qui menait une vie trop différente de la leur.

Beaucoup d'enfants se vantent lorsqu'il leur survient quelque semblant d'aventure. Gaspard avait eu sa bonne part d'incidents dont il aurait pu se dire le héros. Mais, comme on l'avait éminemment dédaigné en ces occasions, il avait finalement acquis une timidité douce et farouche.

Il travaillait du matin au soir et, quelquefois, tard

dans la nuit. Il y a bien des occupations dans un hôtel. Toutefois, pendant la bonne saison, Gaspard se réservait toujours une heure vers la fin de la journée, ou après les repas du soir, pour faire une promenade. Sa tante lui laissait cette liberté, car elle devait reconnaître qu'il abattait une besogne qu'un homme n'aurait peut-être pas accomplie. Il choisissait pour sortir les moments où il risquait peu de rencontrer les voisins et, la plupart du temps, il suivait le sentier qui longe les jardins en dehors du village.

Il descendait d'abord sur la place de l'église, qu'il contournait, puis il prenait une ruelle entre les murs des vieilles maisons, où personne ne passait plus parce qu'elle était encombrée de bardanes et d'orties. A l'issue de la ruelle il y avait un sentier entre les grillages des jardins et la clôture des parcs. Ce sentier lui-même était à peine frayé. Il y poussait des ronces qui barraient le passage. Gaspard traversait les ronces et se trouvait ainsi à l'abri des regards.

Dans les premiers temps qu'il prit l'habitude de faire cette promenade, il s'asseyait en quelque coin pour regarder les champs. Il découvrait les prairies vallonnées et, dans la perspective de ces vallons, il apercevait les cimes de la forêt. En été, il voyait s'envoler selon le vent les graines de chardon qui montaient au ciel ou fuyaient à travers les herbes. Des oiseaux venaient se percher sur les fils des parcs. Il ne connaissait pas leurs noms.

Dans la suite, Gaspard s'avisa d'examiner les jardins. A l'abri des grillages où s'entrelaçaient les liserons, il put considérer les femmes venues pour récolter leurs légumes, ou bien il écoutait les conversations qui se tenaient dans les maisons dont les fenêtres étaient ouvertes.

Ce n'était pas curiosité. Si par hasard des gens parlaient de leurs affaires, il s'éloignait aussitôt, parce que l'indiscrétion le gênait. Ce qui l'enchantait, c'était le timbre des voix qui sonnait doucement dans la soirée. Il y avait la voix de basse du bedeau, la voix comme une chanson de la jeune boulangère, et bien d'autres encore, tantôt mélancoliques, tantôt joyeuses.

Cependant cette contemplation paisible et enfantine prenait peu à peu en lui la forme d'une prière, et de temps à autre il arrivait à Gaspard de prier dans sa solitude. Alors il sentait autour de lui une sorte de vigueur sauvage. Le silence de Lominval était si profond qu'une simple parole par exemple pouvait prendre une valeur inattendue et avoir d'exceptionnelles conséquences.

Une parole, ou plutôt des mots, certains mots que l'on n'avait pas coutume d'entendre ici et qui, pourtant, étaient prononcés de temps à autre, il faut bien le croire. Le mot *canal,* le mot *beffroi,* et le mot *mer,* par exemple. La boulangère avait un cousin en Belgique. Le frère du bedeau était douanier dans un port. Gaspard s'intéressait aux mots pour eux-mêmes. Il s'imaginait les canaux qu'il n'avait jamais vus, des villes avec leurs tours, et la mer immense. Il ne formait nullement le désir de quitter Lominval pour aller visiter des lieux que hantaient familièrement le cousin de la boulangère et le frère du bedeau. Mais comme il était sans expérience, il se figurait que des événements pouvaient venir de je ne sais quelles régions extraordinaires qu'on gardait secrètes et dont personne n'aurait vraiment pu rien dire. Il avait dans l'idée qu'il existait des gens et même des peuples qui n'avaient rien de commun avec l'humanité telle qu'il la connaissait d'après les habitants de Lominval.

Gaspard était trop occupé par les nécessités de son travail pour attacher importance à des rêveries qui ne faisaient que traverser son esprit. Cependant il se persuadait peu à peu qu'un beau jour, au cours de quelque promenade, il surprendrait cette parole qui lui ferait découvrir tout ce qu'il ignorait, et même des choses dont personne n'avait jamais eu l'idée. Or, il arriva qu'un soir il entendit quelques mots qui devaient changer sa vie.

C'était un soir de mai. Les marronniers venaient de fleurir devant la mairie. On guettait les asperges dans les jardins. Le grand nettoyage de printemps était terminé à l'hôtel du *Grand Cerf*, et Gaspard faisait une de ses premières promenades de l'année. Il était venu dans le sentier le long des jardins et s'était assis derrière un rideau d'herbes naissantes non loin de la maison du maire. Il lui arrivait rarement de rester dans ce voisinage distingué. A peine venait-il de s'arrêter pour une brève méditation, qu'il entendit la musique d'un poste de radio. Presque aussitôt la musique cessa, le programme étant terminé, puis une voix dit : « Veuillez écouter maintenant un communiqué. »

Le communiqué s'interrompit brusquement. On venait de tourner le bouton du poste. Il y eut une brève discussion dans la maison, probablement entre le maire et sa femme, et de nouveau la voix se fit entendre :

« ... *une quinzaine d'années, qui d'Anvers a traversé à pied toute la Belgique, réussissant à échapper à la police. L'enfant portait un pantalon de velours gris, une chemisette de laine bleue. Cheveux blonds abondants descendant sur la nuque. Il y a lieu de supposer que cet enfant s'est perdu dans la forêt entre Revin et Laifour où on l'a aperçu pour la dernière fois.* »

La radio se tut.

— Ils cherchent toujours, dit le maire.

— Laifour, ce n'est pas à vingt kilomètres d'ici, dit sa femme.

Gaspard ne fut nullement frappé du fait que cette affaire d'enfant fuyard se poursuivait dans la région de Lominval. Il ne connaissait pas mieux Laifour qu'Anvers ou Revin. Un beau visage soudain lui apparaissait. Des yeux bleus, une chevelure étincelante, des vêtements pleins de grâce. Cela ne l'étonnait guère, mais il devinait dans ces yeux inconnus d'enfant je ne sais quelle flamme aiguë. Un enfant qui réussit à traverser toute la Belgique pour venir dans la grande forêt doit être animé d'une résolution étrange. Les raisons qui le poussaient, Gaspard ne s'en faisait aucune idée. Il s'imaginait simplement ces yeux bleus où il y avait comme une fissure éblouissante.

Gaspard haussa les épaules. Il se leva et se disposa à rentrer à l'hôtel pour le repas du soir. Il n'avait jamais la charge d'aider aux préparatifs du repas. On ne mettait pas assez de confiance en ses talents pour lui donner le soin de tourner une sauce ou de mettre le couvert. Il se faisait cette réflexion tout en longeant les murs de l'église, pour revenir à la maison comme d'habitude, lorsque de l'abri d'un contrefort s'élança soudain vers lui un enfant d'une quinzaine d'années qui ressemblait en tous points au portrait du communiqué. Pantalon gris, chemisette de laine. Dans le visage de l'enfant, amaigri et déchiré par les ronces, et qu'encadraient des cheveux en désordre, poussiéreux et d'un éclat magnifique, brillaient des yeux où filtrait une lumière d'une dureté angélique. Gaspard demeura stupéfait. L'enfant l'examinait avec attention et sembla même, en ces brefs instants, s'intéresser à Gaspard. Il allait parler lorsqu'une autre voix se fit entendre à dix pas de là. C'était la voix du garde champêtre :

— Voilà bien un quart d'heure que je te vois tourner autour de l'église. Tu n'échapperas pas, cette fois.

Les gardes champêtres et maints agents de la fonction publique éprouvent la nécessité de faire un discours pour expliquer ce qu'ils vont faire, et ainsi il n'est pas impossible de leur échapper. Dès les premiers mots, l'enfant blond s'était élancé, bousculant Gaspard, mais aussitôt il fut arrêté par le charron qui avait contourné l'église et qui venait en aide au garde champêtre. Le charron saisit l'enfant par le bras. L'enfant se débattit d'abord avec fureur, mais il se résigna à son sort lorsque le garde fut arrivé pour prêter main-forte au charron.

Gaspard assista à la scène sans faire un geste ni dire un mot. Il n'était pas question d'entamer une lutte ou une discussion avec le garde et le charron. Déjà l'enfant s'éloignait vers l'extrémité de la place entre les deux hommes. Sans doute ils allaient chez le maire qui déciderait du sort de ce jeune vagabond. Des femmes sortaient des maisons et il se formait une foule alentour. Gaspard vit l'enfant qui tournait la tête vers lui et le regardait. Jamais Gaspard Fontarelle ne devait oublier ce regard. Quand tout le monde eut disparu à l'angle de la rue et que la place fut de nouveau déserte, il revint à l'hôtel du *Grand Cerf*. La servante s'occupait à mettre le couvert dans la salle du restaurant pour les rares voyageurs. Il gagna la petite pièce située entre la cuisine et la salle et où Gabrielle Berlicaut servait déjà la soupe pour les gens de la maison. Personne ne savait encore qu'un enfant étranger avait été arrêté auprès de l'église tout à l'heure. Pendant le repas, Gabrielle Berlicaut, assise sur une fesse selon son habitude, donnait les ordres de la cuisine. Elle se levait de temps à autre comme poussée par un ressort. On n'avait pas achevé l'omelette que M. Berrèque, le maire, entrait dans la salle du restaurant et hélait Gabrielle Berlicaut qui s'élança de façon instantanée.

2

L'ENFANT PERDU

Gabrielle Berlicaut avait refermé derrière elle la porte vitrée qui sépare la salle à manger particulière de celle du restaurant. Ni la servante, ni le commis, ni Gaspard n'entendirent un mot de l'entretien. Dans le verre dépoli, ils voyaient à contre-jour les silhouettes du maire et de la tante. Gabrielle Berlicaut faisait de grands gestes, étendait les bras, les levait au ciel et finalement s'appliquait les poings sur les hanches, ce qui était le signe d'une décision irrévocable. Deux minutes plus tard, tandis que le maire s'éloignait, la tante rouvrait la porte et avant même de s'asseoir elle disait :

— Fernande, allez préparer le numéro 25.

— Le numéro 25 ? Mademoiselle n'y songe pas, répondit Fernande. Voici deux ans que personne n'y a mis les pieds.

— Je vous apprendrai à discuter mes ordres, dit Gabrielle Berlicaut. Laissez votre omelette et faites ce qu'on vous demande.

— Mais qui servira dans la salle ? reprit Fernande.

— Gaspard servira, trancha Gabrielle Berlicaut.

Cette dernière parole eut un effet prodigieux. La servante se leva avec une hâte soudaine. Elle disparut dans l'escalier en s'essuyant la bouche du revers de sa manche. Le commis s'étrangla comme il voulait dire son mot. Quand Gabrielle Berlicaut se rassit, elle ne jeta qu'un regard vers le cuisinier qui était venu au seuil de sa cuisine, et le cuisinier regagna aussitôt son repaire. Gaspard plongea le nez dans son assiette.

— Le numéro 25, ne put s'empêcher de dire le commis.

— Tu as entendu, Gaspard, reprit Gabrielle. Dans cinq minutes il faut que tu sois à ton poste. Tu prendras la veste blanche qui est dans la penderie du couloir.

Jamais Gaspard n'avait servi dans la salle. Pourtant il aurait été inexact de supposer que Gabrielle Berlicaut avait reçu comme un coup sur la tête.

Le numéro 25 désignait une mansarde qui ne possédait qu'une ouverture en tabatière et qui était située dans le grenier au-dessus de l'appartement de Gabrielle Berlicaut. Gaspard habitait à l'autre extrémité du grenier une mansarde un peu plus spacieuse. Le numéro 25 ne servait qu'en certaines veilles de chasse au bois, où les invités trop nombreux ne pouvaient être tous accueillis au village. Même en été, Gabrielle Berlicaut refusait le 25 s'il se présentait un touriste inattendu. Elle préférait proposer la salle de bains.

Gaspard devinait que ce serait là le logement, tout au moins provisoire, de l'enfant perdu. La démarche du maire et la mise en état de la mansarde ne pouvaient qu'annoncer la venue d'un hôte exceptionnel. Enfermé là-haut, tandis que Gabrielle Berlicaut monterait la garde à l'étage inférieur, l'enfant n'aurait aucune chance de s'enfuir. Gaspard avala son omelette, alla enfiler la veste blanche et se disposa à servir dans la salle dès que le premier client paraîtrait. Il espérait guetter le jeune coupable par les fenêtres qui donnaient sur le terre-plein. Entre les fusains plantés dans les baquets, il apercevait la rue descendant vers l'église. Un peu plus tard, il vit approcher deux voyageurs de commerce qui entrèrent et s'attablèrent. Gaspard se précipita vers la cuisine, pour enlever le potage.

Certainement, la tante l'avait préposé à cette fonction afin d'éviter qu'il n'aperçut l'enfant. Elle restait fidèle à la règle qui voulait que Gaspard fût écarté lorsqu'une affaire de quelque importance se présentait, et c'était un pis-aller que de le cantonner au restaurant. Une fois de plus il serait éloigné de tout événement, et il ne saurait jamais d'où cet enfant venait, ni qui il était. Pendant le repas qu'il dut servir à une demi-douzaine de personnes il put constater que la rue demeurait déserte. Gabrielle Berlicaut apparut au moment de la salade. Elle avait un air satisfait, comme si elle venait d'aplanir d'insurmontables difficultés. Sans aucun doute, on avait suivi les ruelles pour conduire l'enfant au *Grand Cerf* afin d'éviter toute curiosité et l'on était entré par la cour. Au moment du dessert, Gaspard prêta l'oreille à la conversation des deux premiers hommes qui étaient entrés pour dîner. L'un représentait une maison de machines agricoles, l'autre proposait des engrais nouveaux.

— Cela arrive tous les jours, disait l'un.

— Il paraît que le père possède une grande fortune, répondit le second.

— Les enfants gâtés sont pires que les autres.

— Le maire m'a dit qu'il avait eu beaucoup de mal à le faire parler et que c'était un sauvage.

— Habitué à faire tous ses caprices, certainement.

— Il prétend qu'il cherche sa famille et son pays.

— Quel pays ?

— C'est la question.

Gaspard écoutait comme s'il s'était agi de sa propre vie. Les hommes se turent. Gaspard se tenait immobile à côté du palmier qui s'élève du grand cachepot de cuivre. Il répétait à part lui : « Quel pays ? »

Les paroles qu'il avait entendues étaient tout à fait contradictoires. Certainement, elles ne pouvaient concerner que cet enfant qu'il avait vu, hagard et magnifique. Comment expliquer qu'il avait quitté son père pour rejoindre sa famille ? Peut-être que sa mère, pour quelque raison, avait dû s'éloigner de la maison ? Mais qu'il prétende en outre chercher *son* pays, cela n'avait pas de sens. Sur le signe du premier homme, Gaspard alla quérir le café. L'autre demanda un tilleul.

— C'est bien ce que je ne m'explique pas, disait justement le marchand d'engrais, buveur de tilleul. Comment peut-il chercher un pays ?

— Des idées d'enfant, dit l'autre.

— On croit toujours que les enfants n'ont pas d'idées, concluait le premier.

Gaspard n'apprit rien d'autre. Il tenta vainement d'entrer en conversation avec Fernande et avec le commis. Ils avaient le mot, et lui répondirent à peine. D'ailleurs Gaspard ne savait pas poser des questions. Quand il monta l'escalier pour gagner sa chambre, Gabrielle se dressa devant lui sur le palier du deuxième étage :

— Ce soir, tu couches dans la salle de bains. Fernande t'a dressé un lit.

— Pourquoi ?

Jamais sans doute il n'avait encore prononcé ce mot.

— J'ai dit, trancha la tante.

Gaspard gagna la salle de bains, se déshabilla, et se glissa entre les draps après avoir éteint l'électricité. Mais il ne put s'endormir. Après s'être retourné vingt fois sur le lit de camp, il se leva, enfila son pantalon et rouvrit doucement la porte.

Gaspard n'avait d'autre raison de vivre, comme nous le savons, que d'écouter de loin ce qui se passait alentour dans le monde. L'hôtel était plongé dans l'obscurité. D'abord, Gaspard n'entendit que le vent léger qui soufflait dans les arbres et faisait grincer la girouette du pigeonnier. Puis un murmure de voix lui parvint. Il s'avança vers l'escalier et il reconnut que les voix venaient du rez-de-chaussée. Il descendit les marches une à une. Quand il fut arrivé à la pomme de la rampe, il aperçut une lumière filtrant par la porte entrouverte de la cuisine. C'était Fernande qui bavardait avec le cuisinier.

— Moi je les ai vu arriver, disait le cuisinier. Ils menaient cet enfant comme si ç'avait été un malfaiteur.

— Mais alors, répondit la servante, vous avez pu constater qu'il portait de beaux habits et qu'il appartient à une bonne famille. Je vous le répète pour la dixième fois, le père a exigé qu'on l'enferme à double tour et qu'on monte la garde pour qu'il ne s'échappe pas. M. Berrèque a téléphoné, vous pensez bien, et le père lui a répondu cela. Ce serait un beau résultat s'il ne trouvait pas son enfant demain matin quand il viendra entre six heures et sept heures comme il l'a dit. Mlle Berlicaut me l'a bien seriné : « Si jamais vous entendez un bruit dans la maison, courez, et faites-moi d'abord le plaisir de veiller jusqu'à minuit. » Voilà ce qu'elle m'a dit et elle m'a tout expliqué.

Une marche craqua sous les pieds de Gaspard. Le cuisinier reprit :

— D'habitude on ne se conduit pas ainsi avec les enfants. On les cajole et on leur fait entendre raison.

— Vous irez faire entendre raison à celui-là, gémit la servante. Quand on a voulu qu'il entre au 25, il a bousculé Mlle Berlicaut. Il a cherché encore à se sauver, et il a fallu la poigne du garde pour le fourrer dans la chambre.

— Vous ne me ferez pas croire que ce gamin n'a pas une raison sérieuse d'être si acharné.

— Aucune raison, monsieur.

— Il cherche son pays, à ce que disent les gens.

— Son pays ? Quel pays ?

— Voilà ce qu'il faudrait savoir, mademoiselle Fernande. S'il cherche son pays, c'est que là où il était, il n'est pas chez lui, et, de toute façon, c'est une histoire bizarre.

— Monsieur Aurélien, répliqua la servante, lorsqu'on cherche un pays on le trouve, et on sait dire au moins de quel pays il s'agit. Moi, je suis native de Saint-Omer...

— Si vous aviez quitté votre pays à l'âge de cinq ans, par exemple, est-ce que vous le connaîtriez, votre pays ?

— Si je ne le connaissais pas, alors ce serait tout comme si je n'en avais pas.

Cela pourra paraître extraordinaire, mais Gaspard entendit le cuisinier se gratter la tête, tellement le silence fut profond, et tellement l'homme y mit une solennelle vigueur.

— Ça serait comme s'il cherchait le Paradis, conclut-il enfin, tout à fait dépité.

— Bonsoir, dit brusquement Fernande. Je vais faire ma ronde.

Gaspard grimpa précipitamment l'escalier et alla s'enfermer dans sa salle de bains. La servante ne montait pas cependant au premier étage. Elle se rendit dans la cour. Peut-être regarda-t-elle si une lumière brillait au vasistas de la chambre numéro 25, là-haut sur le toit. Gaspard aurait voulu apercevoir rien que cette lumière. Mais il ne pouvait aller dans la cour. Fernande habitait le pavillon qui s'élevait auprès du pigeonnier.

Il se recoucha. Il voyait les yeux bleus qui l'avaient regardé avec un air de subtile intelligence, et il lui semblait que ces yeux ne cesseraient pas de le regarder pendant des jours et mêmes des années. Que lui voulait ce regard qui l'emplissait d'un élan d'amour ? Gaspard se leva de nouveau, après avoir attendu deux longues heures sans parvenir à trouver le sommeil.

Il sortit dans le couloir et, cette fois, il monta l'escalier. A peine sa tête fut-elle arrivée au niveau du palier supérieur, qu'une voix cria : « Qui va là ? » C'était la voix de Gabrielle Berlicaut. Elle avait dû pousser son lit en travers du couloir. Ainsi, elle défendait l'accès du petit escalier qui menait au dernier étage occupé par le grenier et les deux mansardes. Gaspard s'avança. Il reçut en pleine figure la lumière d'une lampe électrique :

— Qu'est-ce que tu viens faire ici, Gaspard ?

— J'allais chercher ma savonnette dans ma chambre pour demain matin.

— Redescends d'où tu viens, souffla la tante. Tu vas mettre toute la maison sur pied.

— J'en ai pour deux minutes, insista Gaspard.

— Descends imbécile.

Gaspard ne pouvait enjamber le lit de la tante sans causer un scandale. Il regagna la salle de bains avec la certitude qu'il n'y avait vraiment rien à tenter pour communiquer avec le jeune prisonnier. Il renonça cependant à se coucher, et s'assit sur son lit de camp, les coudes sur ses genoux, la tête entre ses mains. Il éprouvait la nécessité de veiller, quoiqu'il fût sûr qu'aucun événement ne se produirait. Gaspard épiait en vain les moindres bruits dans l'hôtel. Il ne pouvait surprendre aucun signe de la présence de l'enfant. C'était comme s'il avait essayé de percevoir le bruit de la mer ou une chanson à l'autre bout du monde. L'étage qui le séparait de l'enfant était aussi infranchissable que dix mille kilomètres, et rien ne pouvait sortir des plafonds ni des murs.

Au bout d'une heure peut-être, par une contradiction de la nature, ainsi qu'il arrive lorsqu'on décide de ne pas dormir, le sommeil gagna Gaspard. Sa tête alla cogner le gros tuyau du chauffage qui descendait le long du mur. Il se redressa, mais toutes les dix secondes sa tête heurtait brusquement le tuyau et il pensa qu'il n'y avait pas d'autre solution pour rester éveillé que de se tenir debout.

Comme Gaspard se redressait en s'appuyant au tuyau du chauffage, il sentit sous sa main un frémissement qui courait le long du tuyau. Il colla son oreille au tuyau et perçut des coups frappés avec régularité. « Si c'était lui ? », songea Gaspard. Quand les coups s'arrêtèrent, il frappa à son tour avec une clef qu'il tira de sa poche, et, au bout d'un moment, il reçut la réponse. Il n'y avait rien à comprendre dans une réponse de ce genre, mais c'était une réponse. Gaspard exécuta avec sa clef un petit roulement sur le tuyau, et, peu de temps après, il perçut un roulement analogue. Il sut ensuite ce qu'il devait faire.

Il descendit de nouveau au rez-de-chaussée. Le cuisinier était allé se coucher comme la servante, il n'y avait plus de risque de ce côté. Gaspard alla fouiller dans le bas d'un placard et, bientôt, il remontait avec une grosse clef à molette.

La tuyauterie descendait tout droit de la chambre 25 où était installé le réservoir d'eau. Par chance, dans la salle de bains, un écrou joignait deux tuyaux qu'on avait ainsi ajustés pour des raisons techniques difficiles à expliquer. Gaspard ne mit pas plus de cinq minutes à desserrer l'écrou et à libérer le tuyau supérieur, après quoi, il réussit par une pesée à l'éloigner du mur, juste assez pour pouvoir coller tour à tour son oreille et sa bouche à l'orifice.

— Tu m'entends ? murmura-t-il dans le tuyau.

Gaspard dut répéter plusieurs fois son appel. Il n'osait parler haut. Gabrielle Berlicaut, qui s'était installée dans ce couloir, ne risquait pas de surprendre quoi que ce soit, mais Gaspard avait tellement peur que cette chance lui échappe de communiquer avec l'enfant, qu'il parlait comme dans un souffle. Enfin, il parvint à mesurer sa voix et, collant son oreille au tuyau, il capta enfin la réponse : « Je t'entends. »

Ces mots chuchotés le troublèrent tellement qu'il

resta quelques minutes sans rien faire d'autre qu'écouter. L'autre répéta plusieurs fois : « Je t'entends », à de légers intervalles. En vérité, le timbre de cette voix étouffée avait une douceur profonde et ne rappelait nullement la vivacité presque brutale que l'enfant avait manifestée. Sans doute était-il maintenant calme et résigné.

— D'où viens-tu ? demanda Gaspard.

— Qui es-tu ? repartit la voix.

— Je t'ai vu sur la place de l'église quand on t'a arrêté. D'où viens-tu ?

— Je viens d'Anvers.

Gaspard se tut. Il ne désirait rien apprendre en réalité, et ne voulait pas se montrer curieux. Après un long temps, il reprit :

— Pourquoi est-ce que tu ne dors pas ? Il est trois heures du matin.

— Je ne peux pas dormir. Et toi ?

— Je pensais à toi.

Encore un long silence.

— Pourquoi t'es-tu sauvé ?

— Je cherche mon pays.

— Quel pays ?

— Je ne sais pas. Je cherche.

— Explique-moi.

— Ce serait trop long.

— Tu veux toujours te sauver ?

— Je voudrais bien.

— Je vais t'aider. Ne t'endors pas cette nuit.

Gaspard ne savait comment il pourrait aider l'enfant, mais il en éprouvait un tel désir qu'il eut soudain l'assurance de réaliser l'impossible.

— Comment t'appelles-tu ? reprit Gaspard.

— Je m'appelle Drapeur.

Après chaque réponse, Gaspard gardait longtemps son oreille collée au tuyau, et il ne changeait de position pour parler à son tour que lorsqu'il était sûr que son interlocuteur était décidé à se taire. Une seule fois l'enfant fugitif reprit le premier la conversation :

— Toi, tu es le fils de l'hôtelière ?

Gaspard répondit qu'il était son neveu et expliqua de quelle manière ses parents vivaient et que lui-même faisait le gros travail dans l'hôtel. Mais le jeune prisonnier ne consentit pas pour sa part à se livrer aux confidences. Une grande heure passa, tantôt occupée par de longs silences, tantôt par des échanges de brèves questions et réponses qui n'apprirent que peu de chose à Gaspard. Il crut deviner seulement que M. Drapeur pouvait ne pas être le père de cet enfant, mais son tuteur. Ce qui semblait intéresser le fugitif, c'était d'arriver à un pays qu'il prétendait avoir connu dans sa première enfance et qui, d'après lui, serait plus beau que n'importe quel pays au monde. Mais il parlait comme à regret et il se refusait à donner un renseignement précis.

— Tu m'avais promis de m'aider, reprit enfin l'enfant.

— Je vais t'aider, dit Gaspard.

Il était résolu à agir de quelque façon que ce soit. Sans même avoir conçu le moindre projet ni réfléchi à la difficulté de toute tentative, Gaspard se dirigea vers la porte. Il l'ouvrit avec précaution. Il murmura : « Seigneur », et comme un automate gagna l'escalier. Peut-être était-il poussé à ce moment par l'idée de profiter du sommeil de la tante pour rejoindre l'enfant. Il mit la main sur la rampe et murmura encore : « Seigneur ! » Mais au lieu de monter, il descendit l'escalier. Il serrait dans sa main une clef qui ouvrait sa chambre aussi bien que le numéro 25 et, soudain, il avait compris ce qu'il fallait faire pour que la clef parvienne jusqu'à son ami.

Il se rendit dans la cuisine où étaient tendus de gros fils de fer pour les pièces de linge, nappes ou draps, qu'on voulait sécher rapidement. Malgré l'obscurité, il parvint à décrocher deux de ces fils de fer. Il les enroula, puis il regagna la salle de bains.

Alors commença un travail qui dura plus d'une heure. Le fil montait très facilement dans le tuyau, mais il y avait deux légers coudes. L'enfant prisonnier, après que Gaspard lui eut expliqué ce qu'il tentait, déclara qu'il avait une ficelle, mais cette ficelle n'était pas assez longue, et Gaspard continua à manœuvrer son fil de fer. Enfin il parvint à lui donner une courbure convenable et en le faisant pivoter il réussit à le passer complètement. Lorsqu'un autre fil de fer fut attaché au premier, Gaspard procéda à des torsions pour que tout l'appareil gardât sa rigidité. Enfin vers cinq heures, comme l'aube venait au fond de la fenêtre, Gaspard sentit que l'autre avait saisi l'extrémité du fil de fer. Il ne lui restait qu'à attacher sa clef. Peu de temps après le prisonnier annonça qu'il la tenait, puis il renvoya les fils de fer. Quand tout fut fini, Gaspard lui dit :

— Attends encore un peu. Ma tante est dans le couloir du deuxième.

— Alors, comment faire ?

« Comment faire, Seigneur », se demandait Gaspard. Tout ce travail était sans doute inutile. Enfin il débita ce discours à l'enfant fugitif :

— Peut-être je ne te reverrai plus. En tout cas, écoute-moi bien. Je vais revisser l'écrou du tuyau, et puis je frapperai sur le tuyau. Alors tu compteras lentement jusqu'à mille. Lentement, tu as bien compris. Ne t'occupe de rien d'autre. A mille, tu sors de ta chambre et du descends jusqu'au premier étage. Là tu ouvres la fenêtre, tu sautes dans la cour, et après tu verras bien. Je te promets qu'il n'y aura personne ni dans les étages ni dans la cour.

— Ta tante ?

— Personne, dit Gaspard. Répète ce que je t'ai dit. L'autre répéta.

— Adieu, dit Gaspard.
— Adieu, Gaspard, répondit l'enfant.
Gaspard revissa l'écrou. Quand il eut terminé, il frappa sur le tuyau et commença lui-même à compter. Il fourra d'abord les fils de fer et la clef anglaise sous la baignoire. *Quinze, seize...* A vingt-cinq, il avait descendu l'escalier. C'était la demie de cinq heures. Toujours Gaspard commençait son travail à cette heure précise. Gabrielle Berlicaut s'agitait déjà à son étage. La servante venait d'entrer par la porte de la cour. Le cuisinier ne tarderait guère. Gaspard prit un balai dans le placard, ses chiffons, ses ingrédients pour les cuivres et pour les glaces. Il commença par balayer la salle. Le ciel éclairait peu à peu le plancher, le plafond et les murs. Par-dessus les toits, on commençait à voir l'azur. *Quatre cent quatre-vingts, quatre cent quatre-vingt-un, quatre cent quatre-vingt-deux...* Gaspard entendit une voiture. Il fut tellement saisi qu'il oublia de compter. Il pensait que le père Drapeur arrivait, comme il l'avait annoncé, à la première heure du jour. Ce n'était que la voiture de la laiterie. Gaspard reprit son compte approximativement vers cinq cent douze, puis il laissa son balai. Il poussa une table et il monta dessus pour nettoyer la grande glace du fond. En passant soigneusement le torchon, il considérait les attaches qui fixaient la glace au mur. *Six cent deux, six cent trois...* Il se tourna pour regarder avec mélancolie son balai posé contre une banquette. Voilà Fernande :
— Vous travaillez dur ce matin, dit-elle avec ironie. Moi, je vais dans la cour. S'il vient un client, vous vous en occuperez. Je dois rester dans la cour. Votre tante monte la garde au deuxième étage. Ah ! Ah !
Cette pécore semblait satisfaite que l'enfant ne pût échapper.
— Tu n'y resteras pas, dans la cour, murmura Gaspard entre ses dents.

— Vous dites ?
— Rien.

Elle s'en fut. Gaspard se remit à compter. Il sauta de la table et alla prendre son balai, puis il se percha de nouveau. Il avait remarqué qu'il y avait un certain intervalle entre le haut de la glace et le mur. Il réussit à introduire le manche du balai dans cet espace et il le glissa aussi profondément qu'il le put. Après quoi il se suspendit au balai, et il exerça de fortes pesées afin de détacher la glace du mur. Bien que les attaches fussent vieilles et rouillées, il n'obtint pas d'abord de résultat appréciable. Sans se décourager il poursuivit ses efforts. La glace céda peu à peu. Ce ne fut qu'au bout de quatre à cinq minutes que la catastrophe se produisit. Gaspard venait de murmurer désespérément « neuf cent cinquante-deux ».

Il y eut un bruit fantastique. Gaspard ne sut jamais comment il avait sauté de la table. Il se retrouva étendu presque au milieu de la salle. La glace s'était fracassée et les débris gisaient autour de lui. Il avait dû perdre conscience. Son épaule gauche avait été entaillée par un éclat de verre et saignait abondamment. La tante, la servante, le cuisinier et le commis étaient penchés au-dessus de lui :

— Que t'est-il arrivé encore ? Comment te sens-tu, Gaspard ? demandait la tante.
— Mille, dit Gaspard.
— Il est devenu fou. Etendez-le sur la banquette.

On l'étendit sur la banquette. On apporta de l'eau, des linges et de l'alcool. Gaspard fut rapidement pansé. Tandis qu'on le soignait, il écoutait afin de percevoir quelque signe de la fuite de l'enfant. Mais il valait mieux qu'on n'entèndit rien.

— Les attaches étaient vieilles, déclarait la tante. Tout de même il a fallu encore que Gaspard se trouve là.

Elle lui demanda de nouveau comment il se sentait.

— Il faut rester près de moi, dit Gaspard. Ça va aller mieux tout à l'heure.

— Le médecin, dit la servante.

— Pas de médecin, dit Gaspard. Je vous jure que ça va aller mieux.

On lui apporta un verre de rhum. Le commis balayait les débris de la glace. Il les fourra dans un seau avec une pelle. Une voiture ronflait vers l'église. Elle s'arrêta bientôt devant l'hôtel. C'était une puissante voiture.

— Qui est-ce donc à cette heure ? s'exclama le cuisinier.

— Vous le demandez ? gémit la tante. C'est M. Drapeur, s'il faut tout vous dire. Rentrez dans votre cuisine. Toi, Fernande, dresse une table pour le déjeuner. Quant à Gaspard, le commis l'aidera à monter dans la salle de bains et il le fourrera au lit.

— Je vais mieux, dit Gaspard. Je peux monter tout seul.

— Accompagne-le, Gustave, dit la tante d'un ton sec.

Tout le monde, y compris Gaspard et le commis, avait disparu en un clin d'œil, lorsque deux hommes que précédait M. Berrèque, le maire, entrèrent. Gabrielle Berlicaut, malgré la scène mouvementée à laquelle elle avait participé, se tenait calme et digne au milieu de la salle. Elle inclina gracieusement le buste, lorsque le maire lui présenta M. Emile Drapeur et M. Jacques Parpoil qui était son secrétaire. Le premier avait un long corps sec, un visage noble et froid, que des cheveux blancs plaqués rendaient encore plus glacial. Quant à M. Parpoil, il paraissait d'une rondeur malsaine, et il portait une barbe rousse. Mlle Berlicaut fut désagréablement impressionnée par le secrétaire, mais lorsque les yeux de

M. Drapeur l'eurent fixée un instant, elle fut frappée par l'intelligence qui les enflammait.

— Nous avons placé l'enfant de façon à ce qu'il ne s'échappe pas, selon vos instructions, reprit le maire. Mlle Berlicaut l'a logé au dernier étage de l'hôtel.

— Je regrette de lui avoir donné une mauvaise chambre, Monsieur, dit Mlle Berlicaut. Mais j'ai voulu prendre toutes les précautions. J'ai veillé moi-même dans le couloir du deuxième étage où j'ai mes appartements.

— Ne vous excusez pas, dit M. Drapeur. Je vous suis très reconnaissant.

La servante avait préparé les tasses pour le déjeuner sur la grande table du restaurant.

— Vous devez avoir faim, dit Mlle Berlicaut. Nous allons vous servir de quoi vous réconforter. Voulez-vous que l'enfant descende maintenant ?

— Je désire le voir d'abord dans sa chambre, dit M. Drapeur. Voulez-vous me montrer le chemin ? Monsieur Parpoil, venez avec nous.

M. Drapeur, M. Parpoil et Mlle Berlicaut montèrent au troisième étage, tandis que le maire attendait dans la salle. Gaspard, après s'être couché, en présence du commis, avait aussitôt sauté sur ses pieds. Sa blessure l'avait un peu affaibli. Il réussit à enfiler sa veste par-dessus son pansement, et il entrouvrit la porte afin d'assister au dénouement qu'il espérait. Il se demandait si le jeune fugitif aurait le temps de regagner les bois.

Mlle Berlicaut poussa un grand cri quand elle ouvrit la porte du Numéro 25. La chambre était vide, et il semblait même que personne n'y eût logé cette nuit-là. Le lit n'était pas défait.

— Je vous jure que je l'ai entendu encore remuer avant de descendre, lorsque ce maudit Gaspard... Je lui ai même parlé, pour lui demander s'il avait bien dormi. Il m'a répondu : « Oui, madame » et il semblait tout à fait tranquille. C'est absolument incroyable.

— Il y a combien de temps ? demanda M. Drapeur sans s'émouvoir.

— Un quart d'heure à peine, dix minutes peut-être. Comment a-t-il pu ouvrir la porte ?

— Cela ne m'intéresse pas, répondit M. Drapeur. Il n'est certainement pas loin.

Il fit un signe à son secrétaire et ils descendirent en hâte. Il demanda à M. Berrèque de prévenir la gendarmerie et de mettre à sa disposition plusieurs hommes pour fouiller le village et les environs.

— Mon secrétaire et moi nous irons avec la voiture du côté de la forêt. Est-ce que quelqu'un peut nous guider ? Nous avons le temps de lui couper le chemin et je parie qu'il cherche à gagner la forêt.

M. Berrèque promit qu'il ferait le nécessaire. Le commis sauta dans la voiture à côté de M. Parpoil qui conduisait, et ils prirent le chemin de la scierie. Gaspard, dès qu'ils furent partis, referma sa porte et se mit à la fenêtre.

Il n'apercevait pas le chemin de la scierie, mais les prairies vallonnées qui descendaient vers une lisière lointaine. Si l'enfant n'avait pas suivi le chemin, il se serait jeté à travers champs de ce côté. Gaspard inspecta avec attention les replis de terrain, les buissons et toute l'étendue. Quelques minutes plus tard il apercevait quelqu'un qui dévalait une prairie en direction du village. Il reconnut l'enfant à ses cheveux blonds, quand celui-ci parvint au bas de la pente. Sans doute le fugitif avait aperçu la voiture et renonçait à gagner la forêt.

Gaspard lança un regard à droite et à gauche sur ces vastes pâturages que le vent balaie avec violence pendant les longs hivers. Il n'y avait là aucune cachette et l'enfant avait dû comprendre que sa seule ressource était de tenter un coup d'audace et de se cacher dans une grange. Soudain Gaspard le vit qui se couchait au fond d'un petit fossé.

Il était alors à trois cents pas du village. Gaspard devinait au milieu des herbes sa blouse bleue et ses cheveux blonds. C'était impossible qu'on ne le découvrît pas tôt ou tard. Gaspard sentait l'angoisse lui serrer la gorge. Dès que l'enfant bougerait il risquait d'être aperçu, et comme il ne connaissait pas les lieux, il se jetterait dans les jambes du premier venu.

Gaspard ouvrit sa porte. Il entendit Fernande qui disait au cuisinier que des hommes patrouillaient autour du village, tandis que M. Drapeur et son secrétaire parcouraient en voiture tous les chemins d'alentour, de façon que l'enfant fût réduit à rester dans le village, s'il n'avait pas encore gagné la forêt. Les gendarmes avec les gardes forestiers seraient chargés néanmoins de battre la forêt. Mlle Berlicaut, pour sa part, avait déjà fouillé toute la maison. Les voyageurs, surpris de ce remue-ménage, quittaient leurs chambres avec mauvaise humeur.

Gaspard pensa qu'il devait rejoindre l'enfant et le conduire à une cachette où il pût rester jusqu'à la nuit. Tous les gens de l'hôtel se trouvaient dans la salle avec Mlle Berlicaut qui se lamentait. Gaspard s'échappa sans être aperçu. Il gagna une ruelle et dès qu'il fut en dehors du village, il se glissa le long d'une barrière d'orties, et parvint ainsi à un fossé de drainage parallèle à celui où s'était caché l'enfant. Il suivit le fond du fossé en rampant. Quand il fut à peu près à la hauteur du fugitif, il courut jusqu'à lui, et se coucha dans le fossé à côté de lui.

L'autre eut d'abord un sursaut, croyant qu'il était découvert :

— Ne t'occupe plus de moi, dit-il. C'est manqué. Je retrouverai plus tard une autre occasion.

— Je veux t'aider, dit Gaspard.

Leurs cheveux blonds se mêlaient.

— Tu vas sauter avec moi dans l'autre fossé, reprit Gaspard, et tu me suivras. Les gens doivent être du côté du ruisseau. Ils vont venir par ici tout à l'heure, et nous tâcherons d'aller vers le ruisseau.

Il fut ainsi fait. Dès qu'ils eurent atteint la barrière d'orties ils firent un bond vers un tas de fagots, puis ils arrivèrent au sentier encombré de ronces derrière les jardins. Gaspard conduisit son ami dans une ruelle. A mi-parcours, ils sautèrent par-dessus un mur. Ils traversèrent un hangar, retrouvèrent entre des clôtures un passage si étroit qu'ils pouvaient à peine se faufiler. Il y eut enfin une rue à traverser. Elle était déserte. Ils s'élancèrent, retrouvèrent une autre ruelle et parvinrent au hangar de la pompe à incendie. Alors ils entendirent des appels derrière eux. Sans doute on les avait aperçus quand ils traversèrent la rue.

— L'arbre, dit Gaspard.

Ils coururent vers ce vieux poirier sous lequel Gaspard avait essuyé la foudre. Il raconterait cela plus tard à son ami. Il lui fit la courte échelle et l'enfant réussit à saisir une branche basse. Il se hissa, puis il hissa Gaspard qui pensa ne pouvoir le rejoindre à cause de son bras blessé. Mais le vieux tronc était parcouru d'une profonde crevasse où il parvint à prendre appui avec les genoux.

Ils montèrent ensuite presque en haut de l'arbre. Le feuillage abondant frémissait à peine quand ils se déplaçaient sur les fortes branches. Des gens venaient. Ils tournèrent le hangar et s'avancèrent. Quelqu'un dit : « Ils ne peuvent pas être de ce côté. » Un autre homme répondit : « Il faut chercher encore vers le ruisseau. » Puis ils s'éloignèrent. Pendant quelques minutes les alentours demeurèrent plongés dans le plus profond silence. Il n'y avait pas de vent. Entre les feuilles élevées on devinait le ciel bleu.

— Il faut que nous restions ici jusqu'à la nuit,

dit Gaspard. On sait que je suis avec toi. Sans quoi j'irais te chercher des provisions.

— Tu n'as plus qu'à me livrer, dit l'autre.

Gaspard regarda l'enfant sans rien répondre. Les yeux de son ami gardaient leur transparence farouche, cette grande pureté qui était comme une lumière jaillissante.

— Tu n'as fait aucun mal ? dit Gaspard simplement.

— Je n'ai fait aucun mal, assura l'autre.

— Pourquoi t'es-tu sauvé ?

— Tu ne comprendrais pas.

On entendit une auto qui ronflait dans la rue du village. Elle fit un grand détour et s'arrêta non loin du hangar.

— C'est leur voiture, murmura l'enfant.

La chevelure blonde qui lui tombait sur la nuque brillait dans la pénombre du feuillage. « Qui était-il vraiment ? », se demandait Gaspard.

Deux hommes descendirent de l'auto. C'était M. Drapeur et Jacques Parpoil.

— Il faudrait poster des gens, ou simplement des gamins aux quatre coins du village, disait Parpoil. D'ici, par exemple, on peut voir dans diverses directions.

— Je pense pour ma part qu'il a gagné la forêt, objectait M. Drapeur.

— Il n'a pas pu aller dans la forêt.

L'enfant avait pâli en entendant la voix de M. Drapeur, et des larmes jaillirent de ses yeux.

— Tu détestes cet homme, souffla Gaspard.

— Je ne le déteste pas, dit l'enfant.

Les deux hommes s'étaient éloignés. Bientôt ils furent remplacés par un gamin loqueteux qui vint avec un troupeau d'oies.

— Sosthène, expliqua Gaspard. On l'aura chargé de veiller sur les environs.

Gaspard et son ami étaient installés assez commodément sur les fourches de deux branches voisines.

— Tu te souviendras toujours de moi ? dit l'enfant.

Gaspard ne sut pas répondre. Ils gardèrent le silence pendant un long temps. Peut-être une heure passa. Peut-être deux heures. Gaspard n'avait plus conscience de la durée. A travers les feuilles il vit que le soleil était haut dans le ciel. Pourquoi ne parlait-il pas à son ami et pourquoi celui-ci ne lui parlait-il pas ? Il sentit que sa main était mouillée. Quand Gaspard baissa les yeux, il vit qu'elle était pleine de sang. Sa blessure s'était rouverte.

— Ce n'est rien, dit Gaspard.

— Je vais te soigner, dit l'enfant. Il faut descendre de l'arbre.

— Non, dit Gaspard.

Mais à cet instant il sentit qu'il devenait soudain très faible. Il se mordit les lèvres. Il aperçut encore les yeux bleus de son ami dans un éclair, et ce fut la dernière vision qu'il eut. Il s'évanouit et tomba au bas de l'arbre. Sosthène jeta l'alarme avec de grands cris, et les oies se mirent à cacarder. L'enfant était descendu pour rejoindre Gaspard. Il se pencha vers lui. Gaspard ne reprit pas connaissance.

3

LE CHEVAL PIE ET LE COIFFEUR

Gaspard demeura couché pendant de longs jours. Il avait deux côtes cassées, et la perte de son sang l'avait tellement épuisé que sa chambre demeurait comme dans un nuage et qu'il reconnaissait à peine ceux qui le soignaient. Le médecin défendait de lui parler.

Dans ses rêves, Gaspard voyait une forêt avec des arbres très hauts. Il marchait longtemps dans la forêt, puis il arrivait à une lisière. Il y avait entre les fûts des arbres un vif éclairage. Il s'approchait, franchissait la lisière et soudain dans l'herbe des champs s'étendait une carte de géographie vaste comme un monde, avec des routes et de vraies villes. En s'avançant, il s'apercevait que l'herbe était en crin, la route en carton et l'eau faite de cellophane. Il n'y avait personne nulle part. Il arrivait devant un mur où était collée une affiche et sur l'affiche était peint un portrait, celui de l'enfant d'Anvers dont les yeux de papier brillaient. Une nouvelle lumière en jaillissait comme d'une source et, dans cette lumière il y avait d'autres villes et des bateaux qui fuyaient sur la mer. Les lèvres de papier remuaient et disaient : « Je cherche mon pays. »

Dès que Gabrielle Berlicaut eut constaté que son neveu était en bonne voie de guérison, elle ne se priva pas de le sermonner et de discourir à perte de vue :

— Toujours se mêler de ce qui ne te regarde pas. Maître Gaspard fait le chevalier servant. Mais tu n'es pas né pour les aventures, mon garçon. Ce Monsieur Drapeur est d'ailleurs un homme mal élevé, en dépit de sa fortune. Il est reparti brusquement, sans remercier personne, sans même se soucier des gens qui cherchaient et ne savaient pas encore qu'il avait retrouvé son chenapan. Le lendemain, j'ai reçu un mandat international pour la chambre du gamin. Pas un mot d'écrit. Ce gamin, je le plains. Il n'a pas quinze ans, comme toi, c'est sûr, et il se croit déjà capable de faire ses volontés.

— Il cherchait sa famille et son pays, dit Gaspard.

— Voilà que tu te réveilles. Que signifie cette histoire ?

— Drapeur n'est pas son père, insistait Gaspard.

— De quoi te mêles-tu ? Que ce soit son grand-oncle, ou son petit cousin, est-ce que cela nous regarde ? On ne vole plus les enfants de nos jours, et cet homme, quel qu'il soit, ne l'a certainement pas arraché de force à sa famille.

— C'est vrai, dit Gaspard. Mais comment expliquer ?

— Nous n'avons pas besoin d'explication. Ces gens sont des originaux et voilà tout.

Mlle Berlicaut ne démordit jamais de cette opinion.

— Quant à toi, Gaspard, tu vas bientôt reprendre ton balai, et l'on ne parlera plus de cette histoire.

Ainsi en alla-t-il. Trois semaines après l'affaire, Gaspard reprenait tout doucement son balai. On lui donna peu de travail, et il eut le loisir de se promener dans le village. Il chercha vainement à s'informer, à écouter ce qu'on disait. Personne ne savait rien de ce qui concernait l'enfant. On s'ingéniait à ramener les faits à des proportions ordinaires. Un enfant avait pris la fantaisie de s'échapper, on l'avait repris comme cela arrive toujours en de telles circonstances : il n'y avait pas de quoi éveiller la curiosité du monde. Quant à Gaspard, il passait pour un jeune imbécile, et l'on disait que, malgré tout, on ne l'aurait pas cru aussi dénué de bon sens.

Cependant, quelque chose avait changé. Mlle Berlicaut, qui, d'habitude recevait les clients avec une politesse machinale, regardait maintenant les inconnus non sans méfiance. Elle avait décidé que la plaie de l'univers, c'étaient les gens originaux et que de telles gens feraient mieux de ne pas exister.

— Estime-toi heureux, Gaspard, disait-elle, de te trouver ici bien à l'abri de ces personnages excentriques. Tu feras ta carrière dans la paix de Lominval, et, si tu es raisonnable, je te léguerai mon hôtel.

Cette promesse considérable, la tante éprouvait le besoin de la réitérer afin de s'assurer que l'avenir serait sans surprises pour elle-même comme pour Gaspard. Si Gaspard admettait parfaitement ces dispositions, il ne pouvait oublier son ami d'Anvers.

Gaspard avait renoncé à ses promenades autour du village. Au début de juin, on l'envoya cueillir les fraises des bois, afin de satisfaire les clients de l'hôtel. Il y consacra les après-midi. « Cela le remettra tout à fait, prétendait la tante, il a besoin de prendre l'air. »

Gaspard, en ces occasions, ne se préoccupait que d'emplir son panier, et il était peu attentif aux chants de la tourterelle, ou à la sombre beauté de cette forêt qui s'étend sur des dizaines de lieues à l'est et au nord. Quand il lui arrivait de lever la tête, il était toujours surpris par les jeux d'ombre et de lumière entre les troncs du voisinage, comme si dans ces intervalles entre les troncs quelqu'un allait soudain paraître. Parfois même, il éprouvait une certaine peur. Les futaies qui descendaient le long des pentes exerçaient sur lui un attrait singulier. A travers ces perspectives. il s'attendait à chaque instant à revoir l'enfant d'Anvers. Les événements qu'il pressentait naguère dans les lointains du monde semblaient maintenant se rapprocher de lui, sans qu'il eût rien à faire pour les susciter. Quelque chose avait changé certainement, malgré le grand silence de Lominval.

A peine Gaspard était-il venu à ses cueillettes pendant trois après-midi, qu'il eut la sensation que quelqu'un l'épiait. Lorsqu'on se met une telle idée en tête il est difficile de s'en débarrasser. A chaque instant Gaspard se tournait et il écoutait. Vers la fin de la semaine il entendit des bruits inaccoutumés sous les taillis. D'abord il crut que c'était quelque lièvre ou un renard ou bien encore un chevreuil. Cependant les bruits qui parvenaient à Gaspard, remuements de feuilles, éclatements de branches mortes, indiquaient des démarches peu précautionneuses. La samedi il crut entendre une rumeur de galopade. Il courut au tournant du chemin, mais le chemin désert s'étendait à perte de vue sous les futaies.

Le lundi, alors qu'il pénétrait dans une coupe, il vit soudain dressé devant lui, entre deux piles de bois, un cheval pie qui le regardait avec curiosité. La robe du cheval était luisante, la crinière et la queue très abondantes et nullement soignées. Gaspard demeura cloué sur place. Le cheval secoua la tête et détala.

— Assez de fraises pour le moment, disait la tante, le soir même, à Gaspard. On doit déjà trouver quelques girolles. Tu m'en iras chercher.

Gaspard lui répondit qu'il se mettrait en quête, quoique à la mi-juin il soit assez difficile de trouver ces champignons dans les Ardennes. Mais quand Mlle Berlicaut avait une idée, il était inutile de la contrarier. Gaspard lui obéit donc et retourna dans les bois. Il désirait et redoutait à la fois de rencontrer à nouveau le cheval pie. Il se disait que sans doute c'était un cheval égaré, mais il semblait appartenir à ce monde bizarre qui suscitait l'indignation de Gabrielle et intriguait Gaspard à l'extrême.

Gaspard ne trouva pas de girolles. Comme il cherchait ici et là sans conviction, il aperçut de nouveau le cheval pie. La bête longeait un taillis. Gaspard sans réfléchir se mit à sa poursuite. Le cheval s'échappa sans grande hâte et disparut. Mais bientôt il se dressait à l'improviste derrière le dos de Gaspard. Après un hennissement joyeux, il fila avec aisance entre les troncs des arbres. Gaspard revint le soir sans avoir récolté un champignon.

— Ce n'est pas trop tôt pour cueillir les girolles, insistait Gabrielle. Tu ne sais pas trouver les bons endroits. Cette année, comme le temps est beau, il faut choisir les lieux très humides. Tu y retourneras demain.

Gaspard songea que, en fait d'originalité, sa tante en détenait une bonne part. Il lui donna raison néanmoins et retourna dans les bois. A tout hasard, il se rendit en un lieu où la route qui descend de Lominval vers la Meuse lointaine fait deux longues courbes pour franchir le ravin au milieu de la forêt. Elle est bordée d'un talus très abrupt que recouvrent des herbes verdoyantes. Gaspard eut la surprise de découvrir des girolles dans un creux, et, en les cueillant, il se fit la réflexion qu'il serait possible de poursuivre le cheval et de l'acculer à la limite d'un de ces talus qui tombaient sur la route. Il s'en emparerait et si personne ne venait réclamer le cheval, si Gabrielle Berlicaut n'y voyait pas d'inconvénient, Gaspard en deviendrait le légitime propriétaire. Bien qu'il considérât qu'un tel projet demeurait assez chimérique, le lendemain Gaspard se munit d'un licou, et, après avoir fait, contre toute attente, une nouvelle récolte de champignons, il se mit en quête.

Le cheval pie circulait toujours dans la même région du bois. Des gens de Lominval l'avaient aussi aperçu, mais ils ne s'y intéressaient nullement. « Un cheval de romanichels », disaient-ils sans penser plus loin. Pour Gaspard il y avait autre chose qu'il n'aurait su expliquer. Il était séduit par une beauté singulière qu'il voyait se dessiner aux flancs ardents de la bête. Ce jour-là, il n'avait pas fait deux cents pas dans une allée que le cheval vint au-devant de lui, puis aussitôt fit demi-tour. Gaspard suivit sa trace et, après un jeu de cache-cache autour d'un taillis serré, il fut étonné de parvenir à une prairie très exiguë dont la bordure descend brusquement sur la route. Le cheval paissait au milieu de la prairie.

Gaspard s'avança avec une lenteur calculée. Le cheval continuait à paître en se déplaçant de telle façon que peu à peu il arriva presque à la limite du talus abrupt qui dominait la route d'une dizaine de mètres. La manœuvre de Gaspard prenait donc excellente tournure et sa chance était encore favorisée du fait que l'animal se trouvait entre deux hauts buissons d'épines. Un peu en avant du buisson de droite il y avait un genévrier. Il suffisait à Gaspard de faire encore quelques pas et il toucherait la bête. La situation se révélait si conforme à l'espoir qu'il avait formé que Gaspard demeura de longs instants sans oser bouger. Enfin il se décida à parler d'une voix douce. Le cheval leva la tête pour l'écouter. Ses flancs se soulevaient avec calme. C'était comme s'il s'avouait déjà conquis par la patience du garçon.

Gaspard approcha. Il tendit une main pour flatter l'épaule de la bête, tandis que de l'autre main il saisissait le licou dans sa blouse. Ce fut à ce moment que le cheval pie montra vraiment ce qu'il savait faire. Sans qu'aucun signe l'ait annoncé, il se détendit, sauta par-dessus le genévrier et se perdit aussitôt dans les bois, prenant le chemin même par où Gaspard était venu.

Le garçon demeura stupéfait, les yeux sottement fixés sur la route en contrebas taillée au flanc de la pente et dominant la pointe des sapins qui s'élèvent du fond du ravin. Il entendait la galopade étouffée par la terre des bois. La galopade se perdit dans le lointain. Gaspard n'avait plus qu'à revenir à l'hôtel.

Il s'éloignait déjà lorsqu'il entendit de nouveau la galopade, mais sonore et joyeuse cette fois. Le cheval devait courir sur la route. Gaspard fit demi-tour, et, se penchant au-dessus de l'escarpement, il aperçut la robe blanche et noire qui filait entre les arbres. Le cheval suivait la route dans le sens de la montée et revenait vers Gaspard dont il était encore séparé par les deux étages de talus que contournaient les boucles. Cette fois Gaspard eut le sentiment que la plus sûre occasion de prendre le cheval par surprise allait s'offrir à lui. Il semblait nécessaire que la fatigue freine bientôt l'élan de l'animal et ce serait facile de lui barrer le chemin, en sautant du talus au bon moment.

Gaspard se laissa glisser sur la pente rapide de façon à se tenir à l'affût au milieu des hautes graminées, à quelques pas au-dessus de la route. Le cheval tourna la première boucle, puis la seconde. Lorsqu'il fut tout près, Gaspard s'élança. Son pied se prit dans une racine.

Gaspard connut une fois de plus (ce ne devait pas être la dernière) comment se déroule une catastrophe. Au moment où il tombait en avant, il eut la vision du ciel qui surplombait le vaste moutonnement de la forêt. La chute fut un peu amortie par l'herbe, mais le garçon passa cul par-dessus tête, et il eut beau s'agripper aux plantes, il lui fallut rouler jusqu'au bas. La terre et le ciel passèrent tour à tour devant ses yeux. Le dernier bond que fit Gaspard là où le talus devenait vertical le projeta vers le milieu de la route.

Il pensait s'écraser sur le goudron, lorsqu'il sentit entre ses mains la crinière du cheval. Son corps tomba à plat en travers du dos de la bête. Finalement il resta suspendu à la crinière, et accroché par une jambe au cou du cheval. Après des efforts extraordinaires, il parvint à se rétablir, et se trouva dans une position qui aurait été convenable s'il avait su monter à cheval.

La bête n'avait pas bronché sous le fardeau inattendu qu'elle venait de recevoir et elle avait maintenu son allure. Il ne fut guère question pour Gaspard de sauter à terre, et il résolut d'attendre patiemment d'être projeté sur la route, ou bien que le cheval s'arrêtât. Toutefois au bout de quelques minutes, il put espérer qu'il s'habituerait à ce galop. Il restait allongé sur le cou du cheval. Ses jambes s'envolaient de temps à autre, et il ne comprenait guère comment il parvenait à tenir son assiette. Mais justement parce qu'il ne comprenait pas, il se sentit pénétré d'une confiance nouvelle. Même s'il allait tout à l'heure s'écraser sur la route, ç'aurait été beau de s'être maintenu aussi longtemps.

Le cheval filait bon train, et ne paraissait nullement disposé à modérer sa course, pareille à un beau vent d'été. Après avoir remonté la route jusqu'au dernier tournant, il s'élança dans une allée forestière, et il rejoignit une autre route qui descendait par le travers des futaies. Puis il prit un large sentier qui le conduisit dans une ancienne coupe. Cette coupe semblait fermée de toutes parts et le cheval modéra son train.

Gaspard pressentait que l'affaire touchait à son dénouement. Le hasard qui l'avait jeté sur le dos du cheval lui semblait fantastique, mais, à tout prendre, peu différent des mésaventures qui lui étaient survenues pendant sa jeunesse. Il supputait que cette affaire ne l'aurait pas entraîné trop loin de Lominval, et qu'il serait de retour assez tôt pour n'avoir à donner aucune explication. Cette fois personne n'irait faire des gorges chaudes et prétendre qu'il n'aurait pas dû se trouver là. Peut-être même réussirait-il à passer le licou au cheval, et il le ramènerait au village.

Le cheval avait pris le trot et suivait la limite de la coupe. Quand il arriverait à l'extrémité, Gaspard profiterait de la moindre hésitation pour sauter à bas. Comme il l'avait prévu, le cheval, en parvenant à l'angle de la coupe, hésita pendant un instant. Gaspard se coucha sur son cou afin de se laisser glisser. Mais au même instant l'animal fit un bond prodigieux. Gaspard, qui s'était vigoureusement accroché, réussit encore à se maintenir. Le cheval fonçait entre les hautes futaies en dehors de tout sentier, et à partir de ce moment il prit une telle allure que Gaspard se crut vraiment transporté dans un autre monde. C'était un galop d'une légèreté si étonnante que l'animal semblait ne pas toucher la terre. De temps à autre seulement, lorsque le terrain changeait, il prenait un trot saccadé et ses sabots faisaient alors un roulement qui emplissait Gaspard de terreur.

Dès lors, le garçon n'eut plus aucun désir de sauter, et il lui semblait qu'il était comme attaché au cheval, et qu'il ne devait sous aucun prétexte lâcher prise. Après avoir parcouru une immense futaie de hêtres, ils arrivèrent dans une allée bordée de chênes dont les feuillages énormes s'élevaient vers un ciel maintenant nuageux. Après les chênes, il y eut des taillis obscurs, puis d'autres taillis clairsemés qui étaient peuplés de sorbiers et ornés de chèvrefeuille. Plus loin, des genêts avec des bouleaux. On traversa aussi une forêt d'épicéas où le cheval glissa sans bruit dans un sentier couvert d'aiguilles. Gaspard apprit donc qu'il n'y avait pas une forêt mais mille forêts dont pas une ne ressemblait à celle de Lominval. Il passa dans des sous-bois marécageux où les herbes pâles et les campanules s'élevaient au milieu des ombres. Un autre bois était fait presque uniquement de peupliers morts, après quoi on découvrait une clairière emplie de fleurs rouges et de myosotis. C'est impossible de tout décrire. Comme on traversait des rocailles semées de bruyères, les fers du cheval lancèrent des étincelles et ce fut à ce moment que l'orage éclata.

Un orage qui emplissait les trois quarts du ciel. Le vent s'élevait. Cette région de bruyères permettait de voir au loin le soleil qui au même moment brillait dans l'azur à l'horizon de la forêt. La lumière rasante faisait paraître d'un noir intense les nuées qui furent déchirées bientôt par cent autres lumières, lorsque les éclairs les parcoururent. Certains éclairs doubles ou triples fondaient au milieu des bruyères et une pluie cinglante tomba.

Le cheval s'arrêta un instant. Il se mit à hennir. Gaspard aurait pu descendre cette fois. Il ne le voulut pas, de crainte de rester seul sous l'orage. Au contraire, il serra le cou de l'animal avec tendresse et le cheval repartit bientôt d'un pas plus calme, tandis que la tempête se déchaînait.

Le soleil brilla encore pendant quelques minutes à l'horizon et Gaspard l'apercevait vaguement au travers des nappes de pluie. Puis tout l'éclat du jour disparut. Ayant franchi la région des bruyères, le cheval entra sous une futaie de gros ormes. A chaque instant Gaspard s'attendait à voir un éclair écraser l'un des arbres, mais la foudre capricieuse tombait au hasard. Gaspard se souciait peu de la pluie qui collait ses vêtements à son corps. Il regardait avec une angoisse émerveillée les éclairs qui roulaient leurs boules de feu entre les troncs. De temps à autre une branche éclatait avec un long craquement.

A l'extrémité de la futaie, où le terrain s'élevait peu à peu, il y avait une butte que le cheval gravit, puis ce fut une longue ligne de crêtes où des érables nains s'élevaient. Le cheval tournait autour des érables. « Où veut-il me conduire ? » songeait Gaspard. Et puis il dit à haute voix : « Où veux-tu me conduire ? » Le cheval s'arrêta, hennit doucement, puis repartit. L'orage s'apaisait peu à peu. Les lignes de pluie se dissipèrent, mais ce fut vers le bas et non dans le ciel que soudain les perspectives s'ouvrirent tout d'un coup. Gaspard aperçut alors un énorme ravin qui se creusait presque sous les pieds du cheval et dévalait dans l'immensité jusqu'aux rives d'un grand fleuve. « La Meuse », murmura Gaspard.

Jamais il n'avait vu la Meuse. Il ne s'imaginait pas qu'elle coulait au milieu des forêts. Il serra le cou du cheval entre ses deux bras. Le cheval comprit le désir de Gaspard et demeura immobile, tandis que l'enfant contemplait le fleuve. Les nuages fuyaient maintenant. C'était un terrible, mais rapide orage. Bientôt le ciel bleu apparut. Il ne faisait pas tout à fait nuit. Le long du ravin un cerf descendait au fleuve.

Le cheval reprit sa marche au moment où les étoiles se mirent à briller. Il se dirigea vers le fond de la vallée par un chemin en pente douce. Il passa derrière les murs d'une usine qui surgissait de la forêt. Mais il s'éloigna aussitôt et remonta une autre pente. D'en haut, Gaspard vit briller une petite ville dont les lumières se reflétaient dans la Meuse. Le cheval regagna le fond de la forêt.

« Où allons-nous dormir ? », murmurait Gaspard. Il ne songeait plus à Lominval. Il avait l'idée qu'il ne reverrait plus le village. Ce qu'il ferait, comment il vivrait, il ne se le demandait pas. La faim le tiraillait, cependant.

Le cheval reprit un train d'enfer à travers des arbres que l'on distinguait à peine dans l'obscurité. Gaspard sentit d'énormes branches qui passaient au-dessus de sa tête et faisaient en passant une sorte de souffle. Il se colla contre la crinière et il y cacha son visage. Il avait les yeux pleins de larmes. « Est-ce que tu veux me tuer ? », murmura-t-il. Ce n'était pas la mort qui l'effrayait, mais la pensée que le cheval, qu'il avait commencé à aimer, le trahissait cruellement. Toutefois, après une heure d'angoisse, l'animal prit le petit trot, et Gaspard put apercevoir à travers ses larmes une lande où s'élevait une maison en ruine.

Un pignon assez élevé recouvert d'ardoises. Derrière le pignon ne subsistait, parmi les pierres entassées, qu'une petite remise dont les murs restaient à peu près intacts et dont la toiture était crevée en plusieurs endroits. Le cheval s'arrêta au seuil même de la remise. Les larges portes, qui avaient été arrachées, pourrissaient dans l'herbe sans doute depuis de nombreuses années.

— Voilà un lieu étrange, murmura Gaspard en sautant à terre.

— Les touristes sont rares dans cette région, répondit une voix.

Gaspard aperçut au fond de la remise un homme qui était assis sur une pierre et s'occupait à entretenir un feu maigre dont la fumée s'échappait par un espace ménagé entre le mur et le toit.

— Est-ce que je puis entrer ? demanda Gaspard.

— Vous pouvez entrer, bien sûr, vous et votre cheval. Vous vous sécherez auprès du feu. Il a fait un bel orage, n'est-ce pas ?

— Un très bel orage, répondit poliment Gaspard.

L'homme était habillé comme un vagabond. Gaspard alla s'asseoir sur une pierre à côté de lui. Le cheval s'était mis à manger un peu de foin qu'il y avait dans un coin de la remise.

— Je ne suis qu'un simple passant comme vous, déclara le vagabond. J'ai renoncé à vivre dans les villes où les hôtels sont trop chers. J'aime la forêt. Prenez un peu de pain.

— Je vous remercie, dit Gaspard. Je ne voudrais pas...

— Je vous en prie, dit l'autre.

Gaspard dut convenir en lui-même qu'il pénétrait

sans doute dans un monde d'originaux, selon l'expression de sa tante Gabrielle. Ce jour-là, il avait vu déjà bien des choses dont il ne soupçonnait pas la réalité, et l'accueil du vagabond lui fournissait un nouveau sujet d'étonnement. L'homme ne se souciait guère de savoir qui était Gaspard, ni d'où il venait. Gaspard jugea bon d'être pareillement discret.

— J'aime les orages, reprit l'homme. Aujourd'hui j'ai vu un éclair qui traversait l'arc-en-ciel. C'est une chose naturelle. Tout de même, pour assister à cela, il faut avoir parcouru bien des lieues dans le monde. Je travaille souvent, mais je me promène encore plus souvent.

— Vous lisez des livres ? demanda Gaspard.

— Je lis des livres, je regarde et j'écoute.

Gaspard se sentait très loin de Lominval. Par les trous du toit on apercevait les étoiles. Il y eut un long silence. Gaspard acheva son morceau de pain. Soudain il dit :

— Auriez-vous entendu parler d'un jeune garçon ? Il a mon âge, il est blond comme moi. Mais il est riche, et il a des cheveux magnifiques.

— Des cheveux magnifiques, oui, dit l'homme. C'est lui que j'ai dû voir rôder par ici, il y a un mois. Un enfant fugitif, n'est-ce pas ?

— Un enfant fugitif, dit Gaspard. Il cherchait son pays.

— C'est bien possible, approuva le vagabond. Les gens de Fumay ont parlé beaucoup de lui. Il venait rapidement acheter de quoi manger tantôt chez un épicier, tantôt chez un autre, tantôt chez un boulanger, tantôt chez un autre. Puis il disparaissait dans les bois. Oui, les gens ont beaucoup parlé. Il y a quelque temps on l'a vu dans une auto magnifique, un matin.

— A Fumay ? demanda Gaspard.

— A Fumay. Ici vous êtes à deux pas de Fumay.

Vous tournez le dos au pignon, et vous trouvez un sentier qui descend tout droit sur la route.

— Cela ne m'avancera pas beaucoup, dit Gaspard. Il a dû repartir pour Anvers.

— On apprend toujours, dit l'homme. Il a pu s'enfuir de nouveau, ou bien il a parlé à quelqu'un. Et quand les gens parlent, on apprend.

Le vagabond semblait trouver que tout était naturel, et qu'il suffit d'être curieux pour que le monde se révèle à nous. Il répéta qu'il fallait toujours s'instruire.

— Bonne nuit, mon fils, dit-il enfin.

Il se leva, et alla s'étendre dans un coin de la pièce, là où il y avait un peu de paille. Le cheval s'était couché tout près de Gaspard, et Gaspard épuisé de fatigue s'allongea contre le flanc du cheval. Il posa la tête dans les flots de la crinière qui descendait sur le cou, et s'endormit aussitôt.

Le lendemain matin, il constata que le vagabond avait disparu. Il avait laissé sur une pierre un morceau de pain. Gaspard le dévora aussitôt. Cependant, le cheval s'ébrouait, puis allait paître sur la lande. Gaspard demeura un long moment assis dans la baraque, après qu'il eut fini son pain. Il voyait dans l'ouverture de la porte les herbes baignées de soleil. Sur la lande poussaient quelques bouquets de bouleaux et à deux cents pas s'élevait la lisière de la grande forêt. Gaspard admira longuement le cheval pie, dont les taches blanches et noires luisaient dans la lumière du matin. « Et pourtant il faut que je revienne à Lominval », songeait-il.

Sans aucun doute, Gaspard avait été arraché à sa vie routinière d'une telle façon qu'il se sentait entraîné de plus en plus vers l'inconnu. Il éprouvait, malgré ses craintes, la joie de découvrir des choses qu'il n'avait jamais soupçonnées. Mais il devait regagner Lominval coûte que coûte. D'ailleurs on aurait signalé sa disparition, et on le retrouverait de toute façon.

— Eh bien donc ! dit-il au cheval, nous allons descendre sur Fumay. Là-bas on nous parlera peut-être de mon ami d'Anvers. Je retrouverai son souvenir, et puis je reviendrai à l'hôtel du *Grand Cerf*, chez ma tante Mlle Gabrielle Berlicaut.

Le cheval parut écouter ce discours. Ses yeux lançaient des flammes qui exprimaient une certaine méchanceté.

— Non, tu ne seras pas méchant, dit Gaspard. Tu reviendras avec moi à Lominval.

Il réussit à lui passer le licou qu'il avait gardé dans sa blouse et il l'emmena dans le sentier qui descendait vers Fumay.

Peut-être Gaspard se trompa-t-il de chemin quand il parvint au carrefour de deux allées forestières. Il marcha pendant deux heures sans rencontrer la route de Fumay, ni trouver la moindre indication sur ce pays. Les bois étaient déserts et demeuraient comme des barrières impénétrables. Gaspard, fatigué, se résolut à monter sur le cheval qui l'avait suivi docilement.

Dès qu'il fut sur son dos, bien accroché à la crinière et tenant l'extrémité du licou simplement pour la forme, le cheval s'élança dans un galop avec la même ardeur que la veille. Gaspard pensait déjà que par sa faute il serait peut-être contraint de chevaucher encore tout un jour dans la forêt. Cependant ils arrivèrent sur une route que le cheval dévala avec une habileté surprenante. Gaspard aperçut de nouveau le fleuve au milieu des immensités boisées des croupes et bientôt ce fut, au bas de la côte, l'amoncellement de maisons d'une ville : Fumay. Le vagabond n'avait donc pas menti.

Dès que le cheval eut prit le trot dans la rue pavée, Gaspard tenta de l'arrêter en tirant un peu sur le licou. Le cheval ne tint aucun compte de cet avertissement. Gaspard se suspendit à la crinière avec vigueur, mais l'animal secouait fièrement la tête, et continuait son chemin.

Il suivit d'abord une rue assez large, puis se perdit dans les voies resserrées, avant de revenir vers l'Hôtel de Ville. Le cheval caracolait joyeusement. Les gens s'ameutaient. Des enfants essayaient de courir derrière le cheval. Gaspard comprit qu'en quelques minutes tout le pays serait averti de son arrivée et que l'aventure se terminerait dans la honte. S'il pensait qu'il valait mieux pour lui regagner Lominval, il préférait accomplir ce retour avec discrétion. Finalement le cheval traversa un marché, où il sema la confusion et la panique. Des hommes invectivaient Gaspard et certains se mirent en mesure de barrer le chemin à sa monture avec l'intention très visible de donner une leçon au cavalier. Gaspard ressentit une soudaine colère, et il frappa les flancs de l'animal avec ses talons.

Le cheval ne broncha pas. Il se dirigea vers deux hommes apparemment résolus qui s'étaient placés en travers de la rue. Il avança jusqu'à les toucher, puis il fit volte-face et sauta par-dessus un éventaire de légumes, tandis que la marchande pirouettait vivement. Après quoi le cheval enfila une ruelle voisine où il reprit son galop, rapide comme le vent.

Il galopa jusqu'à la Meuse qu'il suivit, puis il revint vers les faubourgs, parcourant encore plusieurs rues à l'étonnement des habitants qui sortaient sur le pas des portes et s'interrogeaient. « Cela ne peut que mal finir, murmurait Gaspard. Mon ami, arrête-toi, ou bien conduis-nous dans la forêt. » Le cheval s'arrêta brusquement dans une rue déserte, devant la boutique d'un coiffeur. D'un côté de la boutique il y avait un magasin de vaisselle, de l'autre une petite cour. Gaspard sauta à bas du cheval. Aussitôt il se trouva en présence du coiffeur qui venait de sortir de son officine.

C'était un homme affreux, à la chevelure noire et qui avait des sourcils d'une épaisseur considérable. Gaspard le considéra, non sans effroi. L'homme lui faisait signe d'entrer, et lui indiquait la petite porte vitrée où était inscrit en lettres d'or : BAISEMAIN, COIFFEUR DIPLOMÉ. Gaspard ne savait que faire ni que dire. Le cheval venait de pénétrer dans la petite cour voisine, où il avait aussitôt entrepris de tondre l'herbe qui poussait le long des murs.

— Votre cheval est en sûreté, dit le coiffeur. Donnez-vous la peine d'entrer. Je pense que j'ai l'honneur de parler à M. Gaspard Fontarelle.

Gaspard, tout à fait abasourdi, entra sans répondre. Le coiffeur le pria de s'asseoir dans un fauteuil, et Gaspard obéit.

— Je vais vous couper les cheveux, monsieur Fontarelle, dit-il, et nous parlerons de choses et d'autres pendant ce temps, sans que personne puisse y trouver à redire.

— Vous me connaissez ? demanda Gaspard.

— Depuis ce matin, jeune homme, on vous recherche à Laifour, à Revin, à Fumay et dans toute la contrée. Votre tante, Mlle Berlicaut, a donné votre signalement aux gendarmeries des Ardennes. Les douaniers eux-mêmes doivent être prévenus. Votre cheval pie attire terriblement l'attention sur vous.

— De toute façon je dois rentrer à Lominval, dit Gaspard, et vous n'avez pas besoin de me couper les cheveux pour cela.

— Ce n'est pas dit, répliqua M. Baisemain avec un sourire exquis qui rendait son visage plus affreux encore. Ce n'est pas dit que vous rentrerez à Lominval, et pour ma part j'aime bavarder, et je m'intéresse à vous. Quelle bonne surprise vous me faites que de venir vous faire coiffer par mes soins.

— Je n'ai pas besoin... protesta Gaspard qui voulut quitter son fauteuil.

M. Baisemain le força à se rasseoir, puis il déclara sur le ton le plus aimable et d'un air tout à fait désintéressé :

— Il y a un mois jour pour jour, et à peu près vers la même heure, j'ai donné un shampooing à un garçon aussi blond que vous, mais dont la chevelure était beaucoup plus abondante. Il avait des yeux coupants comme l'acier et purs comme la Meuse.

— Ne s'appelait-il pas Drapeur ? demanda Gaspard avec vivacité.

— Il s'appelait Drapeur, en effet, reconnut M. Baisemain.

4

THÉODULE RESIDORE

Gaspard Fontarelle ne cherchait pas à comprendre par quelle suite de hasards il se trouvait sur les traces de son ami, l'enfant fugitif. Il osa dire au coiffeur :

— Si je comprends bien, monsieur Baisemain, vous aussi vous êtes un original.

— Je suis peut-être un original, mais laissez-moi vous conter l'histoire, répondit M. Baisemain.

Il avait enveloppé Gaspard d'un peignoir et, tandis qu'il taillait ses cheveux en faisant exécuter d'éclatantes acrobaties à ses ciseaux, il dit comment un beau matin une voiture de belle apparence s'était arrêtée devant sa boutique.

Deux hommes et un enfant étaient descendus. L'enfant avait les cheveux en broussailles et souillés de poussière, et certainement un coup de peigne n'était pas inutile. Les deux hommes s'étaient assis au fond de l'officine, tandis que M. Baisemain coiffait l'enfant. Dès que le coiffeur l'eut installé, l'enfant se mit à lui parler à voix basse :

— Écoutez-moi, monsieur. Ne faites semblant de rien. Je vous parle à tout hasard. Il faut que je me sauve. Ouvrez la porte, s'il vous plaît. Vous trouverez un prétexte, et vous ne me retiendrez pas. Personne ne veut me comprendre. Il faut que je cherche ma famille et mon pays. Ces hommes ne sont pas mes parents. Faites ce que je vous demande. Vous ne risquez rien. Vous aurez fait une bonne action. Si vous voulez, n'allez pas ouvrir la porte. Je l'ouvrirai, mais ne me retenez pas, je vous en supplie.

M. Baisemain s'était penché vers l'enfant, tandis qu'il commençait à le savonner. Il fut assez étonné pour se trouver contraint d'écouter sans mot dire. La voix de l'enfant était si douce et si persuasive que le coiffeur aurait peut-être cédé à une demande aussi extraordinaire. Mais l'un des hommes s'était avancé. Il frappa sur l'épaule de M. Baisemain, qui eut un violent sursaut :

— Je dois vous prévenir que cet enfant conte des mensonges à qui veut l'entendre. Il cherche tous les moyens pour s'enfuir. Nous devons vous mettre au courant. Quoique nous soyons des étrangers, nous n'aimons pas qu'on dise du mal de nous.

C'était M. Parpoil qui avait parlé, M. Drapeur était demeuré assis. Il fit observer qu'il ne lui semblait pas nécessaire de donner des explications, et que l'enfant resterait bien sagement où il était. M. Parpoil se tourna vers M. Drapeur :

— Il s'est déjà sauvé de cette façon, quand nous étions à Anvers dans un magasin. Il a réussi à se faire passer pour un enfant volé, et il a profité, pour nous échapper, du désarroi qu'il avait causé parmi les clients du magasin.

— Il n'y a personne ici que nous, objectait M. Drapeur.

— Des clients peuvent venir. Si M. Baisemain se laissait convaincre...

— Je suis prêt à vous écouter, dit M. Baisemain.

— C'est bien inutile, disait M. Drapeur.

M. Parpoil s'était présenté. Il avait conté qu'il avait l'honneur d'être le secrétaire de M. Drapeur et que celui-ci était un marchand de diamants, mais qu'il avait aussi une grande célébrité comme amateur d'œuvres d'art. M. Drapeur possédait un château dans les environs d'Anvers, et il allait prochainement partir en croisière sur son yacht.

— Ceci dit, conclut M. Parpoil, pour que vous jugiez combien il pourrait être ennuyeux pour vous d'avoir des démêlés avec M. Drapeur.

M. Drapeur s'était levé :

— Je regrette, Jacques, mais vos paroles me semblent un peu insolentes. La vérité, monsieur Baisemain, c'est que j'aime mon enfant, et que je suis désolé qu'il ait résolu de s'enfuir. On dit que certains enfants sont sujets à des fugues, et, depuis un an, celui-ci fait tentative sur tentative. Il a dernièrement traversé toute la Belgique.

— Il prétend chercher sa famille et son pays, ne put se garder de dire M. Baisemain.

— Il n'a d'autre famille que moi qui suis son oncle et d'autre pays qu'Anvers.

Il était impossible de ne pas ajouter foi aux paroles des deux hommes. L'auto magnifique qui stationnait devant la porte témoignait de leur fortune. Comme M. Baisemain le dit à Gaspard, il n'aurait certainement pas retenu l'enfant, si celui-ci avait voulu se sauver, mais, après les explications qui venaient de lui être données, il eût craint de prendre une trop grave responsabilité.

— Comprenez-vous pourquoi il veut se sauver ? demanda Gaspard.

— Je n'y comprends rien, assurait le coiffeur. C'est un vrai mystère, car il possède tout ce qui fait le bonheur d'un enfant, mais il a certainement une bonne raison pour agir avec tant d'obstination, j'en jurerais. Bref, je ne vous ai pas dit ce qui vous concerne.

Comme M. Baisemain achevait de peigner l'enfant, celui-ci avait prononcé encore quelques mots à voix basse comme un message.

— Ecoutez... A Lominval... Gaspard Fontarelle... Mon ami...

Il n'avait pas eu le temps d'achever. M. Parpoil était venu lui imposer silence.

— Je n'ai pu entendre ce qu'il voulait vous faire savoir, dit M. Baisemain à Gaspard. Les deux hommes sont partis presque aussitôt avec l'enfant. Lorsque j'ai appris ce matin que Mlle Berlicaut de Lominval signalait la disparition de son neveu Gaspard Fontarelle, j'ai supposé que vous cherchiez à rejoindre votre ami. Lorsque je vous ai vu tout à l'heure, j'ai pensé que je pourrais vous aider.

— J'ai quitté Lominval sans le faire exprès, avoua Gaspard, et je dois retourner à Lominval. Ma tante m'a toujours dit que je n'étais pas fait pour les aventures, et il n'y a rien de plus vrai. Mais je vous remercie de tout mon cœur, monsieur. Je n'ai même pas d'argent pour vous payer.

— Cela n'est rien, assura le coiffeur en fronçant ses horribles sourcils. Je suis sûr que vous ne rentrerez pas à Lominval.

— Regardez, dit Gaspard, comme il quittait son fauteuil.

Derrière la vitre de l'étalage, entre les flacons de parfum et les coiffures postiches, on apercevait deux visages qui épiaient.

— C'est la voisine, la marchande de vaisselle, et son mari, dit M. Baisemain. Certainement, ils vont vous dénoncer, si ce n'est déjà fait. Ce sont des gens tatillons.

— Si vous pouviez me faire échapper par la cour, dit Gaspard, au moins vous m'épargneriez la honte.

— Certainement, je ne vous épargnerai aucune honte, répondit le coiffeur.

M. Baisemain regardait Gaspard Fontarelle en faisant une affreuse grimace. Sa chevelure et ses sourcils avaient un air étrange qui fit frissonner Gaspard. Ses regards cependant gardaient une lointaine douceur.

— Vous vous êtes moqué de moi, dit Gaspard. Vous

m'avez gardé ici jusqu'à ce qu'on vienne me chercher.

La douceur s'effaça des regards de M. Baisemain :

— Je suis persuadé que vous ne retournerez pas à Lominval. Quelque chose va se passer, je ne sais quoi encore. Votre cheval, qui vous a signalé à l'attention, n'est pas un cheval comme les autres. Il est capable de vous conduire au bout du monde.

Les visages s'étaient éloignés de la vitrine, mais on voyait le marchand et la marchande de vaisselle qui discutaient. Le cheval pie s'était avancé dans la rue.

— Je ne monterai plus sur ce cheval, dit Gaspard, et comment pourrai-je jamais gagner Anvers sans être arrêté en route ? Même si j'allais là-bas, qu'est-ce que je ferais ?

— Ecoutez-moi, murmura M. Baisemain. Je ne cherche qu'à vous dire des paroles secourables. Alors retenez bien ceci. Si vous avez quelque ennui, gagnez les environs de Vireux. Sur la route qui va de Fumay à Vireux, interrogez les passants. Il se trouvera certainement quelqu'un pour vous indiquer où demeure Théodule Residore. Répétez ce nom. Théodule Residore vous viendra en aide, quoi que ce soit que vous désiriez. Et maintenant, au revoir, mon ami. Tâchez de retourner à Lominval.

Il y eut dans les yeux du coiffeur un éclat singulier. Ses sourcils se froncèrent. Gaspard le remercia et lui dit adieu en tremblant. Il ouvrit la porte de la boutique.

Gaspard n'avait pas mis le pied sur le trottoir qu'il entendit un fracas considérable. Aussitôt, il aperçut le cheval qui ruait dans la vitrine du magasin de vaisselle. La vitrine volait en éclats, et les assiettes empilées formaient des gerbes de miettes, comme un feu d'artifice. Le marchand et la marchande s'efforçaient en vain d'apaiser la bête. Le marchand criait : « Ce garçon de Lominval nous le paiera. C'est à lui ce damné cheval, il ne pourra dire le contraire. » Gaspard demeurait sur le seuil de la boutique, incapable de faire un mouvement, ne sachant s'il devait sortir ou rentrer, lorsqu'il entendit derrière lui le rire grave de M. Baisemain. Ce rire était à la fois amical et cruel. Gaspard en éprouva une honte nouvelle, et s'enfuit, terrifié, comme déjà les badauds arrivaient de toutes parts. Il pénétra dans la cour voisine, sauta le mur et se trouva au fond d'une ruelle.

« Encore une catastrophe ! murmurait Gaspard. Que me reste-t-il à faire ? Si je retourne à Lominval, je dois m'attendre à une triste réception. » Gaspard perçut le bruit d'un galop joyeux et sauvage, puis une grande clameur poussée par les gens assemblés, des voix enfin qui parlaient de la gendarmerie. Dans cette situation inextricable, Gaspard ne songea plus qu'à fuir. Il ressentait un irrésistible désir de gagner la forêt, sans aucun espoir d'ailleurs d'échapper aux conséquences de son aventure. Ce n'était pas seulement la peur, mais un élan qu'il n'aurait pu maîtriser pour retrouver, ne fût-ce que quelques instants, la paix profonde de la forêt.

Il se trouvait dans le faubourg. La ruelle aboutissait à un sentier qui traversait des jardins, une prairie, et débouchait sur la route. De l'autre côté de la route c'était la forêt. Dans cette région, les villes sont bâties dans de vastes clairières, mais sur certains côtés les bois touchent à la ville. Du fond des rues on entend les tourterelles, et la nuit on peut percevoir les trouées que font les sangliers dans le feuillage pour venir jusqu'aux champs de blé ou de pommes de terre. On entend glapir les renards. En ce lieu, les taillis dévalaient un escarpement. Gaspard se jeta à travers les haut séneçons et les ronces de la lisière. Il grimpa dans les taillis, et arriva bientôt, hors d'haleine, sur un plateau coupé de vallonnements où les futaies étendaient leurs ombres à l'infini. Après avoir traversé des bois d'acacias clairsemés, il s'engagea dans un fourré. Il était comme aveuglé par le sang qui frappait dans son cœur et dans sa tête.

Malgré son épuisement il fonça au milieu des épines. Les arbrisseaux étaient si serrés qu'il crut à un moment qu'il ne pourrait ni avancer ni reculer. Il ne comprit pas lui-même comment il réussit à pénétrer, et soudain il se trouva comme dans une véritable cave sous une voûte de feuillages bas. Le lierre couvrait le sol et grimpait après de jeunes charmes et des sortes de saules. Gaspard gagna une fondrière au fond de laquelle s'inscrivait une piste de chevreuil entre quelques brins de millet. Il n'aurait pu faire un pas de plus. Il tomba sur les genoux et s'étendit de tout son long.

A quinze ans, un enfant est prêt à engager une responsabilité d'homme. Toutefois, il reste attaché à des idées ignorées de tous et de lui-même. Gaspard avait besoin de songer en paix à son ami d'Anvers qu'il n'avait vraiment aucun moyen de rejoindre et sans doute, à ce moment-là, il s'imaginait près de mourir. Il fit une prière que personne ne pourra jamais vous rapporter exactement. Ce fut en priant qu'il s'endormit, la tête sur la mousse.

Quand il se réveilla, il n'avait aucune idée de l'heure. La lumière n'avait pas changé dans le sous-bois. Il se leva et s'apprêta à regagner les acacias clairsemés. De là, en suivant les futaies, il chercherait un chemin, et il tâcherait de gagner quelque hameau où il se procurerait de quoi manger, après quoi il rentrerait dans la forêt. Il ne se demandait pas ce qu'il ferait. Il ne désirait que rester dans les bois le plus longtemps possible et retarder l'heure des explications et des remontrances. Il croyait entendre encore le bruit de la vaisselle cassée qui avait mis le comble à ses ennuis.

Le hasard se joua de ses projets. Il ne parvint pas à regagner le bois d'acacias, mais tourna en rond dans le taillis serré dont il ne sortit qu'une heure plus tard. Il parvint à des futaies de chênes. Dans une clairière, il tenta de s'orienter. Le soleil était encore haut dans le ciel. Il prit un sentier qui allait vers le nord et longeait les hauteurs. Bientôt, il aperçut de nouveau la grand-route entre les arbres. De l'autre côté de la route, c'était la ligne de chemin de fer et la Meuse, après quoi la forêt recommençait.

Il marcha sur les crêtes pendant une heure. La faim le tiraillait de plus en plus. Il fut soudain saisi par une atroce crampe d'estomac. Il se coucha sur le dos pendant quelques instants, puis il reprit sa marche. Il n'avait pas fait deux cents pas que la crampe le reprenait. Il se coucha encore, puis repartit. C'était sûr qu'il ne pourrait tenir s'il ne trouvait pas bientôt de quoi manger. Il descendit vers la route.

Sur l'asphalte, il se sentit un peu mieux. Des autos passèrent, puis des bicyclettes. Un cantonnier revenait de son travail, la pelle sur l'épaule. Gaspard avançait en fermant à demi les yeux. « Imaginons, se dit-il, que je fais une course au pays voisin pour l'hôtel du *Grand Cerf.* » Puis il entendit derrière lui le grondement d'un orage qui lui rappela cette course folle de la veille. Il se tourna et aperçut à l'horizon du sud, entre les escarpements des forêts, de lointains nuages noirs. Quand il regarda de nouveau devant lui, il vit venir deux gendarmes sur leurs bicyclettes.

Les gendarmes passèrent sans prêter aucune attention à Gaspard. Quand ils eurent fait une cinquantaine de pas, ils s'arrêtèrent brusquement. Gaspard entendit leurs freins. Il n'était pas question de fuir. Au lieu de continuer son chemin, Gaspard fit demi-tour et se dirigea vers les gendarmes. L'orage grondait toujours. La bordure d'un nuage s'illumina d'un éclair qui se perdit étrangement dans l'éclat du ciel bleu. Ce fut presque sans penser que Gaspard dit :

— Bonsoir, messieurs. Pourriez-vous m'indiquer où habite monsieur Théodule Residore ?

— Théodule Residore ? Mais parfaitement ! Vous prenez le premier chemin à gauche. C'est beaucoup plus court que si vous passiez par Vireux.

— Mais faites bien attention, ajouta l'autre gendarme. Quand vous aurez monté la côte par ce chemin, vous arriverez à un carrefour où le chemin file sur la droite. Ne prenez pas sur la droite, mais allez tout droit dans le sentier qui prolonge le chemin. Vous entendez : au carrefour, c'est le sentier qui prolonge le chemin.

— Je vous remercie mille fois, messieurs, dit Gaspard.

— C'est la moindre des choses. Monsieur Théodule Residore...

Le gendarme marmonna quelque chose que Gaspard ne comprit pas très bien, mais qui semblait exprimer la haute idée qu'on avait de M. Théodule Residore dans la région de Vireux. Il semblait que de prononcer ce seul nom avait plus de pouvoir que des papiers en règle ou un certificat de bonnes vie et mœurs. Gaspard salua et s'éloigna. Un quart d'heure plus tard il avait trouvé le chemin, et bientôt il parvint au carrefour où il prit le sentier à travers les bois. Il fut encore torturé par des crampes d'estomac et il dut se coucher plus d'une fois. Ce raccourci le conduisit jusqu'à un chemin bien empierré. Gaspard se demandait de quel côté il devait aller lorsqu'il aperçut vers la gauche une très grande clairière et au fond de la clairière une maisonnette flanquée d'une grange. Il se dirigea vers la maisonnette.

C'était une petite ferme qu'on avait restaurée. Elle prenait l'apparence d'un pavillon coquet. La porte de la grange elle-même, peinte en vert, gardait un air gracieux. Dans la cour, il y avait de la volaille en abondance. Vers la gauche s'élevaient des poulaillers aux grillages disposés avec élégance ; vers la droite, un hangar et une écurie dont la propreté minutieuse enchantait le regard. Un vieil homme, tout courbé, sortait du hangar. Il vint au-devant de Gaspard.

— Je désire parler à monsieur Théodule Residore, s'il vous plaît.

— Le voici qui sort de la maison, justement.

La porte de la maison venait de s'ouvrir, et, sur le seuil, se tenait un garçon d'une quinzaine d'années. Gaspard allait d'étonnement en étonnement.

— C'est bien monsieur Théodule Residore, s'il vous plaît.

— C'est bien lui, assura l'homme.

Gaspard s'avança jusqu'au perron, non sans examiner avec la plus grande curiosité ce garçon qui avait un corps malingre et un visage ingrat et sérieux. Des cheveux noirs en désordre, des regards indifférents et pleins d'astuce. Gaspard lui demanda s'il avait l'honneur de parler à M. Théodule Residore. Le garçon s'inclina et le pria d'entrer. Gaspard pénétra dans une cuisine où il vit une grande cheminée de l'ancien temps et une table immense. Théodule Residore le fit asseoir auprès de la fenêtre devant un petit guéridon.

— Je suppose que vous avez faim, dit-il à Gaspard.

Il alla prendre une sonnette sur la cheminée et l'agita de toutes ses forces. « A quoi bon sonner avec tant de violence ? », songeait Gaspard. Presque aussitôt, par une porte ménagée au fond de la cuisine, parut une femme assez âgée et très vive, vêtue comme une paysanne. Elle regarda son jeune maître, puis le guéridon, et aussitôt, avec une rapidité singulière, elle alla prendre des œufs dans une armoire, alluma un réchaud, et fit une omelette qui se trouva prête en quelques instants.

— Mangez, dit Théodule.

Gaspard dévora l'omelette. On lui apporta du fromage, des cerises, de la confiture, après quoi la servante lui demanda s'il avait assez mangé.

— Je vous remercie, dit Gaspard.

Avant même que la femme eût disparu par la porte du fond, le jeune Théodule Residore déclara :

— Ici, on ne demande d'explication à personne et je ne chercherai pas à savoir qui vous a envoyé, mais si vous avez besoin d'un service, nous vous aiderons. Pour que vous n'ayez aucune gêne, je veux d'abord vous faire comprendre dans quelle maison vous vous trouvez.

Le garçon avait une voix étrangement aiguë, et Gaspard s'étonnait de son air un peu solennel.

— Mon père a des propriétés immenses, poursuivit Théodule Residore sur le même ton de fausset. Il a des entreprises nombreuses, il collectionne les moustaches de chat, les bagues de cigare et bien d'autres curiosités. Je dois à son caractère excentrique d'être possesseur de cette ferme. J'ai un précepteur qui vient tous les matins me donner des leçons. Le reste du temps, je fais ce que je veux.

Le garçon apprit à Gaspard qu'il aimait cultiver les terres autour de la maison et vaquer à tous les travaux. Il avait pour aide un vieil employé et une servante.

— Le vieux Marval s'occupe de l'économie de la ferme, dit-il. Mais je donne la plupart des produits aux gens des environs, et je réserve des bois pour qu'ils y fassent des coupes selon leurs besoins. Dans une clairière j'ai fait construire cette année des maisonnettes en bois où sont accueillis tous les jeunes gens qui viennent pour passer des vacances. Ils peuvent rester un mois. Vous verrez demain, si vous le voulez, ceux qui sont là maintenant. Il y a aussi beaucoup de campeurs. Est-ce que vous désirez demeurer quelque temps ici ?

Gaspard, très intimidé par les déclarations et l'assurance de Théodule, se lança sans réfléchir, dans une histoire un peu arrangée. Il dit :

— A Fumay, je cherchais à avoir des nouvelles d'un ami qui est reparti pour Anvers.

— Vous allez à Anvers ? coupa Théodule.

— Je ne peux pas aller à Anvers.

— Vous vous demandez comment faire pour vous y rendre ?

— Je ne vais pas à Anvers, dit Gaspard. C'est par hasard...

— Je peux vous donner les moyens d'aller là-bas, reprit Théodule.

— En réalité, il faut que je rentre à Lominval, dit Gaspard. Je n'ai même pas l'adresse de cet ami.

— Je vous donnerai une excellente adresse où vous serez parfaitement reçu, assura Théodule.

— Je ne peux pas aller à Anvers, gémit Gaspard.

— Je suis content que vous ayez confiance en moi, répondit l'autre. Vous y serez dans deux jours.

Gaspard regarda de façon si étrange son hôte que celui-ci jugea bon de s'expliquer :

— Ma voix aiguë a dû vous étonner. On m'a souvent fait comprendre que j'avais une voix trop aiguë. Je n'y peux rien, puisque je suis sourd. Je comprends toutes les paroles d'après les lèvres, et d'après certains sons que j'entends malgré tout. Personne ne s'aperçoit que je suis sourd et je dois le dire pour excuser cette voix. En attendant que vous partiez pour Anvers, nous allons faire ensemble une partie de dames. J'aime bien m'amuser aussi.

Théodule Residore alla chercher un jeu de dames dans une grande armoire. Il le posa sur la table et regarda Gaspard avec amitié. Enfin il plaça ses pions. Gaspard, ne voulant pas contrarier son hôte, plaça lui aussi ses pions.

« Dans quel monde suis-je tombé ? songeait Gaspard. Moi, que ma tante vouait à la routine, j'ai été emporté par un cheval pie, envoyé ici par un coiffeur baroque, et voilà que je joue aux dames avec le fils d'un collectionneur de moustaches de chat, qui est immensément riche. En outre, ce garçon veut m'envoyer à Anvers, par quels moyens, mon Dieu ? »

— Si vous ne savez pas jouer, cela ne fait rien, dit Théodule. J'aime bien gagner.

A quoi bon répondre puisqu'il n'entendait à peu près rien, malgré son assurance ? Le soir venait. Théodule Residore devait être assez avare, malgré sa générosité, car il n'alluma pas l'électricité, et il fallut achever une troisième partie, le nez sur le damier pour distinguer les pions noirs. Après quoi Théodule Residore, satisfait d'avoir gagné, expliqua à son ami dans quelles circonstances il irait à Anvers.

— J'ai là-bas deux amis. Mon père m'avait emmené en vacances à Temsche, près d'Anvers, et j'ai fait connaissance un jour de deux garçons. Nous nous sommes promenés dans une barque, et nous étions au milieu de l'Escaut lorsqu'une péniche qui transportait de l'essence a fait explosion. Comment avons-nous été sauvés, je ne le sais pas. On nous a repêchés à demi-morts. Depuis l'explosion je suis resté sourd et mes deux camarades ont gardé aussi un mal. Mais alors, nous avons été comme des frères. Nous ne nous quittions presque jamais. Vous irez les retrouver, et ils vous recevront aussi comme un frère.

Ainsi, dans ce monde nouveau pour Gaspard, il y avait des choses terribles et bizarres certainement, mais aussi une fraternité inconnue. Théodule se leva pour allumer l'électricité.

— Vous devez être fatigué, dit-il. Je vais vous montrer votre chambre. Après quoi, je dînerai moi-même. Comment t'appelles-tu ?

Ce tutoiement soudain enchanta Gaspard.

— Gaspard Fontarelle. Je suis de Lominval, dit-il.

Il dut crier plusieurs fois son nom.

— Eh bien ! Gaspard, je dois te confier quelque

chose. Un garçon d'Anvers a passé quelques jours par ici.

En entendant ces mots, Gaspard frissonna des pieds à la tête. Par quel prodige les traces et le souvenir de cet enfant se présentaient sans cesse à lui ? Ces yeux clairs et durs...

— J'ai su qu'il s'appelait Drapeur, expliquait Théodule. Il m'a demandé du pain. Il ne voulait pas autre chose. Il allait errer dans la vallée et dans la forêt, où il devait dormir. Tous les deux jours je le revoyais et il me demandait du pain. Il ne répondait à aucune question. Un soir, il s'était assis devant la porte sur une pierre pour manger son pain, et il a écrit dans la poussière : « Je cherche mon pays. » Je n'ai pas compris ce qu'il voulait signifier. Gaspard, si tu le vois à Anvers, tu me donneras des nouvelles de lui.

— Comment irais-je à Anvers ?

Théodule se souciait peu de ce que disait Gaspard. Il poursuivit :

— Ici, c'est bien plus ordinaire que tu ne crois. Mon père est fortuné, il a des manies, il m'a donné un nom idiot, et il n'y a pas de quoi crier merveille. Ce que je fais dans cette maison n'a rien de fameux. Comme je suis sourd et pas plus intelligent qu'il ne faut, je cherche à devenir un bon fermier, et si je distribue du bois et que je bâtis des maisonnettes, c'est parce que cela m'amuse. Ce n'est pas très malin. Mais lui, Drapeur, c'est autre chose.

Gaspard devait se redire bien souvent : « *Mais lui...* » Bien sûr, Drapeur n'était pas un ange, mais il cherchait quelque chose, et ses yeux disaient qu'il cherchait quelque chose de beau.

— Je le connais, dit Gaspard.

— Tu le connais ?

Pour une fois Théodule avait compris. Gaspard dut raconter ce qu'il savait en hurlant presque chaque mot.

— Tu iras à Anvers, conclut Théodule. Tu le trouveras.

— J'irai à Anvers, dit Gaspard.

Ni l'un ni l'autre ne se demandaient à quoi cela servirait de retrouver Drapeur, et Gaspard se repentit d'ailleurs de ses paroles inconsidérées. Il prit aussitôt la résolution de rentrer à Lominval aussi modestement qu'il se pourrait et quels que fussent les réprimandes et les ennuis qui l'attendaient au village.

Le jeune Residore mena Gaspard dans une petite chambre du premier étage. Avant de se coucher, Gaspard s'accouda à la fenêtre et regarda les forêts lointaines baignées par la lune, et le chemin où le jeune Drapeur était passé il n'y avait pas si longtemps.

Le lendemain, il se leva tôt. Il descendit l'escalier. Il pensait prendre congé pour retourner à Lominval. Théodule Residore l'attendait dans la salle. Il avait lui-même préparé le café.

— Bonjour, Gaspard. Il faut déjeuner. Nous partons dans un quart d'heure.

— Bonjour, dit Gaspard. Où partons-nous ?

— Marval vient de porter un message, et je te présenterai à de bons amis tout à l'heure.

— Quels amis ?

— Tu verras.

Gaspard tâcha d'expliquer à Théodule qu'il désirait retourner à Lominval. Il n'y réussit pas et songea qu'il ne lui restait qu'à fausser compagnie à Théodule Residore dès qu'il le pourrait.

Aussitôt après le déjeuner, Théodule lui montra, devant la maison, deux bicyclettes appuyées contre le mur.

— Prends celle qui te plaît, dit Théodule.

— Nous n'allons pas à Anvers à bicyclette ? dit Gaspard.

L'autre n'entendit rien. Gaspard ne put faire autrement que d'enfourcher le vélo. Ils partirent, et, peu de temps après, ils roulaient sur un chemin cahoteux au milieu de la forêt. Gaspard ne disait mot. Il ne cessait de penser à la meilleure façon de quitter son hôte. En tout cas rien ne pouvait l'empêcher de faire ce qu'il voudrait. Ils quittèrent le chemin, prirent un sentier, puis suivirent une étroite piste ménagée pour les chasseurs et qui filait tout droit sur deux kilomètres. Au bout de la piste, une clairière. Après le rideau d'un nouveau taillis, ils débouchèrent sur une campagne libre avec des villages semés dans l'étendue. Ils traversèrent un champ où le sentier se perdait, et parvinrent sur une petite route.

Gaspard jugea que le moment était venu. Il rangea le vélo sur l'accotement et fit signe à Théodule qu'il voulait partir seul.

— Impossible, mon ami, dit Théodule. Maintenant, tu es en Belgique. Nous avons passé la frontière dans la forêt. Les douaniers connaissent mon père et nous ne risquions rien. Si tu voulais revenir seul, ils t'arrêteraient.

Gaspard demeura aussi étonné que lorsqu'il était tombé sur la croupe du cheval pie. Qu'il fasse ou qu'il dise n'importe quoi, il était entraîné malgré lui loin de Lominval. Il resta sans pensée et considéra Théodule longuement. Théodule avait le même regard que le coiffeur de Fumay, le même regard que les gendarmes qui avaient indiqué à Gaspard le chemin qui menait à la ferme de Théodule. Un regard qui interrogeait, mais sans souci de la douceur ou de la cruauté du destin. Aussi bien qu'en ces minutes où il sautait comme une crêpe sur le dos du cheval pie, Gaspard éprouva une grande insouciance. C'était simplement la vie, avec ses multiples chemins. Il ne répondit rien à Théodule. Les garçons enfourchèrent de nouveau leurs vélos et Théodule conduisit son ami, en bavardant gaiement, à travers la campagne belge.

Gaspard regardait avec curiosité autour de lui. Les moindres détails qui signalent une contrée étrangère, bornes des routes, panneaux indicateurs, étalages des petits magasins de villages, drôle d'air des habitants, tout cela l'enchantait.

Théodule le fit rouler sur des chemins accidentés. Ils traversèrent une grande route, passèrent dans un bois et soudain redescendirent sur la Meuse. Ici, la Meuse apparaissait bien différente de ce qu'elle était en France. Elle ressemblait à un canal aux rives parfaitement murées et ordonnées. Ils longèrent le fleuve pendant une demi-heure jusqu'à ce qu'ils parviennent à un quai où les péniches pouvaient accoster. Théodule sauta de son vélo et s'assit sur la berge, Gaspard prit place à côté de lui.

Pendant longtemps ils regardèrent défiler les bateaux. Gaspard ne disait rien. Enfin Théodule se leva. Il fit des signaux en agitant les bras et se mit à lancer des appels, comme une nouvelle péniche s'avançait au milieu du fleuve. Un homme lui répondit de la péniche. Le bateau vint se ranger contre la berge.

— Cette péniche appartient à mon père, expliqua Théodule. Il en a une dizaine comme celle-ci. Je savais qu'elle passait la frontière ce matin. Ces gens vont t'emmener à Anvers.

Gaspard ne souleva aucune objection. Il n'avait rien d'autre à faire que de se laisser conduire. Théodule présenta Gaspard à un marin qui le salua respectueusement au titre de protégé des Residore.

— Mon ami Gaspard Fontarelle, dit Théodule, va jusqu'à Anvers pour retrouver un ami. Vous prendrez soin de lui.

Il se tourna vers Gaspard et lui donna un papier :

— Voici le nom de ceux qui t'aideront comme leur frère, si tu leur parles de moi : Ludovic et Jérôme Cramer, les fils de Niklaas Cramer. Ils vivent sur leur bateau qui promène les touristes, et ils sont presque toujours ancrés non loin de l'embarcadère à côté du Steen. Le Steen, c'est un château bâti au bord de l'Escaut. Mais tu verras d'abord la tour de la cathédrale, plus haute que n'importe quel beffroi.

Ce dernier mot était un de ceux dont Gaspard avait rêvé à Lominval. Il prit le papier et serra les mains de Théodule.

— Au revoir, lui dit Théodule. Tu me donneras des nouvelles de Drapeur.

La péniche mit deux ou trois jours pour atteindre Anvers. Ce n'était pas un voyage immense. Cependant Gaspard était ébloui par les eaux du fleuve, et par les contrées diverses qu'on traversait. Comme si soudain la nature se multipliait. Il semblait à Gaspard qu'on avait ici entassé plusieurs mondes.

Après Waulsort, Gaspard vit des châteaux sur des collines coupées de bois. Jardins et balustres se mêlaient à la nature sauvage. Plus loin, d'immenses rochers plongeaient dans la Meuse. Citadelles, églises et usines se succédaient. Il y eut des villes, Dinant, Namur, Andenne, Huy et puis Liège. C'est à Namur que Gaspard vit le premier beffroi. De temps à autre, l'homme qui l'avait accueilli le renseignait sur les noms et les lieux : par-dessus les collines, vers l'est, reprenait l'immense forêt, et il y avait aussi la grande Fagne. Par des échancrures, on apercevait des ruines anciennes dans des campagnes où l'élégance se mêlait à la rudesse primitive des choses. Toitures, prairies et blés formaient une gracieuse harmonie. Jamais Gaspard n'avait rêvé d'une telle beauté.

Ce jour-là, il passa des heures à plat ventre sur l'avant de la péniche. Les eaux lui semblaient immenses. Bleues et vertes, les longues vagues filaient de chaque côté du bateau que manœuvrait une équipe de deux hommes. Ceux-ci ne demandèrent pas à Gaspard d'où il venait. Ils le firent manger avec eux. Le soir, ils lui réservèrent un lit dans une cabine.

On traversa Liège. La péniche s'arrêta pour une nuit après la grande ville et le lendemain, on quitta la Meuse devant le phare pour suivre le canal Albert. On passa au fond de tranchées immenses, creusées dans les collines. Après Hasselt, ce fut la plaine. Le paysage, longtemps monotone, s'anima de nouveau lorsqu'on approcha d'Anvers, au cours d'une autre matinée. Le canal rejoignit l'Escaut au milieu des faubourgs.

— Nous allons te laisser un peu avant l'Escaut dit l'un des hommes. Ici nous sommes à Merksem. Tu suivras le canal jusqu'à ce que tu trouves le pont. Sur le pont, c'est la grande route de Rotterdam à Anvers. Tu traverseras le pont, et tu iras droit devant toi.

5

NIKLAAS ET SES MUSICIENS

Gaspard fit comme on le lui avait dit. Lorsqu'il arriva dans les rues d'Anvers, il ne songea pas à demander son chemin. Il marcha au hasard. Personne ne prenait garde à lui. Il contourna d'immenses docks et parvint à l'Escaut plus rapidement qu'il ne s'y attendait. Il passa une grande heure à regarder le fleuve. C'était une large voie maritime. Il vit un cuirassé amarré au quai, des bateaux de plaisance, des péniches qui circulaient. Il ne se lassait pas de regarder l'eau et de sentir le vent de mer qui arrivait sous le ciel bleu par-dessus les landes de l'autre rive. Puis il sentit la faim. Il fourra sa main dans sa poche machinalement. « Pas un sou », murmura-t-il. Mais, dans sa poche, il trouva des billets de banque belges. Théodule Residore avait tout prévu et lui avait glissé des billets sans attirer son attention.

Gaspard alla manger des frites et des moules dans une petite boutique, puis il revint vers l'Escaut. Il erra longtemps sans se préoccuper de chercher ceux à qui Théodule l'envoyait. Dans son idée, une catastrophe devait se produire, qui le chasserait de ce monde nouveau où il s'avançait timidement. Alors il voulut voir le plus de choses possible. Il suivit l'Escaut, gagna la place de la cathédrale, dont il admira la tour, marcha le long d'immenses avenues. Ce ne fut que vers la fin de l'après-midi qu'il décida de revenir vers le Steen et de chercher Niklaas Cramer et les fils de Niklaas.

Il s'adressa à un guichet de l'embarcadère d'où partaient les bateaux pour la visite du port et du fleuve.

— Niklaas Cramer, ils font de la musique sur la plage Sainte-Anne, savez-vous.

— Ou est la plage Sainte-Anne ? demanda Gaspard.

— Vous prenez l'ascenseur là-bas, plus loin, et le tunnel sous la Schelde. De l'autre côté vous suivez la Schelde.

Gaspard prit l'ascenseur, le tunnel et encore un autre ascenseur et il se retrouva sur l'autre rive dans une plaine nue sans maisons, avec des petits bois de saules. De vastes boulevards vides se croisaient dans ce désert. Il arriva sur la plage Sainte-Anne derrière les champs de glaïeuls. Des maisonnettes, des cafés, des attractions étaient rangés le long de la rive, où les herbes se mêlaient au sable et à la boue. Soudain, il fut ébloui à la vue d'un paquebot grand comme vingt maisons et qui sortait des bassins d'en face, derrière les îles entourées de roseaux. Il demeura longtemps à regarder ce paquebot. Il y avait là-haut, sur les ponts du bateau, de petits personnages qui faisaient des signes. « Drapeur », murmura Gaspard. Il songeait que le jeune Drapeur pouvait être parmi ces gens qui partaient. Il éclata en sanglots.

Il se reprit. Il devait avant tout suivre son chemin, et il se mit en quête de Niklaas. Le soir tombait. Les maisons et les paquebots s'allumaient, lorsque Gaspard aperçut enfin, vers l'extrémité de la plage, un petit bateau échoué sur un morceau de terre vague. Un homme qui paraissait assez âgé et deux enfants se tenaient sur le pont. Ils achevaient un maigre repas.

— Monsieur Cramer ! appela Gaspard.

— C'est moi-même répondit l'homme. Que me veux-tu ?

— Je suis envoyé par Théodule Residore, dit Gaspard à M. Cramer. Pourriez-vous m'aider à trouver du travail ?

— Théodule Residore, s'exclama Niklaas, voici des années que nous ne l'avons vu, mais nous ne l'oublierons pas de sitôt. Tu vas venir avec nous, mon fils, qui que tu sois. Je te présente Ludovic et Jérôme, mes jeunes musiciens. Attrape ce bout de corde et monte auprès de nous.

Gaspard se hissa sur le bateau. On lui offrit à manger et, après qu'on l'eut questionné à propos de Théodule, on le renseigna abondamment sur la famille Cramer.

Niklaas Cramer était un homme d'une soixantaine d'années. Il s'était marié sur le tard. Sa femme était morte, le laissant veuf avec deux jeunes enfants. Il n'était pas sans biens ni ressources, mais ses fils ayant été très touchés par l'explosion qui avait rendu sourd le jeune Residore, il s'était attaché à leur donner une vie paisible au grand air. Il leur avait appris la musique et ils jouaient ensemble ici et là, tirant quelques petits revenus de la générosité des touristes qui les écoutaient.

Dès le premier soir, Gaspard eut une place sur le bateau dans la cabine exiguë où logeaient Ludovic et Jérôme, qui étaient un peu plus jeunes que lui. Il expliqua brièvement à ses nouveaux hôtes, sans entrer dans les détails, qu'il avait dû quitter son pays et qu'il était à la recherche d'un ami qui devait habiter Anvers. Gaspard avait le vague espoir, quoique Anvers fût une très grande ville, que Niklaas Cramer aurait aperçu cet enfant remarquable par ses cheveux blonds et la beauté de ses yeux ou qu'il aurait entendu parler de lui.

Niklaas haussa les épaules pour signifier son ignorance. Il pria Gaspard de ne pas s'étonner des bizarreries de Ludovic et de Jérôme. Depuis le jour de cette explosion, qui leur avait fait subir comme à Théodule un choc assez grave, leur caractère avait changé. Ludovic était devenu querelleur et Jérôme horriblement peureux.

Lorsque Gaspard alla se coucher dans la cabine avec ses nouveaux amis, il eut l'occasion d'éprouver leurs fâcheuses dispositions. Ludovic voulait céder sa couchette à Gaspard, tandis que Jérôme prétendait donner la sienne. Gaspard assura l'un et l'autre qu'il préférait dormir sur le matelas que Niklaas avait placé sur le sol de la cabine. Il s'ensuivit une dispute.

— Tu as peur de dormir près du hublot, disait Ludovic à Jérôme, c'est pour cela que tu veux céder ta place.

Gaspard songea que le mieux était d'accepter tout de suite le lit de Ludovic, ce qui mettrait fin à toute contestation. Lorsque cela parut décidé, la querelle n'en fut que plus vive. Ludovic se fâchait pour le plaisir. Il criait :

— Figure-toi que Jérôme a peur d'un homme à barbe rousse. Il prétend que cet homme rôde la nuit sur le fleuve et qu'il vient frapper sur la coque du bateau.

— C'est un homme méchant, disait Jérôme, tu le sais bien.

— Il marche sur l'eau, criait Ludovic.

— Il habite sur un yacht pas loin d'ici, prétendait Jérôme.

— Alors, fais bien attention, poursuivait Ludovic sur un ton assez cruel, cette nuit il va venir. Il passera la main à travers le hublot et il t'étranglera dans ton lit.

Des larmes coulèrent sur les joues de Jérôme et Ludovic se tut.

— C'est un démon que j'ai en moi, dit-il enfin. Rien

ne peut m'empêcher de crier et de dire ce qui ne convient pas.

— Il vaudrait mieux que je prenne la place de Jérôme, dit Gaspard.

Ludovic, furieux, accepta néanmoins. Jérôme fut heureux de s'étendre sur le matelas dans un coin de la cabine, près d'un tas de vieux cordages qui semblaient l'abriter. On éteignit la lampe.

Gaspard demeura quelque temps sans dormir. Il entendait les bateaux passer sur le fleuve. C'étaient des péniches dont les moteurs grondaient doucement. Il y eut aussi de grands bateaux et des vedettes. Ce trafic nocturne sur l'eau calme et sombre avait une allure mystérieuse, comme si certains équipages ne pouvaient accomplir leur travail que dans le secret de l'obscurité. Gaspard passa la tête dans le hublot. Il vit les fanaux de l'autre rive, et, juste derrière la pointe de la plage, la grande tour de la cathédrale illuminée par des projecteurs, sous les étoiles. Après avoir contemplé ce spectacle, il se fourra au fond de ses couvertures et s'endormit.

La nuit n'était pas très avancée, lorsque Gaspard fut réveillé par les cris de Jérôme :

— C'est lui, je vous jure que c'est lui.

— Dors, disait Ludovic. Gaspard, ne t'inquiète pas. Cela lui arrive souvent.

— L'homme à barbe rousse est contre le bateau, je le jure, disait Jérôme.

— Je t'expliquerai demain, dit Ludovic à Gaspard. Il a peur d'un certain homme, mais c'est un prétexte comme un autre. Il a toujours peur la nuit.

— Il est malheureux, dit Gaspard.

— Dors, Jérôme, dit Ludovic, ou bien je vais me fâcher, et Niklaas nous flanquera une volée.

Jérôme se tut. Il claqua des dents pendant quelques minutes, puis de nouveau succomba au sommeil. Gaspard écouta un moment les bruits du fleuve et il regarda encore par le hublot. L'illumination de la cathédrale était éteinte. Il ne restait qu'une immense lueur diffuse dans le ciel au-dessus de la ville. Alors un bruit de moteur s'éleva vers l'extrémité de la plage, et un beau petit bateau apparut. Son phare balayait l'eau. Derrière lui des flots d'écume se déroulaient dans les ténèbres. Il y avait à l'avant une cabine vitrée où se tenait le pilote. Gaspard aperçut le visage du pilote éclairé par une lampe de bord. C'était un homme à barbe rousse. La vedette disparut rapidement. Gaspard ne restait plus tellement sûr que la barbe de l'homme était rousse, et quand bien même elle l'eût été, il n'y avait pas de quoi trembler. Mais il resta longtemps dominé par un effroi qu'il ne s'expliquait pas. Le lendemain matin il se garda de faire allusion à l'homme qu'il avait aperçu.

Niklaas et ses fils jouaient leur musique sur la plage, et, le matin, ils ne faisaient rien d'autre que répéter leurs morceaux à loisir. Parfois ils allaient en courses, ou encore ils prenaient soin du bateau. Ce jour-là ils avaient entrepris de laver le pont. Gaspard les aida. La matinée était claire et joyeuse. Des paquebots blancs ou noirs sortaient des bassins et prenaient la direction du large.

Niklaas avait décidé que Gaspard pouvait rester avec eux, tout au moins pendant le temps qu'il chercherait son ami d'Anvers. Gaspard serait chargé du ménage et de la cuisine, et on lui apprendrait la musique, s'il le désirait. Il assisterait aux concerts afin de se faire l'oreille. Gaspard, ne sachant en réalité que faire de son corps, accepta cette solution provisoire.

Comme ils nettoyaient le pont, Gaspard demanda :

— Cet homme à barbe rousse, où l'avez-vous rencontré ?

Ludovic, qui venait de se payer une colère parce que sa brosse se démanchait, saisit l'occasion de faire oublier sa conduite et conta l'affaire à Gaspard :

— Nous étions en train de jouer devant un café,

dit Ludovic, il y avait cet homme à barbe rousse attablé près de nous. Il s'est levé brusquement et il a prétendu que la musique l'agaçait. Jérôme a jeté son piston et s'est sauvé. Moi j'ai injurié l'homme, puis mon père m'a giflé.

Le jour suivant, le hasard avait voulu que l'homme vînt à passer près d'eux alors qu'ils jouaient pour des touristes devant une des maisonnettes de la plage. L'homme avait regardé Jérôme dans l'intention de l'effrayer, et lui avait dit : « Cette nuit j'irai te serrer la gorge, musicien de malheur. »

Gaspard se mit à rire, mais son rire s'étrangla.

— Cet après-midi nous irons sur la terrasse du café *Mondial,* mes enfants, dit alors Niklaas.

C'était une terrasse à laquelle on accédait par un petit escalier. Les tables des consommateurs étaient dressées autour de l'escalier, ainsi que sur la terrasse au fond de laquelle s'ouvrait la salle du café pour les jours de pluie. Tout autour s'alignaient des plantes vertes dans des potiches posées sur les piliers de ciment. Gaspard se tint auprès des musiciens, et il s'adossa contre un pilier pour se donner une contenance. Ses amis n'avaient pas joué pendant dix minutes que Gaspard fit basculer la potiche placée sur le pilier. La potiche alla s'écraser au fond d'une petite ruelle.

— Le mal n'est pas grand, nous le réparerons, dit Niklaas.

Presque aussitôt, de l'escalier on vit surgir l'homme à barbe rousse qui se mit à invectiver les musiciens par-dessus la tête des consommateurs. Il devait être ivre :

— J'ai reçu cette potiche sur le bout des pieds. Ils ont voulu me tuer certainement. N'y a-t-il pas dans ce café un gérant qui soit responsable ?

Le gérant se présenta, calma l'homme qui s'en fut, non sans menacer Niklaas Cramer et ses fils de les faire chasser par la police.

On avait eu beaucoup de mal à empêcher Jérôme épouvanté de sauter dans la ruelle. Enfin tout s'apaisa. Le gérant pria les musiciens de continuer leur concert. Sans aucun doute Niklaas et ses fils jouaient excellemment, malgré la composition étrange de leur orchestre : un piston, une trompette et un accordéon. Le soir, lorsqu'ils revinrent au bateau, Gaspard put leur déclarer :

— Je connais cet homme à la barbe rousse. Il se nomme Jacques Parpoil. Cette nuit, je l'ai vu qui pilotait un bateau, mais je ne l'avais pas reconnu.

Tandis qu'ils prenaient un dîner sommaire assis sur le pont du rafiot, Gaspard conta l'histoire de l'enfant perdu.

— Il ne veut pas rester avec l'homme qui lui tient lieu de père. Il cherche son pays, conclut Gaspard.

Comme ses fils, le vieux Niklaas écouta le récit de Gaspard avec la plus grande attention. Tandis que Ludovic et Jérôme posaient des questions à chaque instant, Niklaas demeurait silencieux. La dernière bouchée avalée il alluma sa pipe et la fuma presque entièrement avant de parler. La nuit était venue.

— Mes enfants, dit Niklaas, je crois qu'il faut garder beaucoup de prudence dans nos jugements. Ce M. Drapeur est un honnête homme. Il reste possible que son secrétaire Jacques Parpoil n'ait aucun scrupule, mais l'enfant n'en peut souffrir car, certainement, il a tout ce qu'il peut désirer. Je ne pense pas non plus qu'il veuille s'enfuir par simple caprice d'enfant gâté. Il n'y mettrait pas tant d'obstination. Mais en admettant que M. Drapeur ne soit pas son père, comment cet enfant songerait-il à rejoindre ses parents s'il ne les connaît pas et s'il ignore même son pays d'origine ?

Alors on s'avisa que Jérôme claquait des dents.

— Que se passe-t-il, mon fils ? demanda Niklaas.

— Je suis sûr, dit Jérôme, que l'homme à barbe

rousse habite sur le yacht qui est ancré un peu en aval. D'ici, on peut voir les feux.

Rien que de voir ces feux presque imperceptibles dans le lointain, Jérôme tremblait de tous ses membres.

— Alors le jeune Drapeur serait aussi sur le yacht, s'écria Gaspard.

— Pourquoi pas ? dit Niklaas. Mais tu n'es guère plus avancé pour cela. Ces histoires ne te concernent pas.

— C'est mon ami, dit Gaspard.

— Es-tu bien sûr ?

— Il n'y a rien de plus vrai, dit Gaspard. Je voudrais l'aider si c'est possible. Il faut que je le voie.

Niklaas alluma la lampe avant de descendre dans la cabine. Il regarda Gaspard avec gravité :

— Peut-être tu comprends mieux que moi, dit Niklaas.

Il alla se coucher, tandis que les garçons restaient à bavarder sur le pont. Déjà la marée soulevait légèrement la coque et la balançait avec une grande douceur.

— Où est ta périssoire ? demanda soudain Ludovic à son frère Jérôme.

— Je l'ai cachée, dit Jérôme.

— Pourquoi l'as-tu cachée ?

Ludovic entrait dans une de ces colères qu'il ne pouvait réprimer.

— Avoue-le, tu l'as coulée au milieu des roseaux. Mais pourquoi ? Pourquoi ?

— Je veux la garder pour le jour où je n'aurai plus peur, dit Jérôme.

— Si on l'avait, cette périssoire, on pourrait aller près du yacht la nuit. On pourrait tâcher de parler au fils Drapeur.

Cette périssoire, Jérôme l'avait rafistolée lui-même. Il l'avait trouvée un jour au bas de la digue en aval. C'était en vérité un assez vaste bateau plat. Il avait recloué des planches, colmaté les interstices, et une fois que tout avait été achevé, il avait coulé son bel ouvrage.

— Alors, si tu n'en voulais pas, il fallait me la donner, criait Ludovic.

— Assez ! dit la voix de Niklaas du fond du bateau.

— J'irai la chercher demain, murmura Jérôme, et nous irons au yacht, pendant la nuit.

— Toi tu iras au yacht ? dit Ludovic.

— J'irai avec vous.

— Pendant la nuit ?

— Pendant la nuit.

Jérôme semblait effrayé par ses propres paroles. Ludovic se tut. Le lendemain dès l'aube, les trois garçons allèrent retirer la périssoire du fond de vase où Jérôme l'avait enfoncée. Ils la remirent en état. fabriquèrent des rames légères avec des planches. Puis ils vinrent l'amarrer au bateau de Niklaas. Le vieil homme considérait, non sans méfiance, la démarche des enfants.

— Il faudrait que Gaspard apprenne à nager si vous voulez qu'il monte sur votre rafiot, dit simplement Niklaas.

Huit jours passèrent. On apprit à Gaspard à se débrouiller un peu dans l'eau. Cependant, en dehors des concerts, on allait sur la digue faire le guet non loin du yacht afin de surprendre les allées et venues. En réalité on ne voyait jamais que deux marins qui semblaient être de garde, et l'on put s'assurer que Jacques Parpoil y venait quelquefois le soir. On n'aperçut pas M. Drapeur. Un soir on entendit une chanson qui venait de l'autre côté du bateau. C'était une voix d'enfant, assez aiguë.

— C'est lui, dit Gaspard. Il a une voix de fille.

Ils supposèrent que l'enfant se trouvait enfermé dans une cabine et qu'il n'en sortait qu'à certaines heures pour se promener sur le pont, aux moments où les garçons se trouvaient occupés par leurs concerts.

— Mais toi, Gaspard, tu n'as pas besoin de venir toujours avec nous aux concerts. Tu n'es pas doué pour la musique. Tu devrais rester un jour entier sur la digue.

Vers la fin de la semaine Gaspard entreprit de faire le guet du matin jusqu'au soir. Il emporta du pain et une bouteille de bière et il se coucha le long du sentier qui longeait la digue.

Le yacht n'était pas un grand bateau. Il avait cependant une belle superstructure où étaient ménagées de vastes cabines au-dessus desquelles s'élevait encore le poste de commandement. Sur la coque, une seule rangée de hublots. Gaspard était ébloui par la forme gracieuse du yacht. Dans les premières heures de la matinée, il vit arriver deux canots à moteur. Ils transportaient des tonneaux et des caisses qui furent hissés sur le yacht. Enfin arriva une vedette conduite par Jacques Parpoil. A côté du secrétaire de M. Drapeur, se tenait un homme en uniforme blanc avec une casquette galonnée. Ils montèrent sur le pont du bateau. Gaspard entendit des bribes de leur conversation. L'homme en blanc était le commandant du yacht. Il dit que l'équipage, qui devait se composer de six marins, serait à bord dans la soirée. Jacques Parpoil assurait que M. Drapeur ne viendrait que le lendemain. Les papiers n'étaient pas encore tout à fait en règle. Gaspard ne réussit pas à comprendre quand aurait lieu le départ, ni quel était le but de ce voyage. L'enfant ne serait-il pas emmené dans quelque ville étrangère d'où il ne pourrait désormais s'enfuir ?

Jacques Parpoil et le commandant demeurèrent sur le yacht tout l'après-midi. Vers 4 heures, Gaspard aperçut le jeune Drapeur comme il sortait d'une coursive. Il était accompagné d'une femme assez jeune qui lui parlait avec amitié. Ils prirent une échelle menant au pont supérieur et ils vinrent s'accouder juste en face de l'endroit où Gaspard était couché dans l'herbe de la digue.

— Vous avez tort de vous entêter, disait-elle. M. Drapeur veut votre bien. Vous aurez une vie dont bien des gens seraient jaloux.

— Vous avez raison, disait l'enfant. Mais je ne peux pas m'empêcher.

— Si vous étiez moins obstiné, on ne vous obligerait pas à rester enfermé toute la journée dans le salon. Enfin vous allez faire un beau voyage, et là-bas vous aurez toute liberté.

— Vous avez raison, répéta l'enfant.

Il semblait avoir renoncé à ses projets de fuite. D'ailleurs il lui était sans doute impossible de se sauver désormais. Gaspard, saisi par la curiosité que lui inspirait le mystère du jeune Drapeur, avait rampé jusqu'au bord de la digue, et il avait passé la tête entre les herbes sans penser qu'il pouvait être aperçu. Entre lui et ceux qu'il observait il y avait une assez faible distance, le navire étant ancré en eau profonde non loin de la berge. Le jeune Drapeur et cette femme qui l'accompagnait s'étaient tus. L'enfant regardait l'eau sombre qui remuait le long des flancs du navire. Quand il releva la tête, ses yeux se fixèrent droit dans les yeux de Gaspard, qui ne croyait pas que l'autre pouvait prêter attention à un petit mendiant couché sur la berge. Cependant le jeune Drapeur continua de l'observer avec attention et il sembla que ses yeux prenaient un plus dur éclat. Il dit à la femme :

— Vous entendez, je suis sûr que je parviendrai bientôt à me sauver, et vous ne me retrouverez pas comme à Lominval.

Une ardeur farouche animait sa voix frêle. Sa chevelure maintenant peignée avec soin pénétrait comme une lumière les yeux et le cœur de Gaspard. L'enfant, aussitôt qu'il eût parlé, fit volte-face et disparut derrière la cheminée qui traversait la superstructure. La femme le suivit, mais il revint aussitôt et fit un signe à Gaspard avant de redescendre par l'échelle. La femme courait derrière lui comme si elle craignait qu'il se jetât à l'eau.

Gaspard attendit jusqu'au soir. Rien d'autre ne se passa. Jacques Parpoil et le capitaine, qui étaient demeurés tout l'après-midi sans doute dans le fumoir, quittèrent le navire vers six heures. Gaspard ne s'en alla que lorsque la nuit fut tombée. Il retrouva Niklaas et ses fils qui lui offrirent une tranche de saucisson, du pain et de la bière avant de lui demander le résultat de son espionnage.

— Je l'ai aperçu de loin, dit Gaspard. Il veut se sauver toujours, mais on le surveille et demain ou après-demain le yacht va prendre la mer et je ne reverrai jamais mon ami.

Il pouvait à peine parler.

— Console-toi, mon fils, dit Niklaas.

— Nous irons au yacht dans la périssoire, dit Jérôme.

— Tu n'oseras jamais, dit Ludovic.

— Pas de sottises, dit Niklaas.

— On ne pourra rien faire, dit Gaspard.

— On ne peut jamais rien faire, dit Ludovic avec colère.

— Je voudrais vous aider, dit Niklaas, mais à quoi bon ?

Ce vieil homme résistait rarement aux désirs de ses enfants, bien qu'il fût toujours à prêcher et à désirer la sagesse. C'était toute sa vie, et il ne semblait rien espérer en ce monde. Gaspard devait éprouver plus d'une fois la singularité de ce caractère.

Le lendemain, lorsque la nuit fut tombée, les garçons montèrent dans leur bateau plat et se dirigèrent vers le yacht. Niklaas n'avait fait aucune observation. Il s'était contenté de prendre le grand canot du bateau, et il suivit de loin la périssoire. Dans l'obscurité, il distinguait leur lumière. En vérité il pensait qu'ils se contenteraient de longer le yacht dans l'espoir d'entrer en conversation avec le jeune Drapeur, si celui-ci mettait le nez à son hublot. Il y avait peu de chances pour que cette expédition eût le moindre résultat. Il suffisait à Niklaas de rester aux alentours pour le cas où leur bateau sombrerait, ce qui ne semblait pas impossible. Niklaas avait compté sans ce don qu'avait Gaspard pour réaliser d'imprévisibles prouesses.

Les trois garçons étaient parvenus sans encombre jusqu'au yacht. Ils éteignirent leur lumière. Jérôme tremblait de tous ses membres, mais il s'ingéniait à cacher sa peur. Ludovic serrait les dents pour ne pas laisser éclater sa colère. Gaspard éprouvait le bonheur de se rapprocher de son ami, sans songer plus loin.

— On fait le tour du yacht, disait Jérôme. On s'arrêtera devant tous les hublots.

Ils pagayèrent sans bruit en longeant la coque. Tous les hublots étaient fermés, et l'on ne pouvait rien distinguer au travers. Après cette inspection ils s'éloignèrent légèrement et virent que sur le pont supérieur trois fenêtres étaient éclairées. Peut-être était-ce la cabine du jeune Drapeur.

— Il faut monter jusque-là, dit Jérôme avec une voix désespérée. Il y a une fenêtre ouverte.

— Avec quoi t'iras jusque-là ? gronda Ludovic.

— J'ai une corde, souffla Jérôme.

— Allons-y, dit Ludovic.

— J'ai peur, dit Jérôme.

— Nous voilà frais, dit Ludovic.

Le courant ramenait la périssoire tout contre la coque.

— Passez-moi la corde, murmura Gaspard. Accrochez-vous à la coque comme vous pourrez.

Ludovic et Jérôme réussirent à s'agripper sur la bordure extérieure des hublots, tandis que Gaspard en s'aidant d'une rame faisait passer la corde autour d'un montant du bastingage. L'opération dura bien un quart d'heure. A chaque instant la corde retombait du mauvais côté. Enfin Gaspard réussit, et il n'eut plus qu'à glisser un nœud coulant qui serra les montants du bastinage.

— Allons-nous-en, suppliait Jérôme.

— Misère, disait Ludovic.

— Taisons-nous. Quelqu'un vient, souffla Gaspard.

Ils se tinrent immobiles serrés contre la coque. Gaspard tenait la corde. Ils entendirent des bruits de pas vers l'arrière du yacht puis tout redevint silencieux. Gaspard ôta ses souliers.

— Vas-y, dit Ludovic.

— Ne reste pas longtemps, suppliait Jérôme.

— Je monte et je descends. Je vais aller seulement regarder aux fenêtres là-haut.

Gaspard se hissa lentement, tandis que les autres le poussaient. Lorsque son nez arriva à la hauteur du pont, de nouveau on entendit des pas. Gaspard jugea plus prudent de se laisser glisser. Mais la périssoire s'était éloignée un peu de la coque, et Ludovic et Jérôme avaient lâché Gaspard. Les pieds de Gaspard touchèrent brusquement le bord du petit bateau qui bascula et s'emplit d'eau avec rapidité. Ludovic et Jérôme furent aussitôt submergés. Le père Niklaas, qui veillait aux alentours, s'était soudain rapproché. Il envoya rapidement le faisceau d'une lampe électrique et quand il vit ses enfants barboter à une vingtaine de pas de Gaspard suspendu à sa corde, il leur dit de nager vers lui, Jérôme et Ludovic attendirent Gaspard pour l'aider si c'était nécessaire. Mais Gaspard, peu assuré de ses talents de nageur, ne voulait pas lâcher la corde.

— Venez toujours, vous autres, dit Niklaas, je vais aller chercher Gaspard.

Alors on entendit un remue-ménage à l'arrière du

bateau. Gaspard, qui redoutait la noyade dans l'eau noire, fut désorienté par cette nouvelle alerte et, au lieu de descendre dans le fleuve, il grimpa à la corde et enjamba le bastingage. Dès qu'il fut sur le pont, il entendit des pas qui s'approchaient. Il courut vers une échelle qui menait au pont supérieur. Arrivé en haut, il buta contre un canot de sauvetage. Il fut surpris de le trouver recouvert d'une forte toile tendue par des cordelettes. Vers l'avant du navire, un phare s'allumait et balayait le fleuve. Gaspard était de plus en plus effrayé. Comme en ce jour où le cheval pie avait démoli la boutique du marchand de vaisselle, il lui semblait nécessaire de se cacher à tout prix. Avec son couteau, il coupa une cordelette et parvint à écarter la toile. Il se glissa dessous et s'occupa sur-le-champ à replacer la toile. Il se trouva ainsi dissimulé au fond d'un canot spacieux d'où il pourrait s'échapper et regagner la rive à la nage, dès que l'alerte serait passée et qu'il aurait repris courage. Il ne songeait plus au jeune Drapeur.

Au fond de sa cachette, Gaspard entendit des hommes qui s'appelaient sur le bateau. Il crut reconnaître la voix de Jacques Parpoil. On mit en marche le moteur de la petite vedette qui se trouvait amarrée à bâbord du côté du rivage. Sans doute, si l'on avait rejoint le vieux Niklaas, il n'était guère possible de le convaincre d'avoir tenté de monter à bord du yacht avec ses enfants. La corde que Gaspard avait accrochée au bastingage fut découverte bien après le retour de la vedette, lorsque les marins avec Jacques Parpoil et le capitaine eurent exploré tout le bateau afin de s'assurer que personne n'y avait pénétré. Quelqu'un donna un coup de poing sur la toile du canot où était Gaspard. La toile résista comme une peau de tambour. Gaspard distingua quelques paroles, lorsque la corde fut trouvée par un marin.

— Un voleur, décida le capitaine. Il n'a pas réussi, et c'est l'essentiel. Allons dormir.

— Moi, je ne dormirai pas, répondit Jacques Parpoil. Je dois veiller sur le jeune Drapeur.

— Vous vous montez la tête, mon cher monsieur, répondait le capitaine. Il ne s'agit que d'un incident bénin, croyez-moi.

— Alors, comment expliquez-vous ? demandait Jacques Parpoil sur un ton angoissé.

— De jeunes voyous, je pense, pas bien dangereux.

— Il y avait un homme dans un canot au milieu du fleuve avec deux garçons. Il a prétendu qu'il venait de l'île.

— Si vous avez peur des vieillards et des enfants ! murmurait le capitaine.

Bientôt tout redevint silencieux. Un peu plus tard il y eut encore des pas et quelques mots échangés. On relevait l'homme de quart. Gaspard attendit encore une grande heure avant de sortir de sa cachette. Il pensait se glisser vers l'avant et descendre le long de la chaîne d'ancre.

Dês qu'il eut quitté le canot, il s'avança vers la cheminée entourée d'une large grille. Le ciel était moins sombre et il régnait une vague lueur. Gaspard se dissimula contre la grille pour surveiller les alentours avant de gagner l'échelle. Il prêta l'oreille et il lui sembla distinguer le bruit d'une toux qui venait du château arrière. Si l'homme de quart était de ce côté, rien n'empêchait Gaspard de se sauver comme il le désirait. Toutefois, il regrettait amèrement de ne pas s'être jeté à l'eau pour rejoindre Niklaas, car maintenant il serait forcé de nager jusqu'au rivage sans aucune aide. Il pensa que Niklaas serait peut-être revenu pour tâcher de le secourir. Au large du fleuve s'élevait un léger bruit de rames.

Gaspard se décida à contourner la cheminée. Il s'avança avec prudence. Il était prêt à prendre son élan, lorsqu'il aperçut juste de l'autre côté de la cheminée la silhouette d'un homme. Jacques Parpoil avait promis de veiller et il avait dû choisir cet endroit, d'où il pouvait à chaque instant braquer le phare sur n'importe quel point du bateau.

Une silhouette raide. L'homme devait être habillé d'un complet blanc, mais sa tête semblait énorme et noire. Tournait-il le dos ? Gaspard s'effaça derrière la cheminée. Quand il eut repris courage, et qu'il se fut avancé de nouveau, l'homme n'avait pas bougé. Cette fixité, au lieu de rassurer Gaspard, l'emplit d'effroi. La silhouette n'était rien d'autre qu'une grande manche à air qui servait à l'aération de la chambre des machines, comme il l'apprit par la suite. Gaspard soupçonnait déjà que cette silhouette n'était pas un homme, mais il redoutait de s'en assurer. Son cœur battait à se rompre. Une atroce crampe lui tordait l'estomac. Gaspard jugea bon de regagner le canot, pour se remettre un peu, avant de faire une nouvelle tentative. Il pourrait tâcher de descendre sur le pont inférieur autrement que par l'échelle. Il se glissa de nouveau sous la toile. A peine s'était-il couché au fond du canot qu'il entendit qu'on montait l'échelle. L'homme de quart devait faire sa ronde. Gaspard put constater qu'il n'échangeait aucune parole avec la manche à air. Ce silence lui inspira toutefois de nouvelles craintes, comme si des ennemis l'assiégeaient avec une prudence menaçante. L'homme redescendit l'échelle. Gaspard attendit une bonne demi-heure avant de soulever un peu la toile. Le jour se levait. Une vive lueur inondait la cheminée blanche et la manche à air.

C'était trop tard pour fuir. Gaspard, désespéré, s'étendit au fond du canot, la tête entre ses bras. Il songea à la tranquille auberge de Lominval, puis il s'endormit.

6

UNE ÉTRANGE CROISIERE

Il n'y a rien de plus doux que la rumeur des machines lorsqu'un bateau quitte lentement le port pour gagner la mer. Seul le bruit de la chaîne d'ancre aurait pu réveiller Gaspard. Mais il ne s'éveilla point, et lorsque la proue fendit les eaux du fleuve, le froissement de l'écume s'unit à la voix profonde du bateau pour faire une chanson paisible et continue qui pouvait donner libre cours aux plus beaux rêves. De temps à autre le gargouillement métallique de la barre se faisait entendre. Le *Beaumont* passa devant Lilloo, et gagna les eaux hollandaises. Il avait appareillé à cinq heures. Vers le milieu de la matinée, il doublait Vlissingen et comme il entrait dans la mer du Nord, la houle l'attaqua de flanc et il se mit à rouler.

Gaspard voyait dans son rêve une ville qui dominait des eaux immenses. De larges avenues s'ouvraient sur des quais inondés de lumière. De hautes maisons bordaient les avenues. Ces maisons furent soudain renversées en arrière, après quoi elles revinrent sur leurs bases et se penchèrent vers l'avant. Gaspard remarquait surtout une maison à quarante étages au sommet de laquelle une jeune fille se promenait avec une ombrelle. A chaque oscillation de la bâtisse, la jeune fille manquait de tomber. Soudain il y eut un mouvement plus brutal, et toutes les pierres se disjoignirent. La jeune fille disparut au milieu des pierres qui roulèrent dans les avenues et formèrent une sorte de montagne mouvante qui allait s'écrouler sur Gaspard quand il ouvrit les yeux.

Il constata que son propre corps roulait au fond de la barque, et il entendit une longue barre d'écume se briser contre le flanc du yacht. L'autre jour, un cheval l'emportait à travers les bois ; aujourd'hui, c'était un navire qui l'entraînait sur la mer. A quoi bon s'étonner ? Tout irait de mal en pis indéfiniment.

Gaspard n'osait faire un geste. Il songea aux jardins fermés de Lominval où il venait écouter dans la paix du soir des bribes de conversation. Alors il s'amusait à surprendre des mots, et un soir quelqu'un avait parlé de la mer. Suffisait-il qu'il eût entendu ce mot pour être précipité malgré lui vers la mer ? Il se souvint des événements de la nuit et convint qu'il avait été un sot, qu'il aurait dû se jeter à l'eau et rejoindre Niklaas, quand celui-ci l'avait appelé. Mais il était monté sur le yacht, égaré par la peur. Un démon le possédait sans doute. Enfin Gaspard se dit qu'il n'avait jamais vu la mer et, de nouveau, il se sentit envahi par une grande paix. Il s'était accroupi au fond de son canot. Après avoir murmuré une courte prière sous la toile qui pour l'instants lui servait de ciel, il dénoua la cordelette avec précaution et souleva la toile afin de regarder la mer.

Sur une étendue immense, limitée par un horizon qui était aussi bien droit que courbe, c'étaient des milliers ou bien des millions de bandes d'écume plus claires que la lumière du jour. Des profondeurs vertes se creusaient par endroits. Cette vision éclatante ne dura qu'un instant d'une brièveté inouïe. A peine Gaspard avait-il ouvert les yeux sur cette mer, qu'il sentit une main qui l'agrippait par les cheveux, et le tirai avec brutalité hors du canot. Il fut jeté sur le pont comme un paquet. Devant lui se tenait un marin qui le considérait avec un air de menace.

— Si je ne te flanque pas à la mer avant qu'on t'ait vu, c'est moi qui trinquerai, petite ordure.

Suivirent d'autres grossières insultes. Gaspard voulut se relever. Il reçut une gifle qui le coucha de nouveau sur le pont où il demeura à demi évanoui.

— Que se passe-t-il ? cria une voix.

Un autre marin survenait. Jacques Parpoil grimpa l'échelle et apparut à son tour.

— Un jeune passager clandestin, dit Parpoil de sa voix la plus mielleuse. Nous avons mal cherché hier soir. Peut-on savoir pourquoi vous vous êtes caché sur ce yacht, jeune homme ?

Gaspard était incapable de répondre. Lorsqu'il reprit tout à fait ses sens, il résolut néanmoins de se taire obstinément. L'essentiel, c'était qu'on ne le reconnût pas. D'ailleurs, qui pouvait imaginer que le petit paysan de Lominval avait réussi à gagner Anvers et qu'il aurait eu assez d'intelligence et d'audace pour découvrir le yacht et s'y glisser malgré la surveillance qu'on y exerçait ? On traîna Gaspard dans le salon où M. Drapeur et le capitaine prenaient l'apéritif. Gaspard fut étonné par l'élégance de ce lieu. Des fauteuils rouges, des lambris dorés. Il se crut transporté dans un palais. Avec une assez grande régularité, les rideaux qui ornaient les hublots se mettaient à l'horizontale. Gaspard, saisi par le vertige, s'accrocha à une petite colonne de cuivre. Aussitôt un marin lui cingla les mains avec violence :

— Ote d'ici tes pattes sales.

Gaspard vacilla et s'écroula sur le tapis. Vraiment il n'avait pas bonne mine. Son pantalon et sa blouse avaient souffert des événements, depuis le départ de Lominval. A peine si M. Drapeur et le capitaine jetèrent un regard sur lui.

— On va le faire travailler, dit le capitaine.
— Donnez-lui à manger, dit M. Drapeur.
— Qu'on le mette d'abord au travail, dit le capitaine. Qu'il sache, comme ses pareils, ce que coûte une petite croisière.
— Nous ne manquons pas de personnel, dit M. Drapeur.
— Le cuisinier trouvera à l'employer. Cela permettra à Joseph, le plongeur, d'aider Adrien qui se plaint d'être seul pour astiquer les cuivres du bateau.
— Bien entendu, je n'y connais rien, avoua M. Drapeur.
— Laissez-nous faire, conclut Jacques Parpoil.
C'est ainsi que Gaspard eut la première idée de la vie de M. Drapeur. A chaque instant, les intentions de M. Drapeur se trouvaient déformées par ceux qu'il payait pour être dégagé de tout souci matériel. On emmena Gaspard à la cuisine. Aussitôt, le nommé Joseph, qui était un garçon difforme d'une vingtaine d'années, fut délégué pour frotter les escaliers déjà tout luisants de cire. Gaspard reçut la mission d'éplucher des légumes.
Le maître coq se montrait impatient et hargneux. Il considéra Gaspard comme un esclave. Il était jaloux de son prestige et se vantait d'avoir été au service de deux ou trois princes de l'Europe. M. Drapeur se devait d'avoir un des meilleurs cuisiniers du continent. L'homme apprit à Gaspard qu'il fallait livrer à la cuisson des légumes sans aucun défaut, renouveler sans cesse l'eau bouillante où l'on plongeait les assiettes et les verres, fourbir les casseroles à longueur de journée, balayer deux fois par heure la cuisine. C'étaient des nécessités plus pressantes que le simple besoin de respirer. Maître Sedagne utilisait pour préparer ses mets une énorme quantité d'ustensiles. Gaspard connut quel tourment c'était que d'extirper le moindre résidu de quinze ou

vingt modèles de presse-purée et de moulins à viandes et à légumes, tous pareils à des instruments de chirurgie. A leur propos, Maître Sedagne parlait, non pas de propreté, mais d'asepsie.

Gaspard resta debout dix heures ce jour-là, et douze heures les jours suivants. Le roulis l'obligeait à des gymnastiques épuisantes. Lorsqu'il ne pouvait se coincer entre un réchaud et un buffet, il était obligé sans cesse de s'accrocher ici ou là. Le cuisinier, pour sa part, ignorait le mouvement du bateau et se moquait de Gaspard qui se versait de l'eau bouillante sur les pieds. On avait donné à Gaspard de vieilles chaussures qui ne le protégeait nullement contre les brûlures dont il dut supporter la douleur sans souffler mot. Le soir on lui assigna, pour passer la nuit, un réduit dans l'entrepont comme la cuisine, et où l'on rangeait les fauberts et les brosses. On le mena le long d'une coursive, on le jeta dans ce réduit et on l'enferma à clef, Dans l'obscurité il trouva simplement un vieux sac pour appuyer sa tête.

Le premier soir il eut beaucoup de peine à s'endormir. Il avait compté qu'il serait vu du jeune Drapeur et accablé de son mépris. Il était simplement condamné à passer des jours comme prisonnier, sans même avoir aucune nouvelle de l'enfant. Il voulut regarder par son hublot, mais le verre était brouillé et les écrous bloqués de telle façon que ce hublot ne pouvait s'ouvrir. Gaspard colla son oreille à la tôle qui formait la coque (car dans ce coin il n'y avait aucun lambris), et il chercha à surprendre les bruits du dehors.

Il entendit seulement les coups sourds des vagues et de longs clapotements qui couraient sur les flancs du navire. Il tenta d'imaginer l'étendue écumante sous les étoiles de la nuit. Où se dirigeait le navire ? Si c'était vers le Sud, il devait déjà avoir traversé le Pas-de-Calais. Gaspard se rappelait ses leçons de géographie et revoyait nettement les mers avec leurs noms écrits sur le bleu. Mais il ne se rendait aucun compte des distances ni de la vitesse du yacht.

Le lendemain matin, un marin vint lui ouvrir la porte, dès l'aube, et le poussa devant lui jusqu'à la cuisine. La cuisine était presque à l'extrémité de la coursive. Gaspard ne voyait que l'escalier qui menait au pont supérieur. Sans se soucier de ce qui adviendrait, il s'élança dans l'escalier et en trois bonds il parvint au grand jour. L'avant du navire montait et plongeait vers un horizon infini. Ce matin, les vagues étaient d'un bleu tendre, énormes et profondes, mais il n'y avait pas d'écume. Le soleil éclairait cette immensité qui ressemblait aux forêts lorsqu'on les voit d'une hauteur. Ce fut dans un éclair que Gaspard entrevit cette mer incomparable. Aussitôt, le marin l'avait rattrapé par un pied et lui faisait dégringoler l'escalier sur le ventre et à reculons.

Gaspard n'avait pour spectacle que les fourneaux et les casseroles. Les hublots de la cuisine éclairaient une grande table où Maître Sedagne s'occupait à son art et composait ses plats.

— Tu veux voir la mer ? Est-ce que je regarde la mer, moi ? disait Maître Sedagne. Quand tu auras appris à travailler, tu n'auras plus envie de voir la mer.

De temps à autre, il arriva que, par le mouvement du bateau, l'horizon apparût dans un hublot comme une ligne qui barrait le carreau en travers. C'était un fragment de miroir bleu qui contenait d'énormes étendues.

De son réduit, Gaspard chercha à entendre les bruits du couloir. Des voix lui parvinrent. Il sut que Jacques Parpoil et le second habitaient les cabines voisines. Celles qui se trouvaient dans la superstructure étaient sans doute réservées au capitaine, à

M. Drapeur, ainsi qu'à son prétendu fils ou neveu, et à cette gouvernante que Gaspard avait aperçue à Anvers sur le pont du yacht. Il revint à son hublot qui était d'une blancheur de lait. Il essaya de gratter le carreau avec une tige de fer qu'il trouva. Il n'obtint pas le moindre résultat. Il voulut desserrer les écrous. Il s'y meurtrit les doigts, mais il ne cessa ses efforts que lorsque le sang sortit de ses ongles.

Pendant trois jours, il chercha un moyen de faire sauter les écrous. La mer était plus calme. L'horizon ne montait plus à aucun moment dans les hublots de la cuisine. La chaleur devenait étouffante dans le réduit. Gaspard voulait absolument ouvrir le hublot et se procurer un peu d'air. Il ne put trouver de clé à molette parmi les innombrables outils de la cuisine. Il s'empara d'un fort couteau et il essaya d'entamer les charnières. Après trois heures d'efforts, il cassa le couteau. Enfin, un soir, comme il faisait les derniers rangements dans la cuisine, ses yeux tombèrent sur des pincettes de fer forgé assez longues. Le cuisinier venait de sortir. Gaspard fourra les pincettes dans son pantalon. Presque aussitôt un marin venait le chercher comme d'habitude.

Il est possible de caler un assez gros écrou entre des branches de pincettes. Si l'on saisit l'extrémité des branches, on obtient une assez forte prise et on a l'avantage d'un bras de levier assez long. Dès que Gaspard eut pesé sur les branches des pincettes, le premier écrou céda. Il n'y avait que deux écrous. En quelques minutes Gaspard put soulever le hublot.

Aussitôt un bruit merveilleux lui parvint. C'étaient comme des milliers de sources. Au-dehors, sous les étoiles, apparaissait une mer d'un bleu sombre. Pendant deux longues heures, Gaspard écouta et regarda. Le lendemain il parvint à attacher le hublot avec un fil de fer au plafond de la cabine. Il eut alors le loisir de passer complètement la tête au-dehors, ainsi que les deux épaules, en se serrant un peu, lorsqu'il eut pris appui sur des balais qu'il avait empilés.

Malgré sa position incommode, il éprouva la joie de participer à la vie du bateau. Il pouvait, en tournant la tête vers le haut, apercevoir une partie de la superstructure et, en étendant le bras, il aurait presque touché le niveau du pont. Il entendait des pas marteler le pont, et non loin s'élevait une chanson qu'un piano accompagnait. Le jeune Drapeur chantait.

Malgré la fatigue d'une journée de travail, Gaspard demeura dans le ravissement. Bientôt des pas approchèrent et deux hommes vinrent s'accouder sur le bastingage au-dessus de Gaspard qui aussitôt s'effaça de peur d'être aperçu.

Les hommes poursuivaient une longue et sérieuse conversation. Gaspard reconnut les voix de M. Drapeur et de Jacques Parpoil.

— Hélène sera parfaitement heureuse aux Bermudes, disait Jacques Parpoil.

— Je me demande s'il était bien nécessaire de l'éloigner, murmurait Drapeur.

— De cette façon elle poursuivra ses études musicales et il n'y aura plus à craindre qu'elle se sauve pour chercher son pays, comme elle dit.

D'abord Gaspard avait cru que les hommes parlaient de la femme qui accompagnait l'enfant sur le bateau. Les derniers mots de Jacques Parpoil l'assuraient avec une certitude brutale que cet enfant à l'allure sauvage et aux beaux yeux était une fille. Comment ne s'en était-il pas douté ? Et vraiment ne l'avait-il pas pressenti sans se l'avouer, surtout à ces moments où il se souvenait de ses yeux clairs ? L'enfant avait tout à fait l'allure d'un garçon et sa chevelure, plus longue qu'il ne convient, ne lui donnait pas un air de fille. Ses lèvres, son front et tout son visage, malgré la beauté des traits, gardaient un accent farouche et sans douceur. Mais certainement les yeux trahissaient une tendresse inconnue.

Un long silence entre les deux hommes. Jacques Parpoil reprit :

— Vous m'avez chargé d'empêcher Hélène de faire de nouvelles bêtises. Déjà vous auriez prévenu sa dernière fugue si vous m'aviez écouté. N'est-ce pas grâce à moi que nous l'avons retrouvée à Lominval ? Je ne cherche nullement à savoir quelle parenté vous lie à Hélène, ni comment elle est venue chez vous. Je me contente de satisfaire votre volonté, mais ne discutez pas à chaque instant les dispositions les plus raisonnables. Je sais que vous n'y entendez rien. Vous êtes un artiste.

— Un bien mauvais artiste, dit M. Drapeur. Comment Hélène est venue chez moi, cela importe peu. Je ne peux pas songer qu'un jour je serai séparé d'elle. Du moins pas avant que j'aie réussi à faire d'elle une chanteuse hors de pair. Elle a des dons peu ordinaires. Vous ne me comprenez guère, Jacques Parpoil. Je ne crois nullement qu'elle ait du génie. Bien loin de là. Je voudrais qu'elle soit la plus simple des merveilles, et je désire lui donner un nom dans le monde. Mon grand ennui sans doute c'est de ne pas avoir eu d'enfants et d'être resté veuf. Il m'est difficile de comprendre Hélène.

— Voilà pourquoi vous avez besoin qu'on vous ramène sur la terre de temps à autre, disait Jacques Parpoil. Qu'elle soit une future vedette, cela ne me regarde pas. Je me contente de savoir que vous tenez à la garder, comme si vous étiez son père, et je suis sûr que c'est une fille obstinée et sans pitié. Puisqu'elle s'est mise en tête de chercher une famille qui n'existe sans doute pas et un pays tout aussi imaginaire, il faut d'une manière ou d'une autre la débarrasser de ces folles idées.

— Peut-être ai-je tort, disait M. Drapeur. Elle passera donc un an ou deux aux Bermudes, si cela est nécessaire. Mais quand je la vois, je me sens coupable.

— Eh bien, conduisez-la dans son pays, et qu'on n'en parle plus.

— Son pays, je ne le connais pas moi-même, et je ne vois pas de quel pays elle veut parler. Sa famille, en admettant qu'elle existe encore, l'a oubliée depuis longtemps. Où serait sa famille ?

— Vous ne connaîtriez donc même pas l'origine d'Hélène ? Cela est bien invraisemblable, dit Jacques Parpoil sur un ton provocant.

— Je ne veux pas qu'il soit question de son origine, trancha M. Drapeur d'une voix ferme.

— C'est toujours ainsi, il faut suivre vos caprices et vous ne savez pas ce que vous voulez.

M. Drapeur avait soudain fait volte-face et s'était éloigné, plantant là son secrétaire, qui, bientôt, s'éloigna à son tour en sifflotant avec insouciance, comme s'il avait l'assurance de mener toujours son maître par le nez, et comme s'il était satisfait de l'avoir mis hors de lui. Quand les deux hommes furent partis, Gaspard regarda longuement la mer et les étoiles qui redevenaient de plus en plus vives. Ainsi le yacht allait vers les Bermudes. Gaspard répéta plusieurs fois ce nom, puis il referma son hublot. Il resserra les écrous avant de s'endormir.

Le lendemain soir, il eut encore la chance de surprendre l'entretien des deux hommes. Cette fois ils devisaient en faisant le tour du pont et Gaspard attrapait des bribes lorsqu'ils passaient à bâbord audessus de son hublot. D'abord quelques paroles de M. Drapeur :

— Pourquoi ai-je voulu être armateur, et pas seulement diamantaire ? Je ne pourrai même pas demeurer trois jours aux Bermudes. J'ai des affaires qui m'attendent... Quand on acquiert une fortune, c'est l'enfant qui s'amuse en nous. On construit de vraies maisons. On possède des bateaux, mais on regrette d'autres merveilles comme les enfants... A soixante ans je ne peux pas oublier que je désirais devenir un vrai musicien. Je voudrais donner à Hélène l'avenir que je n'ai pas eu... Hélène a d'autres idées qui m'échappent...

Quant à Jacques Parpoil, ses paroles gardaient un caractère pratique :

— Hélène fera un excellent séjour chez les Smithson... Deux ans dans une île, voilà de quoi la rendre sage... Elle aura un superbe appartement au deuxième étage de la maison... Des gens simples, les Smithson : vie régulière, le tennis, le bain, le cinéma, une réception par semaine... Je pense qu'Hélène est surtout douée pour faire du cinéma. Chanteuse si vous voulez, mais comédienne avant tout...

Gaspard regrettait de se trouver dans une situation si pitoyable qu'il ne pouvait prétendre parler à Hélène. Mais un soir...

7

LE GRAND PAYS

La nuit même où Gaspard avait entendu cette conversation, une tempête soudaine éclata. Un peu avant le jour, un marin était venu vérifier le serrage des écrous dans le réduit, comme il le faisait pour toutes les cabines. Il était reparti en jurant « qu'il le savait bien que les écrous étaient toujours bloqués dans cette cambuse » Gaspard était désormais assuré qu'on le croyait parfaitement prisonnier, et que personne ne se douterait jamais qu'il possédât un moyen d'évasion.

La tempête fut rude, mais elle dura peu. La nuit suivante, il ne demeura que d'immenses ondulations. Le bateau tanguait avec douceur. Vers minuit, Gaspard qui étouffait de chaleur et ne pouvait dormir rouvrit son hublot. Les plus grandes vagues, que le bateau coupait, arrivait à quelques centimètres sous le hublot. Gaspard eut la joie de plonger ses mains dans l'eau lorsqu'elle montait jusqu'à lui. Un rire un peu étouffé le fit sursauter. Et presque aussitôt :

— Gaspard Fontarelle, je ne me trompe pas.

Gaspard passa la tête et les épaules dans l'ouverture du hublot.

— Hélène ! murmura-t-il.

— Tu connais mon nom, maintenant ? répondit Hélène.

Elle était habillée comme à Lominval d'un pantalon et d'une blouse. Elle s'était agenouillée et avait passé la tête entre deux barreaux. Ses cheveux pendaient au-dessus de Gaspard et à travers les cheveux Gaspard voyait les étoiles.

— Je vais te faire monter sur le pont, dit Hélène brusquement. Nous pourrons parler. Parpoil est ivre. Mon oncle ne vaut guère mieux ce soir.

— Ne t'occupe pas de moi, murmura Gaspard.

— Faufile-toi dans le hublot, dit Hélène.

Il fit comme elle voulait. Elle se mit à plat ventre sur le pont et saisit les deux mains de Gaspard qui fut étonné de sa force. En prenant appui sur le bord du hublot et en dégageant une main pour saisir une barre du bastingage, il s'appliqua à lui rendre la tâche plus aisée. Dès qu'il fut debout sur le pont devant Hélène, il éprouva un vrai sentiment de délivrance. Il voyait le navire fendre les longues vagues qui se mouvaient jusqu'à l'horizon sous les étoiles. Un vaste balancement faisait monter et descendre la proue. Enfin il regarda ses habits souillés.

— Cela n'a pas d'importance, dit Hélène. Viens par ici.

Elle l'entraîna vers une échelle, à laquelle ils montèrent. Ils allèrent s'asseoir contre la grille de la cheminée.

— Une cheminée inutile, expliqua Hélène. On marche au mazout.

— J'ai surpris des conversations entre Parpoil et ton oncle, dit Gaspard. Je veux t'en parler tout de suite pour que tu sois prévenue. Après, je m'en irai.

Il rapporta ce qu'il avait entendu.

— Deux ans aux Bermudes, dit Hélène. J'ai autre chose à faire.

— Qu'est-ce que tu veux ?

— Je veux retrouver mon pays.

Gaspard n'osait prononcer un mot. Il s'obstinait à regarder ses habit déchirés.

— Je ne sais pas si tu pourras m'aider, dit-elle

enfin. Mais je veux courir ma chance. Je vais t'expliquer. Il faut d'abord que je prenne quelque chose dans ma cabine.

Elle se leva et redescendit l'échelle. Pendant son absence, Gaspard ne fut pas sans angoisse. Quand elle revint, elle tenait un petit livre et une lampe électrique.

— On verra ta lampe, si tu l'allumes, dit Gaspard.

— Nous nous cacherons au fond de la barque. Tu la connais, cette barque, dit Hélène.

Gaspard défit la cordelette. Ils se glissèrent sous la toile qu'ils replacèrent aussitôt.

— Je vais t'expliquer, reprit Hélène.

— Tu n'as pas besoin d'avoir confiance en moi, dit Gaspard. Je ne suis bon à rien.

— Personne n'est bon à grand-chose.

Hélène parla à mi-voix sur un ton sérieux et parfois assez dur. Elle dit d'abord quelle était sa vie depuis de longues années. Elle habitait à Anvers dans une maison qui avait vue sur le fleuve. Elle possédait pour elle seule un appartement. Elle était servie par une femme de chambre attachée à sa personne. Chaque matin la femme de chambre la réveillait à huit heures. Hélène prenait son bain, puis elle recevait les leçons d'un précepteur. A dix heures, le piano. Elle déjeunait au rez-de-chaussée dans la grande salle à manger où il y avait d'énormes meubles hollandais. Toujours à la droite de M. Drapeur qui lui parlait peu, sinon pour lui demander si elle manquait de quelque chose. L'après-midi, leçon de chant, après quoi un chauffeur la conduisait au tennis pendant l'été, à la patinoire, l'hiver. La femme de chambre l'accompagnait toujours et, parfois, elles revenaient à pied ensemble dans les rues d'Anvers, mais c'était rare. Le dimanche, Hélène devait travailler à son piano pendant une heure. Il y avait la messe. L'après-midi une promenade en voiture. M. Drapeur venait avec elle le plus souvent. Ils visitaient ensemble les villes belges ou hollandaises. Chaque année, séjour à Ostende dans le plus bel hôtel et un voyage en yacht. Hélène connaissait l'Angleterre, la Norvège, la Grèce et l'Italie. Voyages prévus dans les moindres détails. M. Drapeur tâchait d'éviter à Hélène tout contretemps. Il s'attachait à l'instruire.

— On m'avait donné un chien et un chat, disait Hélène. Un jour j'ai demandé un jeune lion. On me l'a donné.

— Tu avais de la chance, dit Gaspard.

— La femme de chambre me répétait cela toute la journée. Je regardais à la fenêtre, quand on ne me surveillait pas. Je regardais les marins sur les bateaux et les enfants dans la rue. J'ai demandé à aller jouer dans la rue. J'avais douze ans quand je l'ai demandé. On a refusé, bien entendu. Un jour, j'ai surpris une conversation entre Parpoil et M. Drapeur. J'ai appris que M. Drapeur n'était pas mon oncle, et j'ai appris qu'il avait peur que je lui échappe. Il n'avait aucune raison d'avoir peur à ce moment-là.

— Je ne vois pas... commença Gaspard.

— M. Drapeur veut faire de moi une musicienne. Il est plein de bonne volonté. Il a toujours l'air de s'excuser. Chaque fois qu'il me regarde, je crois qu'il va me poser une question.

Hélène alluma sa lampe électrique. Gaspard regarda le livre qu'elle tenait dans la main. C'était un livre d'images. Elle poursuivit :

— M. Drapeur, l'année dernière, a cru bien faire en remplaçant ma femme de chambre. Une vieille femme est venue. Elle s'appelait Emilie. Elle était très douce et très gaie. Elle me disait toujours : « Tu ne sais pas. » Je me suis mis dans la tête que j'avais quelque chose à savoir, et j'ai voulu secouer la maisonnée. Emilie haussait les épaules, comme si rien n'avait d'importance. J'ai désaccordé le piano avec ma clef à patins et une tenaille. J'ai dressé mon chien à se lancer dans l'escalier et à mordre les visiteurs. J'ai inondé la salle de bains et l'appartement.

Elle se fit sévèrement tancer et elle connut l'influence que Jacques Parpoil exerçait sur M. Drapeur. C'était lui qui choisissait précepteurs, maîtres de chant et de piano, et qui réglait l'emploi du temps d'Hélène. Il reprocha à son maître d'avoir donné à Hélène une gouvernante sans énergie et il engagea une femme dénuée de scrupules et qui fit fonction de geôlier. Hélène fut privée de toutes sorties.

— J'ai fait semblant de me résigner. J'avais l'idée que je devais chercher quelque chose sans que personne le sache. Un jour, j'ai demandé humblement la permission de visiter le grenier. Je prétendais que je désirais retrouver des vieux jouets pour les réparer, et que je me repentais de m'être mal conduite. La gouvernante n'a pas cru devoir refuser. Elle m'a conduite au grenier. C'était ma plus longue promenade depuis trois mois.

Gaspard ne quittait pas des yeux le livre d'images qu'Hélène serrait dans ses mains. Hélène se tut un long moment pendant lequel on entendit les vagues qui se brisaient le long du yacht.

— Si l'on s'aperçoit que tu n'es pas dans ta cabine... dit Gaspard.

— Ma gouvernante ronfle comme une folle, dit Hélène. On sait bien que je ne peux pas me sauver du bateau.

M. Drapeur conservait précieusement tout ce qui avait appartenu à Hélène. Il ne voulait pas cependant installer ce bric-à-brac dans ses appartements, et il avait réservé pour cela le coin d'un grenier encombré par de nombreux meubles qui avaient cessé de plaire. Hélène retrouva un monceau de jouets, des livres et une petite chaise qui lui avait appartenu et qu'elle avait cassée.

— Au milieu des livres, j'ai découvert ce livre d'images. Il était enveloppé de cellophane et entouré d'une ficelle dorée. Je l'ai emporté dans ma chambre.

Avant de l'ouvrir, je me suis assise et je l'ai posé sur mes genoux. Alors je me suis souvenue que je l'avais eu il y avait très longtemps, et que, lorsque je l'avais regardé pour la première fois, je n'étais pas dans la maison de M. Drapeur.

Les jeunes enfants ont souvent la manie de garder un objet avec eux quand ils s'endorment. Ils le retrouvent chaque soir, et s'ils ne le tiennent pas dans leurs mains ils deviennent maussades et trouvent difficilement le sommeil.

— Tout d'un coup, continua Hélène, j'ai revu un ancien lit où j'avais dormi quand j'avais cinq ans. Jamais je ne m'endormais sans le livre dans mes mains. A côté du lit, une fenêtre, et par la fenêtre, le matin, je voyais la campagne. Cette vue de la fenêtre m'avait frappée. Je n'avais jamais cessé d'y songer, pendant tout le temps que j'étais chez M. Drapeur, surtout le soir, quand je me couchais. Mais je croyais que c'était de l'imagination, parce que la campagne derrière la fenêtre avait quelque chose de bizarre.

Hélène parlait à mi-voix. Quand elle arriva à ce point de ce récit, elle baissa encore le ton et ce fut à l'oreille de Gaspard qu'elle poursuivit :

— Une drôle de campagne. Des chênes, des bouleaux et en même temps des palmiers. Une forêt avec une clairière. Un peu plus loin, on apercevait une mer bleue. Avant d'ouvrir le livre, j'ai été sûre que c'était une chose vraie.

— Ça ne peut pas être vrai, dit Gaspard.

— Je me suis souvenue aussi que lorsque j'avais le livre, j'étais très malade. Des gens venaient près de moi, mais je ne peux pas me rappeler comment ils étaient.

— Tu étais malade, dit Gaspard. Ton pays, c'est une hallucination.

— Moi non plus je ne croyais pas que c'était possible que j'aie été dans une campagne avec des chênes, des bouleaux, des palmiers et la mer. Il y avait d'autres détails aussi qui me revenaient. Je voyais une file de pommiers sur une terre noire. Il y avait un pommier près de la fenêtre. Un jour, une branche de pommier poussée par le vent est entrée dans la fenêtre.

— Et il y avait aussi des palmiers ? demanda Gaspard.

— Il y avait des palmiers. J'ai été sûre tout à fait quand j'ai ouvert le livre.

Hélène montra le livre à Gaspard. Ils le regardaient sous la lumière de la petite lampe. On entendait toujours la mer. Gaspard songea qu'il devait être deux heures du matin.

C'était un livre d'images comme on en donne aux très jeunes enfants. Quelques phrases imprimées en gros caractères. Un conte de Grimm avec un géant et un tailleur. Rien de particulier dans ces images. Entre les pages étaient serrées des plantes et des feuilles séchées qui semblaient très anciennes. Hélène montra à Gaspard un chaton de bouleau, une renoncule, une longue foliole de palmier et une petite algue.

— C'est impossible, dit Gaspard.

— Il y a autre chose encore, dit Hélène.

Sur la page de titre, Gaspard vit de grosses lettres malhabiles, un peu effacées. Il lut ces mots : « *Maman Jenny au grand pays.* »

— Qui était Maman Jenny ? Si c'était la mienne, pourquoi m'a-t-elle quittée ? Je croyais revoir un visage avec des grands cheveux blonds. Je n'étais pas sûre, mais j'étais certaine qu'il y avait un pays qui était mon pays et qu'on appelait le grand pays.

— Quel pays ? dit Gaspard. Ça ne peut être ni en Belgique, ni en France, ni en Afrique.

— C'est de la folie de chercher ce pays, dit Hélène, mais je ne peux pas m'empêcher.

— Tu n'as pas questionné M. Drapeur ?

— J'ai caché le livre. Je ne lui ai jamais dit que j'avais retrouvé le livre. Quand j'ai questionné M. Drapeur, il a haussé les épaules. Il ne savait pas qui était Maman Jenny. Il m'a dit qu'il ne savait pas. Je lui ai parlé d'un grand pays. Il m'a répondu que je rêvais. Alors je me suis décidée à quitter la maison.

— Comment voulais-tu chercher, puisque tu ne savais rien ?

— D'abord en Belgique. Regarde sur l'autre page, il y a les mêmes mots écrits en flamand.

— Ce n'est pas une raison, dit Gaspard. Jenny, ce n'est pas un nom flamand.

— Pas une raison, convint Hélène. Mais je pouvais commencer à chercher en Belgique. Je me suis sauvée. J'ai pensé d'abord à la mer et je suis allée le long de la mer depuis Ostende jusqu'à Malo-les-Bains. On m'a rattrapée à la frontière. La deuxième fois que je suis partie, j'ai voulu visiter la forêt. Je suis arrivée par hasard à Lominval.

— Près de la mer il n'y a pas de forêts de bouleaux et de chênes, et dans la forêt... A moins que ce soit la Meuse qui ressemble à la mer. Mais tu n'y trouveras pas un palmier.

— Je suis sûre qu'il y avait de grands palmiers et la mer. J'ai maudit cette mer et ces palmiers, parce que cela n'avait pas de sens, et pourtant c'est vrai.

Gaspard ne pouvait distinguer dans l'ombre le visage d'Hélène, mais il croyait voir ses yeux animés de leur cruelle flamme. Elle ralluma la lampe, et ouvrit encore le livre. Deux autres mots écrits en haut d'une page : *Tu viendras*. Gaspard épela à mi-voix les deux mots. Hélène les répéta après lui.

— J'ai l'idée que c'est un pays très pauvre, je ne sais pourquoi, malgré sa beauté, et que mes parents sont pauvres, dit Hélène. Toute ma vie est là-bas, et je veux vivre avec Maman Jenny.

Gaspard essayait de se représenter la contrée qu'Hélène désirait retrouver. Il y avait des pommiers et une terre noire. Peut-être fallait-il d'abord chercher la terre noire. Hélène dit :

— Si je retrouvais l'endroit, je crois que je le reconnaîtrais tout d'un coup.

— Quand j'étais à Lominval, dit Gaspard, je ne savais pas qu'il y avait tant de choses dans le monde. Si tu parcours la forêt des Ardennes, tu ne trouves pas une forêt, mais mille forêts. J'ai rencontré un cheval pie...

Il conta l'aventure du cheval pie, l'étrange accueil du coiffeur, parla de Théodule et de Niklaas et des enfants de Niklaas.

— Je voudrais le connaître, dit Hélène. Il y a tant de choses et tant de choses à connaître. Promets-moi que tu m'aideras.

— Il faut réfléchir, dit Gaspard. Je dois regagner mon réduit avant qu'on vienne ouvrir ma porte.

— Nous nous reverrons demain, dit Hélène.

Elle aida Gaspard à se glisser dans le hublot. Il y parvint non sans difficultés.

Pendant la journée qui suivit, Gaspard somnola en lavant la vaisselle, et le soir il s'endormit aussitôt au fond de son réduit. Il fut réveillé par le bruit d'un objet qui frappait son hublot. Hélène avait attaché une clef au bout d'une ficelle et la balançait contre le hublot. Il se leva, desserra les écrous, et quelques minutes plus tard, il se retrouvait avec Hélène. Ils montèrent l'échelle et allèrent s'adosser à la grille de la cheminée.

— Il est minuit au moins ? demanda Gaspard.

— Deux heures du matin, dit Hélène. Je t'attendais depuis minuit. J'ai surpris une conversation entre Parpoil et M. Drapeur. D'abord, ils ont parlé de toi.

Parpoil était d'avis qu'il fallait remettre le garçon à la police dès qu'ils arriveraient à destination. Il voulait se débarrasser de lui et il envisageait aussi bien de l'abandonner sur le port. M. Drapeur s'était opposé à ces projets. Il désirait rechercher la famille de Gaspard ; jusqu'alors personne n'avait pris la peine de l'interroger sérieusement. On savait seulement qu'il s'appelait Gaspard et l'on n'attendait de lui aucun renseignement supplémentaire. On le prenait pour un de ces voyous abandonnés qui rôdent dans les bas quartiers des grandes villes. Mais M. Drapeur prétendait lui prêter assistance, dès qu'il le pourrait.

— Vous avez déjà su mettre Hélène en confiance, n'est-ce pas ? répondit aigrement Parpoil. Vous vous ferez rouler aussi par ce jeune apache.

— Il me semble avoir déjà vu ce garçon avant qu'il ne vienne sur le *Beaumont,* disait M. Drapeur. Je comprends mal les choses, certainement.

Il était attristé de laisser Hélène aux Bermudes. Bien que Parpoil l'assurât qu'il ne lui serait pas difficile de venir la voir plusieurs fois dans l'année en prenant l'avion, M. Drapeur regrettait de se séparer d'Hélène.

— Si je réussissais à revenir en Belgique, dit Hélène à Gaspard, et si M. Drapeur s'occupait de toi, nous pourrions nous débrouiller ensemble et rechercher ma vraie famille et mon pays.

A ce moment un roulement de tonnerre lointain se fit entendre. A l'horizon s'étendait une vaste nuée, et de lointains éclairs jaunes la sillonnaient, tandis qu'au-dessus de la nuée les étoiles toutes blanches brillaient d'un feu intense.

— Quand il y a un orage, je crois toujours qu'il va se passer quelque chose, dit Gaspard.

— C'est ce que je veux, qu'il se passe quelque chose, dit Hélène.

La mer était absolument calme, toute noire et bleue. On n'entendait que l'eau brassée par l'hélice, tandis que les machines grondaient doucement. Le navire traversait une zone de calme en bordure d'un orage. Rien ne devait arriver cette nuit-là.

Enfin Hélène dit :

— On arrive après-demain jeudi, dans la matinée. A midi je vais chez les Smithson. M. Drapeur reste avec moi chez les Smithson, mais il repart le samedi dans la matinée.

Gaspard ne savait plus quel jour on était. Quand Hélène précisa que le samedi serait le 20 juillet, il éprouva une vive satisfaction de l'apprendre, quoique cela n'eût aucune importance.

— Alors, écoute-moi bien, dit Hélène. Toi, tu seras probablement enfermé dans ta cambuse. Mais la nuit tu peux sortir par ton hublot et nager jusqu'aux quais du port ou jusqu'à la plage. Je ne sais pas à quel endroit le navire mouillera.

— Je ne nage presque pas, observa Gaspard.

— Je te passerai une ceinture de sauvetage.

— Pourquoi est-ce que j'irais sur la plage ?

— Tu ne resteras pas sur la plage. Tu chercheras une maison qui a deux étages et qui a deux ailes. Je le sais, parce que j'ai entendu que Parpoil exigeait qu'on me loge au deuxième étage et pas dans une des ailes. Il prend les précautions les plus inutiles. Devant la maison, il y a une grande grille. Elle est au commencement de la plage, lorsqu'on vient du port.

— Entendu, dit Gaspard. Après ?

— Après tu m'apporteras une corde.

— Tu ne peux pas l'emporter dans ta valise ?

— Ou fouille toujours mes bagages, dit Hélène.

— Comment te passer la corde si tu es au deuxième étage ?

— Je te donnerai une balle avec un fil attaché après. Tu me lanceras la balle par-dessus la grille. Quand je l'aurai, tu noueras le fil à la corde et je tirerai.

— Non, dit soudain Gaspard.

— Tu ne veux pas ?

— Je ne veux pas.

Gaspard songeait que dès qu'il se mêlait de quelque affaire, il ne manquait pas de se produire une catastrophe. Il ne savait comment expliquer cela à Hélène.

— Ne peux-tu pas attendre ? dit-il. Deux ans aux Bermudes, qu'est-ce que c'est ? Tu connaîtras un pays nouveau, tu continueras tes études. Et quand tu reviendras, tu pourras plus facilement chercher ta famille et l'aider, puisque tu dis qu'elle est pauvre.

— Je voudrais être avec eux, maintenant. Je voudrais travailler avec eux.

— Tu ne seras pas heureuse, dit Gaspard. Personne ne sera heureux.

— J'aime mieux travailler du matin au soir que de rester chez les Smithson ou chez M. Drapeur.

Hélène répondait à Gaspard sans manifester aucun mécontentement, mais le ton de sa voix marquait qu'elle était résolue à ignorer Gaspard, si celui-ci refusait de la comprendre. Gaspard lui parla de ses journées à Lominval et voulut lui montrer qu'elle n'était pas faite pour de telles occupations, plus ennuyeuses que les légères contraintes qu'on lui imposait maintenant, non sans lui donner tout ce qu'elle pouvait désirer, voyages, sports, jouets. Hélène demeura indifférente à ces observations

— Je crois que j'appartiens à une famille d'ouvriers ou de pêcheurs, dit-elle. Je veux être avec eux.

— Tu ne sais rien sur ta famille, reprit Gaspard.

— Je ne sais rien, dit Hélène.

Gaspard garda le silence. Hélène demanda :

— Tu ne m'aideras pas à retrouver Maman Jenny et le grand pays ?

Hélène alluma sa lampe. Gaspard vit qu'elle souriait avec insouciance.

— Il faudra une corde assez longue, dit-il simplement. J'en trouverai une dans le bric-à-brac de ma cambuse.

Gaspard devait faire les quatre volontés d'Hélène.

C'était une nécessité. Il ne pouvait s'empêcher de croire tout ce qu'Hélène croyait.

Il fut convenu que Gaspard viendrait lancer la corde à Hélène dans la nuit du vendredi au samedi et qu'ils regagneraient ensemble le bateau peu de temps avant l'appareillage. Ils nageraient jusqu'au bateau et rentreraient par le hublot où Gaspard pouvait aussi fixer une corde avant de partir en expédition. Hélène se cacherait dans la cale, en un coin qu'elle connaissait et où l'on ne viendrait pas la trouver. Elle ne pensait pas rester longtemps cachée. Dès qu'on serait au large, elle se découvrirait. M. Drapeur, qui ne tenait pas à se séparer d'elle, la ramènerait avec lui en Belgique.

Le lendemain Gaspard trouva dans sa cambuse un filin léger. Il s'assura de sa résistance. Hélène lui fit parvenir une ceinture de sauvetage, une balle de mousse assez lourde et une bobine de fil bis. Gaspard ne monta pas sur le pont cette nuit-là.

Le deuxième matin, Gaspard fut tiré de son réduit comme d'habitude. Maître Sedagne le cuisinier lui fit faire quelques besognes. Puis on prépara le petit déjeuner. Dans cette cuisine on n'avait jamais aucune nouvelle du dehors. A un appel de sonnette on plaçait les plats et tout ce qui était nécessaire sur un monte-charge qui s'élevait jusqu'à la salle à manger et redescendait aussitôt. Ce jour-là, on entendit la sonnette plus tôt que d'habitude. Vers neuf heures, tout le travail était terminé. Maître Sedagne ordonna à Gaspard d'astiquer les cuivres, puis il sortit et ferma la porte à clef. Gaspard entreprit machinalement son astiquage. Peu de temps après, les mouvements du navire s'apaisèrent, puis ils cessèrent tout à fait. Enfin les machines stoppèrent. Gaspard entendit le bruit de la chaîne d'ancre qui se dévidait dans l'écubier. Après quoi ce fut un silence total. Gaspard se leva et chancela. Habitué maintenant au roulis et au tangage, il éprouvait un vertige sur le plancher parfaitement ferme entre les cloisons immobiles. Gaspard alla ouvrir son hublot.

Sous le ciel bleu, une ville s'étendait. Des villas, des maisons blanches, des palmiers, des arbres inconnus. Le yacht était amarré à l'entrée du port, à une encâblure d'une longue plage de sable. On entendait des klaxons, et une vague rumeur qui venait du port. Assez loin, des enfants jouaient sur la plage. Gaspard les regardait comme il aurait regardé les anges du Paradis. C'était inespéré pour lui de voir cette vie paisible d'une île pleine de lumière, au milieu de l'Océan.

Après avoir rêvé pendant un quart d'heure, il reprit son astiquage. Le maître coq vint passer le nez à la porte :

— Aujourd'hui, je descends à terre. Tu feras la cuisine pour les deux marins qui restent à bord. Tu mangeras seul ici.

Il referma la porte. A midi l'un des marins vint chercher la tambouille.

— Est-ce que je peux aller sur le pont ? demanda Gaspard.

— Défendu, mon garçon. Tu restes dans ton trou jusqu'au soir, puis on te met dans le placard aux balais. Ordre de M. Parpoil.

— Rien qu'une minute, dit Gaspard.

Le marin l'examina des pieds à la tête, puis il lui fit signe de venir. Gaspard n'était pas encore monté en plein jour sur le pont. Il fut tellement ébloui par le soleil qu'il pleura. Le port n'était pas très vaste. Quelques cargos écrasés de chaleur. Plus loin que les bateaux, c'étaient les maisons, les jardins et le ciel immense. On était dans une baie et il y avait une autre plage sur le rivage opposé à celui non loin duquel le *Beaumont* était ancré. Sur quelle plage se trouvait la maison d'Hélène ?

— M. Drapeur est allé à terre ? demanda Gaspard.

— Tout le monde est descendu, dit le marin. Ils sont dans la maison là-bas.

Le marin indiquait une grande maison blanche, flanquée de deux ailes, qui s'élevait peut-être à un kilomètre du port. Il semblait qu'on aurait pu la prendre avec la main, comme un jouet, tant la lumière était pure et annulait toute distance. Gaspard examina longuement la maison ainsi que le voisinage.

— Maintenant, il faut rentrer, dit le marin.

Gaspard passa ce jour-là ainsi que le lendemain dans la cuisine. Le marin venait chercher les repas et à cette occasion il permettait à Gaspard de monter sur le pont pendant quelques instants pour respirer l'air. Des bouffées d'essence se mêlaient à des parfums de feuillages et de fleurs. Gaspard fit confirmer à l'homme que le départ restait fixé aux premières heures du samedi :

— Tout le monde sera à bord vers minuit, et on part à l'aube.

Gaspard attendit donc minuit le vendredi. Il n'avait aucun moyen de savoir l'heure, mais par le hublot de son réduit, il put entendre le canot qui abordait le yacht. Jacques Parpoil et M. Drapeur parlaient dans le canot.

— Allons boire, disait M. Drapeur. Je ne dormirai pas cette nuit.

Gaspard attendit encore un peu, puis il fixa une corde à la charnière du hublot et la glissa au-dehors. La grande difficulté fut de s'équiper avec la ceinture de sauvetage, car il ne pouvait la revêtir qu'une fois sorti et suspendu à son filin. Il garda simplement son pantalon. Il avait mis dans sa poche la balle et la bobine et suspendit à son cou la brassée de corde.

Quand il fut descendu dans l'eau, il rama doucement avec les mains et sortit de l'ombre du bateau. Il se trouva inondé par un vif clair de lune. La distance n'était pas longue entre le bateau et le rivage. Gaspard suivit une petite jetée. Il mit pied à terre à l'extrémité du port.

Il se dirigea vers la plage et cacha sa ceinture dans le sable. A ce moment il se sentit tout à fait libre. Les lieux étaient déserts. Il se mit à courir devant les façades des villas. Il arriva à une allée entre les jardins. Il eut le soudain désir de s'y engager. Il ne pouvait être venu de si loin, sans voir cette ville étrangère. Dans la clarté de la lune il distinguait des buissons de fleurs et des arbrisseaux. Il parvint à une avenue qui allait vers le port. Au bout de l'avenue, une place avec des magasins fermés. Il aperçut un policeman casqué de blanc qui traversait la place. Il rebroussa chemin, obliqua dans une rue vers la campagne. Au-delà des maisons s'élevaient des collines baignées de lumière. Des arbres sur les collines, mais alentour une terre assez aride. Il arracha une tige d'herbe sèche et la fourra dans sa poche. Il respira longuement. Il revint sur la plage.

Ce ne fut qu'après un temps assez long qu'il découvrit la maison d'Hélène. Au-dessus d'une marquise en verre de couleurs, au deuxième étage, une fenêtre était ouverte et une petite lumière brillait.

8

LE RETOUR

C'était une maison ancienne, assez semblable à une maison d'Europe. Devant, il y avait une longue grille faite d'entrelacs et surmontée de piques. La distance entre la grille et la maison n'était que de quelques mètres. Hélène parut à la fenêtre. Elle aperçut Gaspard, et aussitôt elle fit un geste pour lui signifier de lancer la balle. Gaspard déroula le fil de la bobine. Il en attacha à la corde, puis il se recula un peu, afin que la balle passe sans difficulté par-dessus la grille.

Le coup fut manqué. La balle rebondit sur la marquise. Cela ne fit qu'un léger bruit. Gaspard tira le fil et il ramena doucement la balle. Il put cueillir la balle à travers la grille. Il cassa le fil, le renoua. au troisième essai Hélène parvint à saisir la balle. Gaspard soutint la corde tandis qu'Hélène tirait peu à peu. La corde, mince et légère, se déroula comme un serpent dans la cour, puis elle sembla monter toute seule. Elle franchit sans difficulté le bord de la marquise et glissa sur le verre avec un faible crissement.

Dès qu'Hélène serait dans la cour, elle aurait encore à franchir la grille, mais comme elle connaissait les lieux, elle trouverait sans doute une issue plus facile du côté du jardin.

Avant d'enjamber la barre d'appui, Hélène regarda

Gaspard. Ils ne pouvaient se parler. Un grand silence régnait alentour. On entendait seulement de très légères vagues qui se dépliaient : c'était la marée descendante.

Hélène se rendit bientôt compte qu'elle devait éviter la marquise et elle imprima à la corde un balancement assez prononcé. Elle descendit avec lenteur, en se balançant ainsi, au niveau de la fenêtre du premier étage, puis elle s'efforça de gagner une mince cimaise de briques vernies qui partait de l'extrémité de la marquise. Gaspard suivait avec une attention passionnée les moindres gestes d'Hélène. Pourquoi n'avait-elle pu attacher sa corde à une autre fenêtre que celle qui donnait sur la marquise ? Sa gouvernante habitait-elle la pièce voisine, et Hélène n'avait-elle pas accès à d'autres pièces ? Avait-on voulu prendre des précautions extrêmes pour empêcher toute évasion ? Ces questions inutiles filaient dans la pensée de Gaspard au moment où Hélène toucha la cimaise du bout du pied. Elle ne pouvait y prendre appui, mais cela lui permettait d'accentuer le balancement, et en se laissant glisser d'un coup elle franchirait l'obstacle de la marquise. (Est-ce que la corde ferait du bruit en se rabattant sur l'extrémité des plaques de verre ?)

Pendant un instant d'une brièveté inouïe, Gaspard eut l'impression d'une descente merveilleuse. Il ne put retenir un cri. La corde venait de se rompre. Hélène heurta le bord de la marquise, dont les verres volèrent en éclats, et elle tomba dans la cour, les bras étendus. Son corps s'étala sur les dalles, et elle ne bougea plus.

Gaspard ne devait jamais oublier cette chute qui lui avait paru légère et douce dans la clarté de la nuit. Mais Hélène gardait une effrayante immobilité.

Gaspard ne pouvait franchir la grille. Il appela de toutes ses forces. La maison s'était déjà éveillée. Les lumières s'allumaient. Un homme en pyjama sortit sur le perron, suivi d'un Chinois vêtu d'une longue chemise rouge, et de deux femmes. Tous ces gens parlaient anglais.

On releva Hélène. Gaspard aurait voulu se précipiter vers elle. Le Chinois, qui l'avait aperçu, lui jeta des injures en anglais. Gaspard ressentit une terreur inexplicable. Il se sauva au moment où l'on transportait Hélène dans la maison.

Il revint cependant aussitôt, et il entendit une auto qui ronflait dans un garage. On avait dû téléphoner au médecin, et sans doute on allait chercher M. Drapeur. L'auto sortit du garage. Le Chinois vint ouvrir la double porte de la grille. Gaspard s'effaça dans l'ombre d'un mur. Peu de temps après arriva la voiture du médecin. Un quart d'heure plus tard, la première auto revint. M. Drapeur en descendit. Sur le perron, il fut accueilli par la gouvernante qui gémissait...

— Elle avait voulu... J'ai pourtant veillé... Le docteur espère la sauver.

M. Drapeur écarta cette femme non sans brutalité et entra dans la maison.

Un silence absolu suivit ces démarches. On avait certainement transporté Hélène dans une chambre située sur l'autre côté de la maison. Aucune lumière sur la façade, sauf celle du vestibule. Gaspard fit le tour du jardin, qui était entouré d'un mur élevé. Il ne pouvait l'escalader et cela n'aurait servi à rien. Si Hélène mourait ce serait sa faute. Il aurait dû mieux vérifier la résistance de la corde. Peut-être la corde avait-elle frotté sur l'angle d'une pierre, tandis qu'Hélène se balançait.

Gaspard se mit à marcher. Il suivit une rue qui le mena dans la campagne et sans se rendre compte il parcourut une assez longue distance. Des larmes coulaient de ses yeux jusque sur ses épaules nues. Il s'était finalement engagé dans un sentier qui aboutissait à une impasse formée par des rochers. Au-dessus des rochers il y avait un bois de pins. Ces pins étaient tous morts. Ils prenaient dans la clarté de la lune des dimensions énormes. Un grand oiseau de nuit monta au-dessus de leurs branches dépouillées. Gaspard se jeta à genoux. Il pria, puis il revint vers la ville. Ce fut par hasard qu'il arriva sur la plage juste à l'endroit où il avait caché sa ceinture. Il buta sur le monticule de sable où elle était enfouie. Il la reprit. Il gagna le bord de l'eau. Il resta un moment à réfléchir, les pieds dans l'eau. La lune avait disparu. Les vagues étaient faibles et l'étendue de la mer ressemblait à celle de la Meuse et des canaux dans la demi-obscurité du jour naissant. Où était ce beau temps de l'espérance ? Gaspard remonta vers le port et il regagna le bateau juste au moment où la lumière de l'aube baignait déjà les mâts et la cheminée. Sur le yacht tôt ou tard il aurait des nouvelles d'Hélène.

Aussitôt qu'il fut dans son réduit il quitta son pantalon mouillé pour un autre que le maître coq lui avait alloué. Il s'étendit sur le plancher, et s'endormit. Un marin vint le chercher assez tard ce matin-là, et lui ordonna de nettoyer le pont.

— Quand repart le bateau ? demanda Gaspard.

— On ne part plus, jeune homme, répondit le marin.

— Pourquoi on ne part plus ?

— Il y a eu du grabuge cette nuit.

Le marin refusa d'en dire plus long. Cette journée-là et le lendemain, Gaspard travailla dans l'angoisse. Il prépara les repas pour les deux marins, qui lui imposèrent en outre de multiples astiquages. Le maître coq n'avait pas reparu. Trois jours après, Parpoil arriva vers la fin de l'après-midi, comme Gaspard frottait à tour de bras les plaques de cuivre de l'escalier. L'homme était un peu ivre.

— Eh bien, jeune homme, lui cria Parpoil, n'est-ce pas une magnifique croisière que vous faites là ? On se lève, monsieur, quand on vous parle.

Gaspard quitta son ouvrage et s'avança vers Parpoil.

— On laisse son chiffon pour écouter ceux qui vous font l'honneur de vous parler, continua Parpoil. Eh bien, jeune homme, voyez où mènent les beaux rêves. La propre fille de M. Drapeur a voulu se sauver, et maintenant elle va mourir.

— Elle ne va pas mourir, cria Gaspard avec une sorte de rage.

— Elle va mourir, répéta Parpoil. Elle délire. Elle parle d'un grand pays, un pays imaginaire bien entendu, avec des bouleaux, et des palmiers. Ah ! Ah ! Elle dit qu'elle va fuir là-bas avec un nommé Gaspard Fontarelle. C'est toi, Gaspard Fontarelle.

— C'est moi, dit Gaspard avec fermeté.

— Comment a-t-elle su ton nom ? L'a-t-elle appris du cuisinier ? En tout cas elle supplie pour qu'on la laisse te voir. Elle plaint le petit prisonnier, comme elle dit. Mais elle délire et le médecin défend les visites. Il ne tiendrait qu'à moi, on te jetterait à l'eau tout simplement, jeune crétin.

— Elle ne va pas mourir, dit Gaspard, et elle reverra son pays. Vous pouvez me flanquer à l'eau si vous voulez.

Parpoil lança à Gaspard une telle gifle que le garçon chancela.

— En attendant, cher nouveau-né, cria Parpoil, nous allons te fourrer à fond de cale. M. Drapeur décidera de ton sort.

Il appela un marin qui entraîna Gaspard, comme à regret. Au moment de descendre l'escalier de la cale, Gaspard résista et se tourna vers Parpoil. Il lui cria :

— Je vous mets au défi de rapporter mes paroles à Hélène.

— Hélène, tu oses parler d'Hélène !

Parpoil s'avança et lui lança au visage une volée de coups de poing, puis il le renversa, et lui écrasa le visage avec son soulier, de telle façon que le marin protesta :

— Assez !

— Jamais assez pour cette race de jeunes singes qui veulent décrocher le Paradis.

Parpoil ressemblait à un grillon obèse, mais il n'avait pas le caractère pacifique du grillon. Gaspard, bien qu'il eût le visage couvert de sang, et fût à peu près incapable de se relever, continua à parler :

— Je vous mets au défi de dire à Hélène qu'elle reverra son pays. Jamais vous n'oseriez le lui dire. Vous avez peur que ça arrive. Jamais vous n'oseriez lui dire que Gaspard Fontarelle a juré qu'elle reverrait son pays.

L'homme semblait soudain dégrisé. L'état pitoyable où il avait mis le jeune garçon, l'attitude vaguement menaçante du marin, les paroles de Gaspard le surprenaient. Sa colère était tombée. Il ne chercha qu'à la justifier et à prendre une attitude propre à sauver sa dignité. Il parla avec une cruelle froideur.

— La leçon aura suffi. Débarbouillez ce jeune homme, dit-il au marin. Quant à vous, monsieur Gaspard, je lui transmettrai vos paroles pour vous faire plaisir et pour me montrer courtois jusqu'au dénouement, jusqu'à ce que cette jeune fille paie très cher le prix d'un rêve, cher monsieur. Il suffit d'une corde qui casse, voyez-vous.

Parpoil se mit à rire. Le marin releva Gaspard. Il le conduisit à la cuisine, le lava à grande eau, lui fit boire un cordial.

— Ce soir, tu viendras avec moi dans la cabine de l'avant, dit le marin. Je te raconterai des histoires du pays.

Parpoil était passé simplement pour faire une inspection rapide ou pour chercher un objet. Presque aussitôt il avait repris le canot et il regagna la ville. Gaspard demeura tout le reste de la journée étendu sur une chaise longue. Le marin, qui avait assisté à la scène, et son compagnon prirent sur eux de procurer cet agrément au jeune garçon. Gaspard regarda, avec admiration et avec une grande tristesse le port, la ville et surtout la plage et cette maison éloignée où Hélène se mourait. Un soleil éblouissant pesait sur toutes choses. L'eau, profondément bleue, demeurait immobile.

Le soir, Gaspard mangea avec les marins. Ils parlaient un langage où le flamand se mêlait au français.

— Il faut travailler longtemps, il faut toujours travailler, disait l'un.

— Je ne demande qu'à travailler, disait Gaspard.

— On peut aussi espérer qu'il y a de belles choses à voir en ce monde, disait l'autre.

— Selon la volonté du Seigneur, reprenait le premier.

Les marins racontèrent des histoires jusqu'à minuit. Ils laissèrent Gaspard dormir sur un lit dans leur cabine.

Quand on raconte des histoires, on attend toujours une autre histoire, et Gaspard, le lendemain et les jours suivants, tout en vaquant à ses besognes, attendait qu'une histoire lui vînt de la ville et de la maison d'Hélène. Elle arriva par bribes un jour après l'autre.

Chacun des deux marins qui gardaient le bateau allait à terre à son tour. Ils ne manquaient jamais de s'enquérir des nouvelles. Ils se rendaient à la maison d'Hélène et attendaient patiemment devant la grille jusqu'à ce qu'ils aperçoivent le domestique chinois. L'homme ne refusait pas de leur répondre et il multipliait même des explications que l'on avait du mal à débrouiller.

D'abord, le Chinois se prenait la tête à deux mains et se lamentait : Hélène était perdue. Puis il disait son espoir à propos d'un détail insignifiant. Trois papillons s'étaient posés sur la fenêtre d'Hélène. Un oiseau avait chanté au moment où le docteur entrait.

Hélène souffrait d'une fracture de l'épaule. On craignait surtout les conséquences d'une lésion interne. Elle paraissait désolée, et demandait à revenir en Belgique. M. Drapeur le lui promettait, mais on ne pouvait la transporter dans l'état où elle se trouvait. Les promesses la décevaient encore plus puisqu'elles ne pouvaient se réaliser.

Parpoil avait parlé de Gaspard à M. Drapeur. Il l'avait désigné (sans rien savoir d'ailleurs) comme un complice d'Hélène. M. Drapeur l'envoya promener. « Querelle, mauvais signe », disait le Chinois. Enfin Parpoil avait rapporté, comme preuve à ses dires, les paroles mêmes de Gaspard.

— Que M. Drapeur interroge, répétait le Chinois, que M. Drapeur se souvienne qu'il a vu le jeune apache autrefois, que M. Drapeur donne le garçon à la police. Le garçon avait dit : « Hélène reverra son vrai pays. » Alors qu'est-ce que ça signifie ? Mauvais signe, monsieur.

Le lendemain de cette querelle, M. Drapeur parla de Gaspard à Hélène. Si l'on en croyait le Chinois, M. Drapeur aurait rapporté les paroles mêmes de Gaspard qui jurait qu'Hélène reverrait son pays :

— Qu'est-ce que ça signifie encore ? Mais monsieur, moi j'ai vu les yeux d'Hélène. Une lumière dans ses yeux.

Telles étaient les nouvelles. Bien que déformées par le Chinois et une fois encore par les marins, qui comprenaient mal son anglais, on parvenait à deviner la vérité tantôt terrible, tantôt traversée d'espoirs.

Toute la semaine, Gaspard travailla sans relâche. Il était résolu, si jamais M. Drapeur revenait sur le yacht, à lui demander de voir Hélène. Le samedi soir, M. Drapeur monta à bord. Gaspard avait entendu approcher le canot à moteur. Il se trouvait à la cuisine. Un marin vint l'appeler. M. Drapeur se tenait sur le pont, appuyé au bastingage.

— Gaspard Fontarelle (si c'est bien ton nom), je t'apprends qu'Hélène est sauvée.

Les yeux de Gaspard s'emplirent de larmes.

— Comment as-tu connu Hélène, puisque tu étais enfermé dans ton réduit ? Qui es-tu ?

— J'étais à l'auberge de Lominval, répondit le garçon.

— Je comprends, dit M. Drapeur. Et tu as voulu rejoindre Hélène.

— Je ne l'ai pas fait exprès, dit Gaspard.

M. Drapeur haussa les épaules :

— Et comme un enfant que tu es, tu croyais qu'Hélène recherchait vraiment sa famille et son pays, et que tu pouvais l'aider. Il faut que tu abandonnes cette idée. Hélène est une artiste et a beaucoup trop d'imagination. Je ne sais ce qui a pu lui donner à penser que sa maman vivait encore et qu'elle s'appelle Maman Jenny. A-t-elle reçu quelque lettre d'une intrigante qui voudrait abuser de son innocence ? Pendant sa maladie, elle a battu la campagne et il était difficile de comprendre ses paroles. Je crains qu'une fois guérie, elle ne s'entête dans ses rêves insensés. Toi, Gaspard, tu pourras m'aider, car j'ai découvert qu'elle avait en toi une grande confiance, je ne vois pas pour quelle raison.

— Je ne vois pas pour quelle raison, répéta Gaspard.

— Tu pourrais m'aider, reprit M. Drapeur, quoique mon secrétaire prétende que tu n'es qu'un propre-à-rien, et qu'Hélène te donne de l'argent pour que tu l'aides à fuir. En tout cas, moi, je peux te procurer bien des avantages, si tu te conduis avec honnêteté, et si tu renonces à ces sottises.

— Je ne veux pas d'argent, ni aucun avantage, dit Gaspard.

— Pourquoi donc es-tu venu sur notre bateau ? N'était-ce pas pour rejoindre Hélène ?

— C'est par hasard, répondit le garçon.

M. Drapeur n'avait d'autre souci que de sauver Hélène. Il lui semblait qu'il ne devait rien épargner pour hâter sa guérison, et si la compagnie de Gaspard pouvait encore la favoriser, il était décidé, malgré les conseils de Parpoil, à permettre que le garçon lui rendit visite. Mais il voulait d'abord le persuader qu'on devait empêcher Hélène de faire quelque nouvelle tentative pour s'enfuir. Il apprit avec plaisir que Gaspard pouvait se recommander d'une famille honorable, et particulièrement de Gabrielle Berlicaut, la propriétaire du *Grand Cerf*. Afin de se faire un allié du garçon, il prit la peine d'expliquer de quelle façon il avait adopté Hélène.

C'était pendant la guerre, à cette époque où les gens fuyaient devant l'invasion. M. Drapeur se trouvait à Sedan au moment où l'ennemi arrivait sur la Meuse. Il fila dans sa voiture par les crêtes qui bordent le canal des Ardennes, et il eut l'occasion de s'arrêter dans un village perdu, pour demander son chemin. C'était le village de Stonne, situé sur une colline couverte de forêts. Il frappa à une porte. Une vieille femme l'accueillit et il aperçut, dans le fond d'une vaste cuisine, d'abord un lit où une femme était couchée, puis un autre lit dans lequel dormait une petite fille blonde qui avait peut-être cinq ans. Il fut tout de suite séduit par le visage de la petite fille. Il posa des questions. La vieille femme lui dit :

— Les malheurs de la guerre sont grands. Cette femme que vous voyez est mourante. La nuit dernière, elle est arrivée ici. Je l'ai couchée. Elle n'a même pas su me dire d'où elle venait ni qui elle était. La petite fille qui l'accompagnait est aussi très malade. Le médecin prétend qu'il s'agit d'une longue maladie, pour laquelle il faudrait de très grands soins. Il ne comprenait pas comment la petite fille avait pu marcher sur la route. Mais sa maman a dû la porter, ce qui l'a tout à fait épuisée. Sans doute ces gens viennent de la frontière. Maintenant les habitants de Stonne seront évacués d'un moment à l'autre. Le médecin m'a promis qu'il enverrait aujourd'hui une voiture de l'hôpital pour emmener la petite. Tout ce que je sais, c'est qu'elle s'appelle Hélène.

M. Drapeur s'était avancé. Il regarda longuement le visage pâle d'Hélène. Il déclara :

— Moi je peux l'emmener. Je la ferai soigner. Je peux emmener aussi la maman.

— La maman n'est pas transportable, dit la vieille femme.

— Vous ne connaissez pas son nom ?

— Elle n'avait sur elle aucun papier. Elle portait un simple paquet avec un peu de linge pour l'enfant qu'elle appelait Hélène.

M. Drapeur nota le nom de la vieille femme, et il emmena la petite fille. Il prit aussi le paquet. Il gagna Reims. Il installa Hélène dans un hôtel et il appela à son chevet les meilleurs médecins. On lui dit que l'enfant pourrait guérir à condition d'être l'objet de soins constants. Il lui fallait de longs séjours dans la montagne. M. Drapeur ne négligea rien pour rétablir la santé d'Hélène.

La vieille femme de Stonne avait insisté pour lui donner le petit paquet, quoique M. Drapeur l'eût jugé inutile. Mais elle avait fait observer que le paquet contenait un livre d'images auquel l'enfant pouvait tenir et aussi quelques bibelots et des bijoux de pacotille. Lorsque M. Drapeur ouvrit le paquet, un peu plus tard, pour donner le livre à Hélène, il découvrit que les bijoux n'étaient pas faux, quoique sans grande valeur. Il y avait une croix ornée de petites perles et un bracelet d'argent.

Ainsi Hélène fut adoptée par M. Drapeur. En vain il chercha dans la suite à retrouver la vieille femme de Stonne, afin d'apprendre si la maman d'Hélène était morte. Le village était détruit de fond en comble. La vieille femme avait été une des premières victimes du bombardement, tuée par un éclat comme elle discutait dans la rue avec un officier. La maman d'Hélène avait dû périr sous les décombres. Si elle avait été évacuée au dernier moment, comment rechercher sa trace dans quelque hôpital ou dans quelque cimetière ? M. Drapeur ignora toujours s'il restait à Hélène d'autres parents.

D'après ce que Gaspard put comprendre, le diamantaire ne s'était pas attaché à la petite fille par une simple affection. Avant même qu'à force de soins il eût obtenu sa guérison, il fut étonné de l'intelligence d'Hélène, et se persuada qu'elle avait quelque don exceptionnel qu'il lui fallait découvrir. M. Drapeur avait mené une vie qui comportait de longs loisirs, bien qu'elle fût consacrée aux affaires. C'était un amateur d'art. Il avait rêvé d'être un musicien célèbre. Mais ayant dû pour sa part renoncer à cette ambition, il la reporta sur Hélène et tâcha de lui donner tous les moyens de se révéler une artiste. Il l'avait intéressée dès son jeune âge aux études musicales et il avait lieu de croire qu'elle comblerait ses vœux. Hélène mena une vie régulière, disciplinée, et pourvue de tous les conforts qui favorisent le développement de l'intelligence et du corps.

— Toi, Gaspard, tu es un villageois, conclut M. Drapeur. Tu ignores les questions de l'art et même ce qui concerne la vie en général. Mais tu dois avoir du bon sens. Si tu as pu croire qu'Hélène était malheureuse et qu'elle avait raison de rechercher sa famille et son pays, tu dois comprendre maintenant que c'est une folie. Si elle a de l'amitié pour toi, comme je le pense, tu l'engageras à poursuivre la carrière pour laquelle certainement elle est destinée et où elle trouvera le bonheur.

M. Drapeur parlait bien. Gaspard se sentait confus de recevoir ces confidences, après avoir été méprisé et maltraité. Il n'y avait pas lieu de douter de la sincérité de M. Drapeur. L'homme tenait avant toutes choses à la réussite d'Hélène, selon un plan raisonnable qu'il s'était tracé. On ne pouvait que l'approuver. Cependant il manquait à M. Drapeur de comprendre les espoirs de sa fille adoptive. Gaspard ne pouvait renoncer à l'idée que de tels espoirs avaient plus d'importance que tout le reste. Maman Jenny existait. Le grand pays existait en quelque région. Le livre d'images le prouvait. Hélène ne pouvait renoncer à découvrir son pays et sa famille.

M. Drapeur pensait d'ailleurs qu'il ne fallait pas à ce moment contrarier Hélène à ce sujet, et que sa guérison dépendait même des assurances qu'on lui donnerait.

— Je vais te conduire auprès d'Hélène, dit-il à Gaspard. Il faut, pour qu'elle guérisse, que tu ne la contredises pas, si elle te parle de son pays et de sa famille. Plus tard, nous lui montrerons combien elle se trompe, et je pense qu'elle le reconnaîtra d'elle-même. C'est un âge difficile qu'elle doit passer.

M. Drapeur, après avoir sermonné Gaspard, le conduisit à la coupée et le fit descendre avec lui dans le canot. Gaspard regardait le costume misérable dont il était vêtu.

— Rassure-toi, dit M. Drapeur : nous allons passer dans un magasin et t'habiller comme il faut.

Le canot à moteur fendit rapidement les eaux du port et aborda au quai. Le pilote salua M. Drapeur, qui aussitôt gagna la ville avec Gaspard. Chez un tailleur de la rue principale on trouva pour Gaspard un costume de toile grise et M. Drapeur lui acheta aussi des souliers, une chemise et une cravate. Gaspard l'en remercia. Quand ils arrivèrent à la maison des Smithson, le domestique chinois vint leur ouvrir avec empressement. Ils gagnèrent la chambre d'Hélène qui se trouvait au rez-de-chaussée et donnait sur le jardin. Par la fenêtre on voyait un palmier.

Hélène était couchée dans un grand lit, ses mains amaigries posées sur le drap. Son visage portait les traces d'une grande fatigue, mais elle souriait.

— Je ne pouvais pas croire, dit Hélène, que vous amèneriez Gaspard.

— J'ai appris que c'était Gaspard Fontarelle de l'auberge du *Grand Cerf* à Lominval, dit M. Drapeur. Vous avez fait ensemble une escapade et vous en projetiez d'autres. M. Parpoil prétend que j'ai grand tort de pardonner. Cependant je crois que c'est la solution la plus raisonnable.

Hélène fit signe à Gaspard de s'asseoir sur une chaise auprès de son lit. Ils ne surent que dire en présence de M. Drapeur.

— Je regrette qu'on t'ait maltraité, dit Hélène. Je n'y pouvais rien.

— Je le regrette tout autant, dit M. Drapeur. Nous ne savions pas qui était Gaspard. Le capitaine et M. Parpoil ont exigé la sévérité.

— C'est ma faute, certainement, dit Gaspard.

— Le voyage de retour sera plus agréable, dit Hélène.

C'était en somme une conversation assez indifférente. M. Drapeur quitta la chambre pour aller rendre visite aux Smithson. Aussitôt Hélène dit :

— Dans quelques jours je pourrai quitter cette maison, et retourner à Anvers sur le yacht. Cet imbécile de Parpoil a cru bon de t'accuser, et de rapporter ce que tu avais dit. Cela m'a donné confiance, et M. Drapeur a compris que je ne pourrais pas vivre si je n'avais plus d'espoir de revoir mon pays.

— Tu le reverras, dit Gaspard.

— Répète-moi que je le reverrai.

— J'en suis sûr, dit Gaspard.

Il regarda le palmier qu'on voyait par la fenêtre.
— Ce n'est pas comme dans le pays de Maman Jenny, dit Hélène. Il manque les bouleaux, les pommiers et la terre noire.
— Je me demande ce que c'est que cette terre noire, dit Gaspard.
Ils firent des projets, jusqu'à ce que M. Drapeur rentrât avec le médecin. Gaspard prit congé d'Hélène et alla attendre M. Drapeur dans le vestibule. M. Drapeur vint le retrouver une demi-heure plus tard.
— Nous partons dans trois jours, dit-il à Gaspard. Le médecin assure qu'il n'y a plus aucun danger. Un docteur nous accompagnera jusqu'à Anvers. Ce n'est pour moi qu'une petite dépense. En ce qui te concerne je vais envoyer un télégramme à Lominval pour rassurer ta tante. A notre arrivée je te ferai reconduire chez elle. J'ai même une certaine idée.
Après avoir réfléchi, M. Drapeur reprit :
— Mon secrétaire est toujours pour les solutions de violence, dit-il. Ce n'est pas mauvais dans certains cas. Si, par exemple, tu devais favoriser une nouvelle tentative d'Hélène, je serais impitoyable. On vous retrouverait et je ferais en sorte que tu sois envoyé dans une maison de redressement.
Après un silence :
— Voici mon idée. Tu retourneras à Lominval, mais auparavant tu jureras à Hélène de rechercher sa famille et son pays. Tu ne risques rien. Ce pays n'existe pas et sa famille a complètement disparu. D'ailleurs aucun indice ne pourrait te guider. Mais tu lui jureras que tu cherches. Je t'inviterai quelques jours de façon que tu puisses venir assurer à Hélène que tu t'es mis en quête et qu'il est impossible de rien trouver. En somme, la pure vérité. En cela j'agirai et tu agiras selon la justice, puisqu'il faut simplement faire en sorte qu'Hélène oublie ses pensées folles. Tant qu'elle croira que tu l'aides, elle demeurera à la maison, d'autant plus qu'elle se

ressentira de sa maladie. Peu à peu l'idée lui passera.

Gaspard ne put rien faire d'autre que promettre de suivre les instructions qu'on lui donnait. Il lui semblait juste maintenant de préserver Hélène d'une tentative inutile, et de l'empêcher de gâcher sa vie. Cependant il gardait un remords qu'il ne s'expliquait pas.

Tout se passa selon les plans de M. Drapeur. Trois jours plus tard Hélène était transportée à bord. Gaspard se vit octroyer une petite cabine dans l'entrepont. Il continua à aider Maître Sedagne à la cuisine, afin qu'il fût bien entendu qu'il gardait un rôle subalterne, mais on lui donna moins de travail, et on lui permit de rendre visite à Hélène pendant quelques minutes chaque jour.

Hélène demeurait couchée dans sa cabine. Si elle était en proie à une grande faiblesse, ses yeux avaient retrouvé leur flamme. La gouvernante se tenait toujours dans la cabine, et prêtait la plus grande attention aux paroles échangées, lorsque Gaspard venait s'entretenir avec Hélène.

— Le médecin prétend que je ne peux pas recevoir de longues visites, disait Hélène. Ce n'est pas vrai. Pourquoi ne puis-je te voir que quelques minutes ?

— Il faut accepter cela, disait Gaspard.

Hélène considérait Gaspard avec méfiance :

— Je te trouve changé, disait-elle. Tu n'es plus avec moi comme auparavant. Tu ne crois plus que je reverrai mon pays ?

— Je crois que tu le reverras, disait Gaspard.

Elle le regardait, et elle réfléchissait.

— Bien sûr, tu t'es lancé dans une aventure, et maintenant tu le regrettes. Tu te demandes si je ne me fais pas des idées, et si c'est vrai tout ce que je crois sur mon pays et sur ma famille.

— Je crois ce que tu m'as dit, répondait Gaspard.

Hélène, avec la patience mélancolique des malades, s'amusait à entortiller autour de ses doigts une chaînette d'argent qui lui servait de bracelet. C'était l'un de ces bijoux trouvés par M. Drapeur dans le paquet donné par la vieille femme de Stonne.

— M. Drapeur m'a raconté les circonstances dans lesquelles il t'a adoptée, disait Gaspard.

— Il m'a raconté cela à moi aussi, répondait Hélène. Ce bijou appartenait à Maman Jenny. Rien ne prouve que Maman Jenny est morte.

— Rien ne le prouve, répétait Gaspard.

Un autre jour Hélène déclara à Gaspard qu'elle ne renoncerait jamais à chercher :

— Rien ne compte pour moi que Maman Jenny.

Lorsque Hélène parlait à mi-voix pour que la gouvernante n'entendît pas, la dame priait aussitôt Gaspard de sortir, prétendant qu'Hélène se fatiguait.

— Qu'est-ce qu'on peut faire ? demandait Gaspard le lendemain.

— C'est possible de retrouver d'abord ce pays, disait Hélène. Il a l'air fantastique, mais, comme il existe, on le découvrira forcément.

— Il n'y a pas un lieu au monde... murmurait Gaspard.

— Qu'est-ce que tu en sais ? Pourquoi veux-tu me décourager maintenant ?

— Je ferai ce que tu voudras, disait Gaspard, mais je ne suis capable de rien.

Il voulait éviter d'engager l'avenir et de faire à Hélène des promesses trompeuses malgré les recommandations de M. Drapeur. Il était persuadé que de toute façon il ne pouvait rien pour Hélène.

Cependant le *Beaumont* poursuivit son voyage. Gaspard trouvait de longs moments pour contempler la mer. Sans cesse la mer changeait. Dans les premiers jours, elle resta profondément bleue et calme. Elle devint bientôt plus mouvementée, et peu à peu le vert s'y mêla au bleu. On entra dans la Manche.

Hélène put quitter son lit et venir sur le pont. C'est là qu'elle eut un dernier entretien avec Gaspard, comme la traversée touchait à sa fin. Ils étaient appuyés sur le bastingage et regardaient la côte d'Angleterre qui s'approchait. Hélène dit à Gaspard :

— Nous arriverons demain. Jure-moi que tu chercheras mon pays, jure-moi que tu ne me trahiras pas.

— Je dois rentrer à Lominval, dit Gaspard.

Hélène regarda Gaspard. Il lut dans ses yeux une grande tristesse et du mépris. Il ajouta :

— Tu sais que je ne t'oublierai pas, et que je ferai tout ce que je pourrai pour toi.

— Jure-moi, dit Hélène.

— Je te jure que je chercherai ton pays.

M. Drapeur survint à ce moment. Il remercia Gaspar de l'amitié qu'il avait pour Hélène. Gaspard avait prononcé exactement les paroles que M. Drapeur voulait, mais il y croyait tandis que l'homme n'y croyait pas.

Pendant toute la traversée, Parpoil était resté invisible, comme en disgrâce. Il ne devait pas tarder à se manifester. Le yacht entra un matin dans l'un des grands bassins du port d'Anvers. On était au début du mois d'août, le 5 août, je crois. Dès que le bateau fut à quai, M. Drapeur et Hélène descendirent. Une voiture les emmena. Gaspard attendit pendant des heures enfermé dans le salon. Ce fut Parpoil qui vint le trouver.

— Eh bien, jeune homme, lui dit-il, notre croisière est terminée. Il me reste à remplir un dernier devoir. Il me faut vons reconduire à la gare et vous remettre un billet jusqu'à Revin. Mlle Berlicaut vous attendra à Bruxelles. Nous l'avons prévenue par dépêche.

Gaspard fut étonné par ce dénouement. Il n'avait

rien à répondre. Il comprenait qu'on avait cherché à tromper Hélène et à le tromper pour les ramener l'un l'autre à la routine ordinaire. On ne leur avait même pas permis de se dire au revoir.

— M. Drapeur vous invitera peut-être un jour à rendre visite à Hélène, ajouta M. Parpoil avec ironie, si toutefois vous êtes raisonnable, si toutefois vous voulez bien croire qu'elle a rêvé et que personne au monde ne pourra jamais découvrir ce damné pays qu'elle s'est mis en tête.

Gaspard garda le silence. Il descendit sur le quai avec Parpoil. Un taxi vint les prendre. Ils arrivaient à la gare Centrale un quart d'heure plus tard.

9

AU PAYS DES CHATEAUX

Gaspard suivit Parpoil dans le hall. Parpoil prit un billet pour Gaspard. Ils allèrent ensuite au buffet. L'homme fit servir à Gaspard un repas froid, et lui-même s'octroya divers alcools.

A sept heures Gaspard montait dans le train, et quand il fut placé au fond du compartiment, dans l'angle opposé au couloir, son garde du corps attendit sur le quai le départ du train.

Gaspard se trouvait réduit à la plus complète impuissance. Il regardait avec indifférence les boiseries du compartiment. C'était un vieux wagon aux cloisons repeintes et aux portières étroites. Une vieille dame était assise sur l'autre banquette parmi d'autres voyageurs. Elle avait échangé un signe rapide avec Parpoil. Gaspard crut comprendre que cette duègne appartenait à la maison de M. Drapeur. Elle devait exercer sur le garçon une surveillance discrète. Il n'y avait aucun moyen d'échapper.

Gaspard attendait impatiemment que le train démarre comme si cela devait le délivrer de tout regret. Il pensait qu'il ne reverrait plus jamais Hélène. Toute cette équipée lui semblait en effet une folie. S'il n'y avait pas eu ce cheval pie, ni ce coiffeur, ni Théodule Residore... Mais le cheval pie était la cause de toute l'histoire.

Gaspard revoyait le cheval, ses yeux ardents, sa crinière emmêlée. Il revoyait aussi les paysages divers de la forêt, l'orage, les splendeurs du ciel d'orage. Etait-il possible que cette aventure qui l'avait mené jusqu'aux Bermudes se terminât sans espoir, et que l'obstination d'Hélène n'eût aucun sens, et qu'il n'y eût rien à chercher ni à trouver ? Maman Jenny... Le grand pays... Gaspard avait juré... Le train démarra avec une sournoise lenteur.

Dans les circonstances décisives, nous ne voyons souvent que des détails insignifiants. Gaspard aperçut d'abord, par la portière opposée, le visage de Parpoil et sa barbe rousse. Parpoil s'était placé à une certaine distance pour voir Gaspard une dernière fois. Il lui fit un signe d'adieu ironique, puis il tourna le dos. Gaspard baissa les yeux. Il aperçut tout près de sa main le verrou de cuivre de la portière. Près de ce verrou, la plaque d'émail avec la phrase habituelle qui recommande aux enfants de ne pas jouer avec la serrure. Gaspard fut saisi par un élan soudain. Après avoir regardé si aucun obstacle ne l'empêchait, il ouvrit la portière et sauta à contre-voie.

Le train n'avait pas fait cent mètres et la vitesse était faible. Gaspard retomba sur ses pieds avec la plus grande facilité. Il entendit les cris de la duègne, mais le train accélérait, et elle dut se contenter de refermer la portière. Elle ne pouvait tirer la sonnette d'alarme pour avertir le chef de train qu'un garçon était descendu à contre-voie. Gaspard traversa un quai, puis contourna un train qui stationnait. Il se dirigea lentement vers la sortie. Il montra son billet à l'employé et lui dit qu'il venait de manquer son train. L'employé lui répondit qu'il n'en aurait pas d'autre avant le lendemain matin et Gaspard sortit de la gare.

Il n'avait pas d'argent. Sa seule ressource était de se mettre à la recherche de Niklaas. Il déchira son billet et en jeta les débris sur le trottoir. La nuit tomba bientôt.

Gaspard retrouva Niklaas sans difficulté, malgré l'heure tardive. Ils étaient tous sur leur bateau ancré devant la plage Sainte-Anne. Ludovic et Jérôme jouaient aux osselets sur le pont à la lumière d'une lampe tempête. Niklaas réparait le piston de Jérôme.

Gaspard héla Niklaas, et cria : « C'est moi, Gaspard ! » Tous se dressèrent soudain, et Jérôme se mit à gémir que c'était sûrement le fantôme de Gaspard. Ludovic rabroua Jérôme, mais il ne semblait pas moins effrayé. Niklaas alla chercher une lampe électrique dans la cabine. Il projeta le faisceau lumineux dans la direction de Gaspard.

— Je ne le vois pas bien, dit Niklaas, mais il n'a pas l'air d'un fantôme.

Il descendit aussitôt dans le canot et rama vers le rivage. Il eut vite reconnu Gaspard et l'embarqua. Lorsque Gaspard fut sur le pont du bateau, Ludovic et Jérôme le regardèrent longuement, puis l'embrassèrent.

— On te croyait au fond de l'Escaut, dit Niklaas. Comment t'es-tu débrouillé ? Ludovic me soutenait que tu n'aurais pas pu nager jusqu'au rivage.

— Je suis monté sur le yacht, dit Gaspard, et je suis allé aux Bermudes.

Ludovic et Jérôme posèrent beaucoup de questions. Niklaas écouta en silence. Enfin il dit à Gaspard :

— Tu aurais dû rester dans le train et retourner à Lominval.

— Je ne veux pas quitter Anvers, dit Gaspard. Hélène est à Anvers.

— Ce n'est pas juste non plus d'abandonner ta tante qui t'a élevé et de la laisser dans les transes.

— J'ai ma famille aussi qui court les marchés, et de toute façon j'en suis séparé comme Hélène est séparée des siens.

Niklaas haussa les épaules :
— Je ne comprends pas bien ce que tu veux. Puisqu'il n'y a rien à faire d'aucune façon... As-tu mangé ce soir ?
— J'ai mangé au buffet de la gare.
— Eh bien, allons nous coucher. Nous verrons demain ce qu'il faut faire de toi, dit Niklaas.

Les affaires de Niklaas ne marchaient pas très bien cet été. La mode aurait voulu que lui et ses fils revêtissent des costumes flamboyants pour exécuter leurs concerts, mais cela leur déplaisait, et on les considérait comme des mendiants, malgré le talent qu'ils avaient. Niklaas n'était pas toutefois sans ressources. Il gardait quelques économies, ayant toujours mené avec ses enfants la vie la plus simple. En cette saison peu productive, ils s'étaient souvent livrés à la pêche.

Gaspard apprit cette situation le lendemain. Il déclara qu'il allait chercher du travail de son côté, mais Niklaas le pria de n'en rien faire. Il possédait un vieux break garé chez un ami et il projetait d'acheter un cheval. Avec cet équipage, il pourrait parcourir les campagnes où il jouerait et vendrait des chansons. Il avait fait des démarches et s'était procuré les papiers nécessaires pour réaliser ce projet.
— Ainsi la vie change selon les caprices du destin, concluait Niklaas.
— Je vous embarrasserai de toute façon, observa Gaspard.

Ludovic ne manqua pas de lui chercher querelle à ce sujet. Niklaas intervint :
— Gaspard peut apprendre à chanter, et il distribuera les chansons pendant que nous jouerons. Nous pourrons gagner les environs de la frontière et il rentrera à Lominval quand il lui plaira.
— J'aime mieux vous quitter tout de suite. Je sais que c'est à peu près impossible, mais je veux chercher le pays d'Hélène.

— Nous le chercherons ensemble, dit Niklaas.
Gaspard fut étonné d'entendre ces mots. Il regarda longuement Niklaas.
— Je ne voudrais pas te donner de faux espoirs, mais puisque tu parles de nous quitter, je peux t'avouer que j'ai certaines idées sur le pays d'Hélène.
Gaspard se trouvait sans voix. Jérôme et Ludovic interrogèrent leur père du regard. Ils hésitaient à poser des questions. Les uns et les autres, malgré toute leur confiance, n'osaient croire que ce pays puisse exister.
— Le grand pays, murmura Niklaas, j'en ai déjà entendu parler, mais je ne puis rien affirmer en ce moment. Il faut nous contenter d'hypothèses. Je connais les lieux cependant où il est possible de voir dans un même paysage certaines espèces de palmiers, des bouleaux, des chênes et peut-être la mer. Il faut tenir compte aussi des illusions d'une enfant qui était en proie à une longue maladie.
— Quelles hypothèses ? lança Ludovic.
— Il y en a deux qui me semblent raisonnables, répondit Niklaas.
Niklaas se tut. Ludovic et Jérôme firent signe à Gaspard qu'il était tout à fait inutile de presser leur père. Celui-ci se laisserait plutôt fendre le crâne que de révéler une pensée qu'il voulait garder secrète. Gaspard se mordit les lèvres.
— Sois patient, dit Niklaas. J'ai peut-être grand tort d'encourager ton désir d'aider Hélène. Mais il se passe quelquefois des choses étranges. Tu es venu jusqu'à Anvers grâce à un cheval pie qui t'a emporté d'abord dans la forêt. Un fait si extraordinaire nous enseigne peut-être qu'il faut s'attendre à tout.
— C'est ce que j'ai pensé l'autre jour, avant de sauter du train, mais dites-moi... s'écria Gaspard.
— Que je te dise ? Tu seras déçu. Mes premières idées sur ce pays, les voici. En Normandie, tu trouveras des espèces de palmiers, non loin de la mer,

dans certaines propriétés, et des bois de bouleaux et des pommiers, mais les palmiers ne sont jamais exposés directement au vent de la mer. Par ailleurs, dans notre pays, il y a des châtelains qui, pendant l'été, ornent les alentours de leurs demeures avec des palmiers en caisses, qu'on a gardés dans les serres pendant la mauvaise saison. Des palmiers, des bouleaux, des chênes, une vaste pièce d'eau, voilà qui peut faire une image inoubliable pour un enfant.

Gaspard ne fut nullement déçu. Ludovic prétendit qu'il fallait chercher d'abord du côté des châteaux. C'était sûr que si l'on voyageait on finirait par apprendre quel châtelain possède des serres assez importantes pour constituer un décor de palmiers, et l'on pourrait alors s'informer de Maman Jenny.

— Il y a aussi cette terre noire, observa Gaspard, et Hélène croit que Maman Jenny était pauvre.

— Nous en reparlerons plus tard, dit Niklaas.

— Je n'aime pas les aventures, dit Jérôme.

Niklaas lança une bourrade à Ludovic qui frémissait de colère. Il annonça qu'il allait ce jour même se mettre en quête d'un vieux cheval et préparer le départ. Les garçons savaient qu'il était heureux à l'idée de courir les routes. Un vieil homme aime étudier l'univers plus que quiconque, et si l'on n'aboutissait à rien dans le négoce musical, on aurait toujours fait un beau voyage.

Quelques jours passèrent en préparatifs. Niklaas mena d'abord son bateau dans un bassin au milieu d'un fouillis de péniches, à un endroit où dormaient quelques rafiots abandonnés. Il remit en état son break, il acheta des piles de chansons. Le soir, il les faisait répéter à Ludovic et à Jérôme qui les jouaient avec beaucoup d'aisance. Gaspard chanta. Niklaas lui enseigna comment il fallait faire sortir le chant de la poitrine en gardant sa voix ordinaire. Beaux soirs, beaux projets. Le plus difficile fut de trouver le cheval. Niklaas dut aller jusqu'à Ranst. Enfin, un après-midi, il revint au quai avec le break, attelé à une jument osseuse, qui avait des sabots énormes et des jambes grêles. On transporta, du bateau sur la voiture, les effets, les objets ménagers et les matelas. Cette voiture couverte d'une bâche avait des dimensions assez vastes.

— Nous irons à pied la plupart du temps, dit Niklaas, car il faut ménager ce cheval.

Ils partirent le soir même, à la nuit tombée. Niklaas alluma une lanterne sur la gauche du break et l'on suivit d'abord les docks. Il n'était pas question de passer sous le tunnel de l'Escaut, réservé aux automobiles, et l'on traversa toute la ville en suivant les grandes avenues pour gagner la route de Malines.

On arriva dans la campagne vers minuit. Il y avait quelques nuages dans le ciel, et l'on ne distinguait pas très bien les alentours. Mais on sentait l'odeur des blés et des taillis.

— Voilà qui nous change, disait Niklaas. Nous sommes faits pour changer toujours. Et toi, Gaspard, nous te reconduirons à Lominval, dès que tu le voudras.

— Vous savez bien... dit Gaspard.

Que faisait Hélène à cette heure ? Lui avait-on dit que Gaspard l'avait abandonnée, et qu'il était persuadé qu'elle entretenait des rêves insensés ? Comment la rejoindrait-il, s'il obtenait quelque renseignement sur son pays, sur sa famille ? Il avait le temps d'y songer. Pour l'heure, on marchait sur une route où les autos devenaient de plus en plus rares, et l'on entendait les grenouilles coasser dans les étangs.

Ils s'arrêtèrent vers le matin au fond d'un chemin creux, et dormirent deux ou trois heures. Puis ils poursuivirent leur route. On arriva à Malines vers la fin de l'après-midi. Le cheval fut dételé, la voiture laissée sur un terrain réservé aux nomades.

— La résistance de ce cheval m'étonne, disait Niklaas.

Ils allèrent visiter la ville. Niklaas n'avait pas l'intention de donner des séances musicales avant d'arriver dans la vallée de la Meuse, au sud de Namur. Il avait parcouru jadis les villages de cette région, et il les jugeait les plus propices aux chansonniers. En même temps, il serait possible de s'informer de Maman Jenny si l'on admettait que le pays dont rêvait Hélène, c'était simplement le parc d'un château, car de nombreux châteaux s'élèvent dans le pays mosan.

— Voici que je reviens sur mes pas, se plaignait Gaspard.

— Tu ne connais pas le monde, répondait paisiblement Niklaas. Nous allons monter sur le beffroi et je t'expliquerai.

Ils arrivèrent sur la place où se dressait la tour de la cathédrale. Cette tour avait l'énormité d'un cauchemar, mais à mesure que les regards la suivaient dans sa montée vers le ciel, on était égaré par une beauté qui n'appartenait plus à la terre. La place était presque déserte à cette heure. Seulement quelques touristes attablés dans les cafés ou rôdant devant les magasins de cartes postales. Niklaas s'arrêta avec les garçons au milieu de la place, comme s'il voulait leur donner quelque renseignement. Mais il garda le silence, et on se demandait ce qu'il voulait.

Alors, on entendit le carillon de la tour, qui se mettait à chanter. Comme des voix nombreuses, perdues dans l'air, et inhumainement claires et pures.

— Vous ne saviez pas que cela existait, dit Niklaas. Cela existe. Il n'y a pas que des aventures et des ennuis, ici-bas, Gaspard, mon fils. On entend aussi des chansons dans le ciel.

Gaspard dit :

— A quoi cela nous avance-t-il ?

— Il faut apprendre à écouter, répondit Niklaas, même des choses inutiles. Il faut apprendre à voir aussi. Venez sur la tour.

Ils entrèrent dans la cathédrale, conduits par le sacristain, et ils prirent l'escalier du beffroi. Quand ils furent en haut, Malines se découvrit à leurs pieds, enserrée et parcourue par les bras de la petite rivière, la Dyle.

— Regardez surtout la banlieue, et ce lac, là-bas, et les villages plus loin. Si tu veux découvrir ce que tu cherches, Gaspard, tu dois tâcher de lire les signes qu'il y a dans les choses. Observe ces jardins, ces parcs, avec des massifs de fleurs, les carrefours des chemins. Peu de personnes les connaissent et ont l'occasion d'en parler. Le pays d'Hélène t'apparaîtra peut-être dans un de ces lieux inconnus dont il y a des milliers par nos contrées.

— Comment me débrouiller au milieu de tout cela et par où commencer ? objectait Gaspard.

— Un indice en amène un autre, dit Niklaas. La terre est immense, mais il y a des liens entre les choses.

Les conseils de Niklaas. Gaspard n'était pas près de les suivre, bien qu'il fût considérablement étonné, ainsi que Ludovic et Jérôme, par la richesse de la cité et des campagnes qui se déroulaient à leurs pieds. Il avait bien trop d'impatience et devait s'attendre à de nouvelles péripéties.

Pendant les deux semaines qui suivirent, la petite troupe gagna les rives de la Meuse et en remonta le cours en suivant le train de leur jument, qui pouvait marcher pendant des heures de son pas tranquille, malgré son apparence minable. Ils traversèrent des villes, des villages, des bois, montèrent et redescendirent des collines couvertes de chaumes et de betteraves. Le grincement des essieux du break se mêlait au chant des sauterelles.

Ce ne fut qu'après Namur que Niklaas décida de s'adonner sérieusement à la vente des chansons. Il rechercha les marchés, et l'on passa des heures debout sur les trottoirs à jouer des airs que Gaspard chantait en proposant les chansons aux badauds. On continua cependant à se diriger vers le Sud, et Niklaas ne manquait pas de conduire les garçons sur les tours, les beffrois et tous les lieux élevés d'où l'on pouvait inspecter les alentours. On put ainsi apercevoir de nombreux parcs de châteaux. Certains parurent assez extraordinaires pour qu'on prît la peine de s'informer d'une Maman Jenny, qui s'était enfuie au début de la guerre, portant dans ses bras une petite fille blonde.

Maman Jenny avait-elle été simple servante dans un château ? Se serait-elle sauvée pour d'autres raisons que la guerre ? Pourquoi aurait-elle gagné la France au lieu de se réfugier dans l'ouest du pays ? On se posait ces questions. On en discutait avec les gens des villages, les fournisseurs et les concierges des châteaux. On ne parvenait à aucun résultat, mais rien que d'agiter ces questions redonnait de l'espoir à Gaspard Fontarelle. Surtout on observait le caractère fantastique et vraiment ignoré de certains parcs ornés d'arbres exotiques et de fleurs splendides, entourés d'ormes et de chênes. Si l'on ne découvrait pas ce lieu exceptionnel où l'on trouvait à la fois des bouleaux, des palmiers et l'étendue d'eau pareille à la mer pour des yeux d'enfant, Gaspard était de plus en plus passionné par la variété des paysages et des domaines, autant que par les forêts et les eaux de la Meuse d'où montaient dans le ciel d'été les appels de trompe des péniches.

Niklaas répétait :

— Nous allons au hasard. Il faut lire dans tout ce que nous voyons. Je vous conterai un jour l'histoire de l'homme qui savait lire dans les yeux des ânes.

— Si j'avais pu lire dans les yeux du cheval pie, disait Gaspard, j'aurais peut-être deviné tout ce qui devait arriver.

Le commerce des chansons n'allait pas trop mal. On arriva un jour dans le petit village de Treinte, non loin de la frontière. Sur la hauteur s'étendait la lisière de la forêt des Ardennes. La frontière passait dans la forêt.

— Nous ne sommes pas tellement loin de Lominval, dit Niklaas en arrêtant la voiture. Qu'en penses-tu, Gaspard ?

Gaspard ne répondit rien. On s'installa pour la nuit sur le terrain réservé aux nomades, en dehors du village. On se coucha de bonne heure sur les matelas, dans la voiture. Niklaas se mit bientôt à ronfler. Mais Gaspard ne dormait pas. Il regardait les étoiles par l'ouverture de la bâche. On entendait bruire légèrement l'énorme forêt, dont les cimes se dessinaient dans le ciel, sur la colline. Gaspard s'assit sur son matelas.

— Tu ne dors pas ? dit Ludovic.

— Je voudrais aller dans la forêt, dit Gaspard.

— Pourquoi ? souffla Ludovic.

— Je ne sais pas.

— Ne va pas dans la forêt, dit Jérôme d'une voix tremblante.

— Tu ne dors pas non plus, toi ? murmura Ludovic entre ses dents. Pourquoi est-ce qu'on n'irait pas dans la forêt ?

— Non, dit Jérôme.

— On ira, dit Ludovic, et tu viendras avec nous.

— Il y a des bêtes, dit Jérôme, et il y a des douaniers.

— Sûrement, je voudrais y aller, reprit Gaspard.

Ainsi se prépara un petit plan de campagne, analogue à celui qu'ils avaient fait lorsqu'ils rendirent visite au yacht dans leur périssoire. Cette fois, tout était simple : il suffisait de sauter de la voiture et d'aller vers la forêt.

— Tu crois qu'on découvrirait quelque chose ? demandait Jérôme à Gaspard.

— Ce soir, je pense à Hélène, disait Gaspard. Je ne peux pas dormir. Il faut que je marche.

Gaspard sauta de la voiture sans faire de bruit. Puis il attrapa ses souliers et se chaussa. Jérôme le suivit aussitôt.

— Tu claques des dents, souffla Ludovic qui venait de sauter à son tour.

Niklaas continuait à ronfler. Ils prirent un chemin qui s'éloignait du village, puis ils montèrent à travers champs vers la forêt. Après avoir suivi la lisière encombrée de ronces, ils parvinrent à une allée qu'ils suivirent.

Le vent était presque tombé, et l'on n'entendait que de loin en loin frémir quelques feuillages élevés. Sous les bois régnait une obscurité presque complète. On était guidé seulement par la bande étoilée qui dominait le chemin.

— Je ne comprends pas ce que tu veux, soufflait Jérôme.

— C'est ma forêt, dit Gaspard. Je suis né près de la forêt.

Sans même le savoir, il avait la conviction que tout ce qui ferait sa vie lui serait donné par la forêt. Il y a dans les bois une grande paix fraternelle. La nuit, dans les ténèbres, on y perçoit plus de choses que pendant le jour, car les moindres bruits ont une portée considérable. Les garçons s'arrêtèrent pour écouter des froissements légers de feuilles mortes au passage du gibier qui gagnait les lisières. Puis il y eut une bousculade assez brutale dans le lointain.

— Un sanglier, murmura Gaspard.

Jérôme tremblait de tous ses membres, Ludovic lui

tira les cheveux. Alors on entendit un pas d'homme dans la boue de l'allée. Gaspard saisit ses amis par le bras et les entraîna sur le côté. Il y avait là de hauts épilobes dans une clairière de quelques mètres carrés. En s'accroupissant, on voyait les fleurs noires au milieu des étoiles. Les garçons s'étaient glissés derrière le rideau d'épilobes. Les pas se rapprochèrent, et un homme passa. Ils ne purent distinguer sa silhouette, mais quand ils voulurent quitter leur retraite, ils aperçurent son ombre immobile contre le ciel à l'entrée du chemin. Ils attendirent. L'homme s'assit et ils ne le virent plus, mais ils savaient qu'il restait là à épier. Ce pouvait être un douanier.

Au bout d'une demi-heure, pendant laquelle ils avaient gardé le plus grand silence, Gaspard murmura, d'une voix très basse, qu'il valait mieux s'écarter du chemin pour retrouver la lisière par une autre voie. Ils s'avancèrent très lentement, sous un taillis, et ils mirent peut-être une heure à faire deux cents pas, en prenant les plus grandes précautions pour ne pas faire craquer les branches mortes sous leurs pieds. Par bonheur, le taillis n'avait pas une grande largeur, et ils arrivèrent dans une futaie de longs hêtres, assez espacés, où tombaient de légères lueurs. Ils marchèrent d'abord dans une direction parallèle à la lisière et quand ils jugèrent qu'ils s'étaient suffisamment éloignés, ils se rabattirent vers cette lisière. Ils n'avaient pas compté que la forêt forme des golfes et des caps sur la campagne. Ils retrouvèrent un taillis serré où ils firent de nombreux détours. Ils constatèrent bientôt qu'ils s'étaient égarés. Ludovic monta sur un arbre pour s'orienter d'après les étoiles. Le village de Treinte devait être à l'ouest. Mais en suivant cette direction, ils furent de nouveau déroutés par les replis de la forêt. Ils arrivèrent à un sentier dont ils parcoururent un bon kilomètre. Ils revinrent sur leurs pas, et prirent finalement le parti de ne pas quitter ce sentier, quel que fût l'endroit où il pouvait aboutir.

— Nous avons peut-être passé la frontière, dit Gaspard.

— Comment ferons-nous ? gémissait Jérôme.

— Demain matin, nous nous débrouillerons, dit Ludovic rageusement.

Ils traversèrent une futaie de bouleaux, après quoi le sentier se perdit au milieu d'un bois d'acacias. Ils se trouvèrent bientôt environnés de branches épineuses qui semblaient avoir poussé tout d'un coup autour d'eux. Plus ils avançaient, plus ils s'y empêtraient.

— Il faut nous tirer d'ici, et aller dormir dans un meilleur endroit en attendant le jour, dit Gaspard. Si nous continuons, nous ne ferons que des bêtises.

— Ecoutez, dit Jérôme.

— Tais-toi, dit Ludovic en lui tordant le poignet.

Ils continuèrent à se débattre au milieu des rejets épineux, non sans se déchirer ni se faire de longues estafilades. Jérôme poussa un cri.

— Qu'est-ce qu'il y a encore ? dit Ludovic.

— Venez, dit Jérôme en claquant des dents. Ma main... J'ai touché...

Il était incapable de parler. Ludovic et Gaspard allèrent à côté de Jérôme et ils avancèrent leurs mains. Ils furent étonnés de sentir les pierres d'un mur.

Ils longèrent le mur. C'était une enceinte assez élevée qui devait entourer un gand parc. Par endroits les pierres étaient effondrées au milieu des ronces et des acacias. Les trois garçons, après avoir culbuté sur les pierres et s'être embarrassés au milieu des ronces, parvinrent à une trouée qu'ils franchirent. Leur seule idée, c'était d'échapper à la prison de cette forêt. Ils savaient qu'on pouvait errer pendant des jours sans rencontrer âme qui vive, ni découvrir la moindre issue.

De l'autre côté du mur, c'étaient d'assez hautes charmilles où l'on pouvait marcher sans encombre.

— La forêt qui recommence, dit Jérôme.

— Tais-toi, dit Ludovic.

Ils entendirent le bruit léger d'un ruisseau. Ils se dirigèrent vers le ruisseau. Ils cherchèrent à atteindre la berge afin de la suivre. Ils durent alors pénétrer dans un fourré encombré de clématites et d'épines. Après avoir lutté très longtemps, ils s'en dégagèrent et parvinrent au ruisseau dont le cours se poursuivait sous des sapins. Après une nouvelle heure de marche, ils furent arrêtés par un autre fourré.

— Il faut attendre le jour, dit Gaspard.

Ils étaient à bout de forces. Dès qu'ils furent étendus sur l'herbe, ils s'endormirent. Leur sommeil ne fut pas de longue durée, car la fraîcheur de la nuit les pénétrait. Ils s'éveillèrent dès l'aube et ils examinèrent les alentours.

Ils se trouvaient sur une parcelle de gazon, en bordure d'une futaie de hêtres, devant un long buisson de troènes serrés. Le ruisseau coulait très lentement à cet endroit et ressemblait à un petit canal. Ils prirent le parti de se glisser entre les troènes de façon à ne pas perdre de vue le ruisseau. Après quelques instants, ils aperçurent une brusque éclaircie dans le buisson et ils découvrirent un spectacle inattendu.

Ils étaient parvenus sur le bord d'une immense pièce d'eau. Vers leur droite, elle fuyait à perte de vue, de place en place ornée de nénuphars et de nymphéas, parmi lesquels s'élevaient des oiseaux gris et lumineux dans les premières lueurs du jour. A l'extrémité de ce bassin qui se creusait en pleine forêt, les arbres avaient été coupés et toute végétation fauchée de telle façon que l'eau semblait toucher l'horizon. Mais en se tournant de l'autre côté, les garçons éprouvèrent un nouvel étonnement.

Non loin de l'endroit où ils étaient parvenus, la pièce d'eau s'élargissait en une sorte de baie. Cette baie était encastrée par des chênes et des bouleaux et baignait une vaste grève autour de laquelle s'alignaient, dans des caisses, des orangers et des palmiers. Derrière les palmiers s'élevaient les bâtiments d'un énorme château.

Les garçons n'échangèrent aucune parole. Ils restèrent longtemps les yeux fixés sur les palmiers, puis lentement, ils parcoururent du regard les alentours. De l'autre côté du lac, la forêt se relevait en moutonnements gigantesques. De place en place, des bois de hêtres, de sapins ou d'épicéas s'élevaient au-dessus de cette masse et donnaient la mesure de l'étendue, car ils semblaient perdus dans l'immensité. Le lac lui-même avait de prodigieuses dimensions. A mesure que la lumière du jour devenait plus précise, les couleurs variées de l'eau, les vagues légères que soulevait le premier vent et les reflets de la forêt d'en face apparaissaient dans un scintillement infini. Lorsque le soleil fut monté au-dessus des arbres qui s'illuminèrent lentement par vastes zones, les fenêtres du château étincelèrent et l'eau du lac devint bleue. Jamais les garçons n'avaient imaginé une telle splendeur.

— Le pays d'Hélène, dit Ludovic.

— C'est son pays, dit Jérôme.

— Le grand pays, murmura Gaspard.

Ils ne pensaient pas à la faim qui leur serrait l'estomac.

— C'est trop beau, dit enfin Gaspard. Il faut aller aux informations.

Il ne tint pas compte des objections de Jérôme, qui voulait qu'on rejoignît d'abord Niklaas. Ludovic traita Jérôme de capon et l'on s'approcha prudemment du château.

Ils restèrent d'abord un moment à l'orée du petit bois de bouleaux pour examiner la façade qui était orientée vers le lac. Elle leur apparut, de près, beaucoup moins brillante qu'ils n'avaient cru. Si les pierres et les fenêtres du centre se présentaient dans un bel apparat, ainsi que le vaste perron en pierre de Givet, les ailes semblaient moins bien entretenues. Des fissures parcouraient les murs de l'aile gauche et certaines fenêtres avaient été condamnées sommairement par des panneaux de bois, comme si le châtelain avait dû renoncer à entretenir toutes les parties d'une trop vaste demeure. Les garçons contournèrent ensuite les bâtiments en suivant le sous-bois. Par-derrière, les murs étaient verdis par les pluies, le bord de la toiture était couvert de mousse. De ce côté, tout semblait mort. Quatre étages de fenêtres fermées, dont maints carreaux étaient brisés. Ils s'approchèrent et longèrent l'immense bâtisse de façon à revenir vers l'aile de gauche, qui était plus proche du lac. Gaspard était agité par des sentiments confus.

— Vous allez me faire la courte échelle, dit-il enfin. Je veux tâcher d'entrer par une fenêtre pour regarder à l'intérieur.

— A quoi cela te servira-t-il ? dit Jérôme. Si tu te fais prendre, on t'arrêtera comme voleur. Il faut chercher le concierge ou un domestique et s'informer sans avoir l'air de rien.

— Sans avoir l'air de rien, reprit Ludovic en singeant son frère. Va le voir, ton concierge, et tu lui expliqueras comment tu es venu jusqu'ici et il te croira certainement lorsque tu lui raconteras que tu as passé le mur sans le faire exprès.

— Je veux jeter un simple coup d'œil, reprit Gaspard, et aussitôt on ira retrouver Niklaas.

Une idée, comme on dit, et en vérité une idée de gamin. Les enfants sont presque aussi curieux que les hommes, mais ils ne savent pas que la curiosité et la fatalité vont toujours de pair.

En se glissant le long des murs, les garçons étaient

revenus devant la façade. Un peu avant d'arriver à l'angle de l'aile, non loin du perron, ils remarquèrent une croisée sur laquelle étaient rabattus les contrevents tout de guingois et que l'on pourrait ouvrir facilement.

— Fais le guet, dit Ludovic à Jérôme. Mais personne n'est encore réveillé à cette heure, et on ne risque rien.

Jérôme s'avança jusqu'à l'angle pour observer le cadre des bâtiments autour du grand perron. Il n'y avait aucun signe de vie. Les maîtres étaient peut-être absents.

Gaspard monta sur les épaules de Ludovic. Comme il le supposait, rien n'était plus facile que de rabattre un volet. Derrière les volets, il n'y avait pas de fenêtre. Gaspard comprit que le château avait subi pendant la guerre des dégradations qu'on n'avait pas encore réparées. Ces traces du désordre de la guerre donnaient une réalité nouvelle à l'histoire d'Hélène. Gaspard se rétablit sur l'appui de l'encadrement. A l'intérieur régnait une assez grande obscurité. Il se tourna pour pousser l'autre volet. Alors il vit sur le bois du volet un nom écrit en longues lettres fines, à demi effacées, où il crut lire le nom de Jenny.

Est-ce que ce fut la surprise, ou bien s'y était-il pris maladroitement pour rabattre le deuxième volet ? Gaspard tomba brusquement en arrière. Il chercha vainement à se raccrocher. Il sut que de nouveau il était en proie à une folle nature qui l'entraînait dans quelque affaire inconsidérée.

Il crut d'abord qu'il n'en finirait pas de tomber. Il prit contact, non avec le parquet d'une pièce, mais avec un escalier dont les degrés lui brisèrent les reins et le dos. Cet escalier était parfaitement ciré et les marches assez roides, si bien que Gaspard fut aussitôt emporté dans une glissade vertigineuse.

Il n'eut pas le temps d'y songer qu'il arrivait sur un autre escalier, large comme un perron, et couvert d'une épaisse moquette sur laquelle il roula. Après avoir dévalé ces derniers somptueux degrés, il se trouva couché à plat ventre au milieu d'un tapis de Perse aux vives couleurs.

Il demeura tout étourdi pendant quelques secondes. Quand il releva le nez, il s'aperçut qu'il était dans un salon qu'ornaient des meubles surchargés de dorures. Les doubles portes, les panneaux, le plafond étaient aussi abondamment pourvus de réseaux d'or. Un lustre grand comme une douzaine de ruches. Enfin Gaspard vit s'avancer un homme vêtu d'une robe de chambre jaune et verte avec des glands d'argent. Il ne tenta même pas de se mettre debout. L'homme lui dit :

— Je me présente : Emmanuel Residore. Qui ai-je l'honneur d'accueillir ?

10

LES INFINIES RESSOURCES D'EMMANUEL RESIDORE

Gaspard se releva avec peine en se frottant les côtes. Il ne put que balbutier quelques mots d'excuse absolument vains.

— Asseyez-vous, s'il vous plaît, dit le châtelain en lui désignant un fauteuil.

Gaspard, qui tenait avec peine sur ses jambes, s'effondra dans le fauteuil. Tous ses muscles étaient froissés. Il ne put retenir un cri de souffrance.

— Certainement vous avez choisi une fâcheuse méthode pour pénétrer ici, reprit l'homme.

— Je ne savais pas... dit Gaspard.

— Etes-vous cambrioleur ?

Gaspard voulut se lever pour protester contre cette accusation. Il en fut incapable.

— Sachez que j'adore ces sortes de gens, continua Emmanuel Residore, et particulièrement les assassins. Ne soyez donc pas gêné le moins du monde.

Il appuya sur le bouton d'une sonnette. Un domestique en livrée parut aussitôt. Le châtelain lui ordonna d'apporter le breakfast pour lui-même et son hôte.

— Vous nous servirez ici, dit-il. Mon jeune ami a été incommodé par son voyage.

Le domestique ne s'étonna de rien et, dans la minute qui suivit, il apporta un plateau chargé de deux théières, de tasses, de miel, de brioches. Il y avait encore des côtelettes et mille autres choses sur ce plateau. Une table fut avancée devant Gaspard, et M. Residore s'assit sur une chaise en face de lui. Gaspard le regardait sans oser faire un mouvement.

Dès que l'homme s'était présenté à lui, il avait songé à Théodule Residore, et il se demandait s'il devait se recommander de lui. Cela ne lui parut pas opportun. Devrait-il plutôt prétendre qu'il s'intéressait aux collections du châtelain, aux moustaches de chat, par exemple ? Mais c'était tout à fait hors de saison. Puisqu'on l'y invitait, il mangea et prit ainsi le temps de réfléchir. En vérité, avec Emmanuel Residore, toute réflexion et toute parole sensée semblaient vaines.

— Seriez-vous un simple camp-volant, un nomade, un baladin ? demanda-t-il encore au garçon.

— Presque, dit Gaspard.

— Etrange réponse. Enfin, auriez-vous quelque chose à me vendre ou à me proposer ?

— Quoi donc s'il vous plaît ?

— Je vous le demande. Certes, je paierais très cher une simple idée. J'achète souvent des idées.

Gaspard était de plus en plus éberlué. Il s'étrangla avec son morceau de brioche. Il n'arrivait pas à comprendre quelle sorte d'homme était Emmanuel Residore.

— Vous avez tort de ne pas goûter à mes côtelettes, dit celui-ci. J'ai un excellent cuisinier.

Gaspard était hautement agacé par cette prétention, et il trouvait l'homme peu élégant, malgré ses manières affectées, s'il le comparait à M. Drapeur. Se pouvait-il qu'Hélène appartînt à la famille d'Emmannuel Residore ? Il regarda vers la grande baie. Il aperçut alors de nouveau l'étendue du lac dans la forêt, les bouleaux et les palmiers que le soleil du matin inondait. La beauté du paysage lui fit venir des larmes au fond des yeux. C'était bien là le grand pays. Que venait faire dans un tel décor ce polichinelle accueillant et suspect, qui ne songeait même pas à le quereller ?

— Il n'y a pas d'autre endroit au monde comparable à celui-ci, dit Emmanuel Residore. Des bouleaux, des palmiers et une eau couleur de mer. Il y avait aussi des pommiers autrefois, mais je les ai abattus. Ils étaient trop près des bâtiments.

— Vous aviez des pommiers ! s'exclama Gaspard. Il ne manquait plus que la terre noire.

— En quoi cela vous étonne-t-il ?

Gaspard éprouva la nécessité absolue de s'informer. Pour Hélène, il devait savoir la vérité, et parler de Jenny.

— Je vais vous expliquer pourquoi je suis venu ici, commença Gaspard, et pourquoi j'ai cherché à pénétrer dans votre château.

— A la bonne heure ! s'écria l'homme. Parlez avec confiance. J'ai vraiment un cœur d'or et je suis capable de réaliser vos désirs les plus excentriques, surtout même s'ils sont excentriques.

Gaspard songea que le père Residore valait sans doute le fils, et qu'on pouvait compter sur lui du moment qu'on lui fournissait quelque occasion de se distraire.

— Je m'appelle Gaspard Fontarelle, dit le garçon. J'habitais à l'hôtel du *Grand Cerf* à Lominval.

— Très intéressant, dit l'homme.

Emmanuel Residore ne devait cesser de répéter ces mots tandis que Gaspard lui contait à peu près son histoire, mais il ne s'extasiait que lorsqu'il s'agissait du détail le plus banal. Gaspard se borna à lui dire qu'il était employé chez un diamantaire d'Anvers, et qu'au cours d'une croisière la pupille de M. Drapeur lui avait appris qu'elle désirait retrouver sa famille et son pays. Ni les dons d'Hélène, ni ses fugues, ni sa maladie, ni même le souvenir qu'elle avait un grand pays n'étonnèrent Residore. Il soulignait d'une exclamation extasiée les faits les plus ordinaires comme l'âge d'Hélène, le nom du secrétaire de M. Drapeur, le nom du yacht, le jour du départ pour les Bermudes, et celui de l'arrivée. De telle façon que Gaspard se trouva tout à fait désorienté et resta court au beau milieu de son histoire.

— Veuillez poursuivre, jeune homme, dit Emmanuel Residore. J'adore les histoires. Vous me disiez qu'Hélène est très douée, n'est-ce pas ?

— Elle a étudié la musique.

— Très intéressant. Poursuivez, je vous en prie.

Gaspard dit comment il avait pénétré dans le parc après s'être perdu dans la forêt, et comment il avait été ébloui par le parc, les palmiers et les bouleaux dont l'ensemble rappelait si bien le pays décrit par Hélène. Enfin, il parla du nom de Jenny qu'il avait cru découvrir, inscrit sur le volet.

— Il est passé beaucoup de monde dans ce château, dans le temps de l'occupation allemande, observa M. Residore. La coïncidence est remarquable, en tout cas. Moi-même je ne suis propriétaire du lieu que depuis peu de temps. Avant moi le château était occupé par une famille qui s'est dispersée. Il se peut qu'une femme s'appelât ou se fît appeler Maman Jenny et qu'elle ait eu un enfant de l'âge d'Hélène Drapeur. Ces gens se sont enfuis à l'arrivée des Allemands et ne sont pas tous revenus.

— Pas tous revenus, dit Gaspard. Ne pouvez-vous ?

— Je pourrais m'informer auprès du notaire qui a fait la vente, répondit M. Residore. Mais sans doute ne connaît-il que le nom du vendeur qui était un vieux général, lequel s'appelait Tristan Horpipe.

— Tristan Horpipe, murmura Gaspard.

Il regarda longuement à travers la baie le lac inondé de soleil.

— Si Hélène venait ici, dit-il enfin, elle reconnaîtrait les lieux.

— Comme j'aime ces imaginations d'enfants ! Mais

il faut informer sur-le-champ M. Drapeur, dit l'homme.

— Je vous en prie, ne l'informez de rien, dit Gaspard. Il s'oppose à ce qu'Hélène cherche sa famille et son pays. Il ne veut pas qu'Hélène lui échappe un instant.

— Je comprends, une fille aussi douée ! M. Drapeur ne saurait souffrir qu'elle le quitte pour rejoindre une famille inconnue et pour courir après un rêve.

— Il ne s'agit pas d'un rêve, dit Gaspard.

— Comme j'aime cette spontanéité ! s'exclamait de nouveau M. Residore. Eh bien, que comptez-vous faire, jeune homme ?

— Je voudrais prévenir Hélène. Elle viendrait jusqu'ici à l'insu de M. Drapeur.

— Vraiment cette histoire m'enchante, dit M. Residore. Quel heureux divertissement vous m'apportez aujourd'hui ! Un enlèvement ! Roméo et Juliette !

— Il ne s'agit pas de cela, dit Gaspard qui devint rouge.

— Allons, il ne s'agit pas de cela, mais c'est quand même une excellente mise en scène.

Gaspard ne savait s'il devait se féliciter de cette désinvolture qui permettrait peut-être à Hélène de retrouver sa famille, malgré l'opposition de M. Drapeur, pour peu qu'Emmanuel Residore voulût participer à ce qu'il considérait comme une comédie.

— Je suis producteur, expliqua M. Residore. Je finance des films. Je lance des vedettes. Je conseille les metteurs en scène. Je joue moi-même quelquefois. Mais je donnerais une fortune pour voir cette Hélène qui est si belle et si douée. Cher jeune homme, vous me présenterez ce joyau, je le présume ?

Gaspard ne doutait pas qu'Emmanuel Residore ne fût complètement fou, mais depuis le temps de Lominval il avait appris que l'originalité est la règle en ce monde, et qu'il faut avant tout ne pas contrarier les bonnes dispositions des gens que l'on rencontre.

— Nous sommes entraînés dans le fantastique, voyez-vous, reprit Emmanuel Residore. La vie n'est pas autre chose qu'un film, je le répète sans cesse autour de moi.

— Non, dit Gaspard. Hélène a le droit de chercher sa famille et son pays.

— Voyez ce jeune homme qui va parler de droits et de devoirs, déclamait M. Residore, comme s'il s'adressait à un nombreux auditoire. Voyez ce jeune homme qui prétend que la vie pourrait valoir mieux qu'un film.

Enfin, après de longs et inutiles discours, M. Residore déclara qu'il accueillerait Hélène avec d'autant plus de plaisir qu'elle viendrait à l'insu de son tuteur.

— Voulez-vous que je lui écrive une invitation en bonne et due forme ? demanda-t-il enfin.

— Je préfère la renseigner d'abord, insistait Gaspard. Je ne sais ce qu'elle fera ni ce qu'elle pourra faire.

— Alors, à votre aise, jeune homme. Préparez-nous cette entrevue. Désirez-vous voir ma collection de moustaches de chat ?

Gaspard y consentit. Il put se rendre compte des dimensions et de l'aménagement du château. On traversait des pièces aux meubles somptueux, mais il y en avait d'autres livrées aux araignées, où s'entassait un bric-à-brac déconcertant : des coquillages, des fragments de rochers, des pendules, des fléaux à battre le grain, des poêles de tout âge et de toute provenance, poêles russes, allemands, flamands.

— C'est ici que je puise l'inspiration pour mes décors, disait M. Residore. Il me faut d'innombrables témoins de toute vie.

On suivait des couloirs ornés de peintures, de statues, de queues de cheval. Gaspard aperçut aussi des chapeaux de tous pays et mêmes des panneaux de signalisation tels qu'on en voit sur les routes. Les escaliers menaient indifféremment à des paliers de marbre ou à des étages complètement défoncés. Enfin, dans un lieu perdu de la maison, M. Residore ouvrit une porte basse qui donnait sur une pièce tapissée de tentures. Sur ces tentures étaient suspendus des cadres, et Gaspard put contempler à loisir des pelotes à épingles où l'on avait planté des moustaches de chat. Il y avait aussi des moustaches d'autres félins dont on lisait les noms écrits en lettres d'or au bas des cadres.

— Admirez, mon jeune ami, admirez, disait Emmanuel Residore. Imaginez la face des chats, des panthères et des jaguars. Tenez, celui-ci devait être un rêveur et celui-là très méchant. Les moustaches très longues sont un signe de fierté, les courtes montrent l'arrogance.

Et maints autres discours, dont Gaspard ne fut quitte qu'au bout d'une heure. Après quoi son hôte le conduisit à travers un nouveau dédale, jusqu'au perron du château. Gaspard regarda encore de tous ses yeux le paysage du lac dans la forêt, avec les bouleaux et les palmiers. Une auto énorme, longue comme une fusée, s'avança silencieusement devant le perron.

— J'ai donné mes ordres pour vous reconduire, Maître Gaspard Fontarelle. Je vous présente Bidivert, dit M. Residore.

Bidivert était un homme rond comme une boule, vêtu d'un costume écossais vert et noir. Il se tenait au volant de la voiture et il descendit pour saluer Gaspard.

— Bidivert est mon homme d'action, expliqua M. Residore. Il a gagné des courses d'automobile, de bobsleigh, et mené mon yacht à la victoire. Il pourrait abattre un pan de forêt en une matinée.

Gaspard n'avait jamais été de sa vie aussi stupéfait. Il n'arrivait pas à comprendre les mœurs de ces gens.

Enfin M. Residore dit au revoir à Gaspard, et s'adressant à Bidivert :

— Reconduisez ce jeune homme à Lominval, dit-il.

— Je ne vais pas à Lominval. Je vais en Belgique, au village de Treinte, s'écria Gaspard.

— Monsieur Bidivert, conclut M. Residore, vous conduirez M. Fontarelle où il le désirera et aussi bien à Vladivostock si tel est son bon plaisir.

Gaspard, absolument étourdi, monta dans la voiture. Il se demandait si Emmanuel Residore avait complètement oublié le sujet de leur conversation ou s'il n'avait pas mélangé toutes choses dans sa cervelle d'artiste. Il fut un moment assez inquiet sur la direction que prendrait Bidivert. En vérité Bidivert fonça à cent à l'heure dans les allées très compliquées de la forêt, avant de rejoindre la vallée de la Meuse que Gaspard revit avec bonheur. On passa la frontière sans aucune difficulté, les douaniers et Bidivert ayant échangé quelques paroles de reconnaissance. L'auto arriva en un temps record aux abords de Treinte. Gaspard pria Bidivert de l'arrêter à l'entrée du village, et il courut vers le lieu où Niklaas avait établi la veille leur campement.

Niklaas était assis les pieds pendant à l'arrière de la voiture. Jérôme et Ludovic, qui sans doute venaient d'arriver, racontaient leur équipée et dévoraient cependant des tartines de beurre. Lorsqu'ils aperçurent Gaspard ils coururent à sa rencontre.

— Par où es-tu revenu ? On a essayé de t'attendre, mais un domestique nous a coursés, et on a eu la chance de trouver le chemin.

— Quelle histoire ! dit Gaspard.

Il rapporta ce qui lui était survenu, ne manqua pas de dire qu'il avait vu d'abord le nom de Jenny écrit sur le volet. Il eut bien du mal à expliquer le comportement d'Emmanuel Residore.

— Maintenant, je dois prévenir Hélène, conclut Gaspard.

Niklaas dit simplement :

— Je regrette que mon hypothèse se soit vérifiée. Oui, je le regrette beaucoup. Le lac et les palmiers avec les bouleaux, c'est impossible de croire qu'ils ne correspondent pas à la description qu'Hélène a faite de son pays. De tels paysages sont rares. Mais le château et le châtelain ne m'inspirent aucune confiance.

Ce jour-là fut employé à prendre des renseignements sur Emmanuel Residore. Il était bien connu sur le côté belge. Personne ne savait exactement ce qu'il fallait penser de lui, mais on s'accordait pour affirmer qu'il avait un cœur d'or et que c'était l'innocence même. Si l'on avait besoin de lui il se mettait en quatre. Il s'était endetté pour aider les sinistrés et il faillit même perdre, disait-on, sa fortune dans l'affaire. Il s'était rétabli par une opération financière inattendue. Mais il s'amusait de tout et il avait la cervelle à l'envers.

— Il peut accueillir Hélène, dit Gaspard, et l'aider à chercher sa famille.

— Ah ! je ne sais pas, dit Niklaas. Pour ma part je ne suis guère de cet avis.

— Je veux prévenir Hélène, dit Gaspard.

Niklaas consentit enfin à donner à Gaspard un peu d'argent pour aller à Anvers par le train. Il pensait qu'il avait tort de favoriser une telle démarche, mais il ne sut pas résister au désir de ses enfants qui plaidèrent la cause de Gaspard.

Ainsi Gaspard, malgré sa fatigue, prit un car jusqu'à la prochaine station de chemin de fer, vers la fin de l'après-midi. Il dormit dans son compartiment et faillit manquer la correspondance. Il arriva à Anvers à la nuit tombée et passa cette nuit-là dans la salle d'attente. Dès l'aube, il se mit en campagne.

Il n'était pas difficile de trouver la maison de M. Drapeur. Hélène en avait parlé longuement. Gaspard pensait faire le guet devant la maison, et surveiller les sorties d'Hélène. Il attirerait son attention de quelque manière et elle trouverait un moyen de lui parler. Il resta des heures devant la maison sans apercevoir personne. Dans l'après-midi, il se risqua à questionner un gamin qui rôdait sur le trottoir. Le morveux lui déclara avec fierté qu'il savait que M. Drapeur était en vacances à Temschen. Gaspard ne put obtenir d'autres renseignements. Il gagna Temschen par le bateau.

La résidence d'été du diamantaire était une des villas les plus remarquables de l'endroit. La première personne que Gaspard rencontra dans le beau quartier le guida sans hésiter. Une villa de ciment. Elle avait une allure de forteresse espagnole. Elle était construite tout d'un bloc et ornée de céramiques. Sur le devant, des pelouses en pente occupaient une bande étroite, de telle façon que les baies du rez-de-chaussée devaient prendre vue aisément sur le fleuve. La barrière de ciment qui entourait les pelouses était facile à franchir. Gaspard s'appuya de l'épaule à cette barrière, comme un promeneur qui éprouve le besoin de méditer. Il lui suffisait de tourner un peu la tête pour surveiller le jardin et la villa.

Vers six heures du soir, une voiture s'arrêta devant la grande porte. Hélène en descendit avec sa gouvernante. Elle aperçut Gaspard, et, tandis que la gouvernante s'avançait, elle fit un léger signe au garçon pour marquer qu'elle l'avait reconnu. Ce fut seulement deux heures plus tard que Gaspard la revit à la fenêtre du rez-de-chaussée. Aussitôt qu'elle parut, elle ouvrit et ferma les mains tour à tour, comme le font tous les écoliers lorsqu'ils veulent se communiquer un chiffre. Gaspard répéta cette mimique pour s'assurer qu'il s'agissait bien du chiffre onze. Puis il s'éloigna. Il revint à onze heures.

Hélène l'attendait derrière la clôture en ciment. Ils se serrèrent les mains à travers les ouvertures.

— Personne ne te surveille ? demanda Gaspard.
— Nous ne risquons rien, dit Hélène.
La nuit était assez sombre. On entendit crier le gravier d'une allée.
— Il y a quelqu'un, dit Gaspard.
— Personne, rassure-toi. Simplement le chien, qui me connaît. Je l'ai attaché à un arceau.
— J'ai vu ton pays, dit Gaspard.
A mi-voix, il conta son aventure dans le château d'Emmanuel Residore. Hélène posa quelques questions.
— Je crois qu'il faut que j'aille là-bas, dit Hélène.
— Je voulais te prévenir, simplement, dit Gaspard. Je ne suis sûr de rien. Mais il y a ce nom de Jenny. Peut-être M. Drapeur te permettrait-il d'aller là-bas. S'il t'accompagnait...
— Jamais, dit Hélène. Il se moque de moi, maintenant. Il me défie de jamais découvrir mon pays et ma famille. Je veux aller voir M. Residore.
— Je n'aurais peut-être pas dû... observa Gaspard. Si je me suis trompé...
— Si tu t'es trompé, je reviendrai ici. D'ailleurs, de toute façon, je reviendrai. Je ne veux plus faire d'histoires, et j'attendrai une occasion d'être plus libre.
On entendit encore crier le gravier, mais beaucoup plus près.
— Le chien, dit encore Hélène.
— Ce n'est pas un chien.
Il est difficile d'apprécier les bruits dans l'obscurité. Le silence s'était rétabli. Hélène et Gaspard restèrent sans bouger ni prononcer un mot pendant un long temps. Enfin Hélène dit :
— Je pars avec toi, tout de suite. Nous prendrons d'abord n'importe quel train, puis nous rejoindrons la vallée de la Meuse.
— Tu n'es plus surveillée ?

— Ils supposent que je suis désespérée et ils croient qu'ils m'ont dominée complètement.

Hélène alla chercher un léger bagage et revint aussitôt. Il lui fut facile d'escalader la barrière de ciment. Ils s'éloignèrent ensemble, tout surpris de marcher librement dans les rues de la ville.

— Ce n'est pas croyable que tu sois avec moi, disait Gaspard.

— Ne crains rien, répondit-elle.

Gaspard ne comprenait pas qu'Hélène eût pu s'échapper. Le reste de l'affaire, il est vrai, ne fut pas aussi aisé. Ils durent aller à pied jusqu'à Anvers. Une marche de vingt kilomètres. Ils arrivèrent épuisés à la gare centrale, vers cinq heures du matin. Gaspard demanda deux billets pour Malines après avoir consulté l'affiche des trains en partance. A Malines, ils pouvaient prendre un autre train vers le sud. Ils furent à Dinant dans la soirée. Ils sortirent de la gare en se pressant derrière une famille nombreuse.

— Tout cela n'est pas normal, répétait Gaspard.

— Pendant ma maladie, je n'ai fait que penser à maman Jenny. Je la revoyais et elle m'appelait.

— Alors, il le fallait, dit Gaspard.

Ils étaient descendus à Dinant parce que c'était la dernière station un peu importante vers le sud. On devait moins les remarquer que dans une petite gare. Ils flânèrent un peu le long des rues de la ville, qui étaient gaies et claires. Ils entrèrent à l'église sous les rochers abrupts de la forteresse. Puis ils prirent la route de Givet, le long de la Meuse. Après avoir marché pendant une heure sur cette route, ils s'enfoncèrent dans la campagne et trouvèrent un abri sous une meule.

Ils dormirent jusqu'à l'aube et reprirent leur marche. Pour arriver à Treinte, ils avaient quarante kilomètres à parcourir. A mi-chemin, quand ils eurent dépassé Agimont, ils pensèrent qu'ils ne pourraient aller plus loin. Ils eurent la chance de monter sur le plateau d'un camion vide qui s'était arrêté non loin d'eux et qui les trimbala à l'insu du chauffeur jusqu'aux environs de Treinte, sur la route de Marienbourg. Ils descendirent à tout hasard, lorsque le camion s'arrêta dans un village, où ils découvrirent la route de Treinte. Une petite route montante et tortueuse. La route était déserte. Ils s'arrêtèrent vingt fois. La fatigue les accablait. Aux abords de Treinte, ils se cachèrent dans un champ de fèves et attendirent la nuit pour rejoindre Niklaas, qui avait promis de rester aux abords du village jusqu'au retour de Gaspard. A peine s'ils purent manger ce que Ludovic et Jérôme leur offrirent. Ils tombaient de sommeil.

Ce fut seulement le lendemain matin que Niklaas parla avec Hélène :

— Vous savez que c'est toujours une mauvaise action que de quitter la maison qui vous nourrit, dit Niklaas. Je ne pensais pas que vous réussiriez à venir jusqu'ici avec Gaspard.

— Je n'avais pas d'autre moyen, dit Hélène. M. Drapeur refuse de m'aider à retrouver ma famille. Il se moque de moi et il prétend que je dois faire une belle carrière sans m'occuper des miens.

— Une situation difficile, en effet, dit Niklaas. Mais si vous ne trouvez pas tout de suite ce que vous cherchez ici, promettez-moi de rejoindre M. Drapeur.

— Je le promets, dit Hélène.

Niklaas était allé jusqu'au château, en passant par la forêt. Il reconnaissait que le lieu avait quelque chose de saisissant et qu'il ne pouvait être confondu avec aucun autre.

— Malgré tout, concluait Niklaas, rien n'est sûr, et vos souvenirs sont bien lointains.

Ludovic et Jérôme écoutaient sans rien dire. Il fut convenu que Gaspard conduirait Hélène par les chemins des bois, et qu'il lui ferait d'abord voir le parc du château. Après quoi, ils se présenteraient à Emmanuel Residore, et ils le presseraient de leur procurer des informations sur les anciens habitants du château. L'homme ne pourrait s'y dérober en voyant Hélène. S'il prévenait M. Drapeur, celui-ci se trouverait obligé de reconnaître que la démarche d'Hélène était tout à fait légitime.

Rien ne se passa comme on pouvait le prévoir. Tout fut inexplicablement facile.

Lorsque Hélène arriva, avec Gaspard, dans le bois de troènes qui bordaient le lac. elle fut saisie d'étonnement. Le lac, la forêt, les bouleaux, les palmiers formaient un ensemble si extraordinaire qu'on ne pouvait rien imaginer de plus beau. Des larmes vinrent aux yeux d'Hélène.

— Alors ? demanda Gaspard.

— Je ne sais pas, dit Hélène, je ne reconnais rien. C'est plus beau que je croyais, mais voilà sûrement le grand pays de Maman Jenny.

Ils contournèrent le lac et se rendirent au château. Un domestique les reçut. Il leur répondit que M. Residore était absent, et qu'il ne tarderait pas à revenir. Hélène et Gaspard attendirent dans un vestibule moyenâgeux dont les meubles, les coffres et les banquettes avaient tout l'éclat du neuf. Bientôt une voiture s'arrêta devant le perron et M. Residore se présenta en compagnie de Bidivert.

— Monsieur Fontarelle, si je ne me trompe.

— C'est Hélène Drapeur, dit Gaspard.

— Ah ! parfaitement, dit M. Residore. Je suis enchanté de faire la connaissance d'une demoiselle romanesque et par surcroît, je l'affirme, éminemment photogénique. Quelle beauté vous donne ce décor de Moyen Age américain ! Car ces meubles viennent directement d'Amérique, ainsi qu'il convient à la couleur locale. Bidivert, laissez-nous, je vous prie.

Bidivert s'éclipsa. Hélène ne savait que dire. Enfin, elle se reprit :

— Vous savez, monsieur, que je cherche ma famille.

— Eh ! oui, cette demoiselle cherche sa famille ! Apprenez qu'Emmanuel Residore est homme à découvrir les liens de famille les plus obscurs. Ne suis-je pas un inventeur ? Et inventer, ne signifie-t-il pas découvrir ? Le latin non plus que le turc, l'arabe et le patois bêche de mer n'ont de secrets pour moi. Ma profession m'oblige à connaître toutes les civilisations. N'ai-je pas, pour un film d'amour préhellénique, reconstitué tout le palais de Cnossos en ciment alors que l'original était simplement en bois, n'ai-je pas rétabli dans leurs fastes magiques et redécouvert tous les cousinages des rois de Crète ?

— Je voudrais... reprit Hélène.

— Vous voudriez ? Demandez seulement. A mon signal, votre parenté vous apparaîtra comme sur un écran.

— Pouvez-vous me renseigner sur Maman Jenny ? demanda Hélène.

— La fille du général Horpipe, l'ancien propriétaire de ce château, s'appelait Jenny, en effet. C'était une actrice, et elle était mariée avec un architecte qui l'a laissée veuve assez tôt et qui, pour sa part, se nommait Bertrand.

— Vit-elle encore ? demanda Hélène.

— Nul ne sait où elle se trouve aujourd'hui. Mais nous la ferons revivre s'il le faut.

— Personne ne sait... reprit Hélène.

— Personne ne sait, mais moi je saurai. Je reconstituerai toute sa carrière. Je la suivrai par la pensée jusqu'au bout du monde. Je lancerai partout des policiers. Nous trouverons mille indices. Ma chère enfant, il faut nous laisser le temps de dérouler le film. Les secrets doivent être patiemment pénétrés. Nous allons prendre le thé, si vous le voulez bien.

Gaspard suivit M. Residore et Hélène dans le salon, où un domestique apporta des plateaux de gâteaux, des petits pains et de la confiture. M. Residore tira de sa poche une lettre avec tant de vivacité qu'il sembla l'avoir saisie au vol comme elle passait dans l'air :

— Vous constaterez que je n'ai pas perdu de temps. M. Gaspard Fontarelle avait, l'autre jour, à peine tourné les talons, que je pressais mon notaire de compulser tous les dossiers sur les Horpipe. Il résulte de son enquête que le général, sa fille et leurs enfants sont partis en 1940 par monts et par vaux, que leur voiture a été mitraillée, qu'ils ont continué à pied. On a perdu la trace de Jenny Bertrand et de sa petite fille.

Hélène regarda Gaspard. Les circonstances rapportées par M. Residore correspondaient parfaitement à ce que l'on savait déjà. Gaspard et Hélène lurent la lettre du notaire.

— A ce point que nous pouvons informer M. Drapeur, et que même nous le devons, conclut M. Residore.

— Je ne sais... dit Hélène.

— Eh bien, nous ne l'informerons pas. Nous chercherons d'abord Jenny Bertrand. C'est une femme jeune encore, et il est très probable qu'elle aura repris sa profession. Ces femmes illustres aiment les pseudonymes et les aventures, mais il est sûr que nous la retrouverons dans quelque studio, sur quelque film et probablement à l'étranger.

— Pourquoi à l'étranger ? dit Hélène. Ne s'est-elle pas souciée de retrouver ses enfants ?

— Je pense qu'elle s'en est souciée et qu'elle a cherché en vain. Comment supposer que vous auriez été recueillie par un diamantaire ? A mon avis, elle s'est exilée après avoir vu échouer toutes ses tentatives.

Emmanuel Residore avait saisi la pochette de son veston. Hélène et Gaspard suivaient toutes les voltes de cette pochette qu'il maniait avec une rapidité hallucinante.

— Et nous ferons ensemble du cinéma, chère Hélène, conclut Emmanuel Residore. Nous entrerons en relations avec toutes sortes de personnages remarquables. Vous connaîtrez le marché international des artistes et un jour nous verrons paraître Jenny Bertrand, sous un nom emprunté, avec un visage inconnu, et vous la reconnaîtrez néanmoins. Il faut agir, jouer, provoquer des rencontres.

En dépit des allures de charlatan qu'affectait Emmanuel Residore, Hélène était éblouie. Sans aucun doute le souvenir de ses anciens rêves ressemblait à une mise en scène, et déjà ce décor de palmiers et de bouleaux indiquait dans quel sens elle devait chercher Maman Jenny. Que Maman Jenny fût illustre l'engageait encore à croire qu'elle touchait à la vérité. L'excentricité d'un peuple d'artistes lui expliquait aussi la nostalgie qu'elle avait pu éprouver dans le milieu sévère de la maison Drapeur.

— Nous serons artiste, n'est-ce pas ? s'écriait Emmanuel Residore. Ces cheveux et ces yeux doivent appartenir au monde.

Gaspard regarda Hélène. Depuis le jour où il l'avait aperçue à Lominval, derrière l'église, il était resté dans le même émerveillement. Il s'étonnait cependant qu'une telle beauté dût être livrée à l'admiration publique. Emmanuel Residore, aussitôt après le thé, proposa à Hélène de voir les génériques de certains films avec les présentations des artistes. Il se pourrait qu'elle y aperçût Maman Jenny. Gaspard suivit Hélène comme un jeune chien inutile, lorsque M. Residore l'emmena à travers de nombreux couloirs, jusqu'à une salle de projection.

Cette salle profonde et luxueusement ornée de broderies chinoises et de sculptures rehaussées d'or, ne comportait que deux rangs de fauteuils. Bidivert, que M. Residore avait appelé, reçut les ordres de son maître et entra dans la cabine pour y passer les séquences qui lui étaient demandées. Hélène assista avec passion à ce défilé d'artistes émouvantes et comme perdues dans leurs tragédies. Gaspard était lui-même livré à l'admiration, mais il avait aussi le désir de fuir au plus profond de la forêt.

Après la séance, M. Residore déclara qu'il avait réservé à Hélène un appartement au premier étage, et il considéra Gaspard avec ironie.

— Il faut que je m'en aille, dit Gaspard.

Hélène répondit aussitôt :

— Il faut que tu rejoignes Niklaas. Je t'apprendrai ce que j'aurai décidé.

— Mais tout est décidé, s'écria M. Residore. Hélène a trouvé sa vocation, sa vraie famille et elle ne tardera pas à avoir des nouvelles de Maman Jenny.

— Au revoir, dit Gaspard.

— Nous devrons nous séparer, reprit Hélène, mais pas aussi brusquement. La semaine prochaine, à Treinte, nous parlerons encore.

— La volonté d'une future vedette est sacrée, conclut M. Residore. Bidivert vous conduira où vous le désirerez et quand vous le désirerez.

Gaspard prit congé. Il fut convenu qu'Hélène se rendrait à Treinte le samedi suivant dans l'après-midi, après quoi Emmanuel Residore donna l'ordre à Bidivert de ramener à Treinte M. Gaspard Fontarelle. A peine eut-il le temps d'y songer. Quand il retrouva Niklaas, la tristesse régnait au campement. Le vieux cheval s'était mis à tousser. Niklaas croyait à une bronchite.

— Ces jours-ci, nous avons parcouru la région et nous avons joué dans les villages. Le cheval a dû être fatigué par les sacrées côtes qu'il y a dans ce pays.

Enfin on demanda à Gaspard comment tout s'était passé.

— Très bien, répondit Gaspard. Hélène retrouvera Maman Jenny qui est une actrice, et elle va sans doute elle-même apprendre à jouer, grâce aux conseils de M. Residore.

Niklaas ne fit aucun commentaire. Ce jour-là et les jours suivants, on ne put quitter Treinte, à cause du cheval qui toussait de plus en plus. Niklaas restait taciturne :

— Nous retournerons sur notre bateau à Anvers, disait-il. Et toi, tu rejoindras ta tante à Lominval.

— Je dois encore revoir Hélène samedi prochain, répondit Gaspard.

— Tu la reverras samedi prochain, et puis il faudra bien partir.

— Du moment qu'Hélène aura retrouvé son pays.

— Son pays, reprit Niklaas. J'aurai parié qu'il était encore plus beau que cela.

— Comment pourrait-il y avoir quelque chose de plus beau ? disait Gaspard.

— Comment ? répétait Niklaas en regardant son vieux cheval étendu sur la paille.

Le samedi suivant, Hélène arriva dans l'auto conduite par Bidivert. Gaspard était allé au-devant d'elle sur la route. Il voulait éviter qu'elle vît l'ennui de Niklaas, et il craignait tout comme Niklaas qu'Hélène les prît en pitié et leur fît quelque don.

Hélène sauta de l'auto. Elle portait une robe de soie blanche. Jamais Gaspard ne l'avait vue autrement que vêtue d'un pantalon et d'une blouse. Il éprouva une admiration nouvelle.

— Tout va bien, lui dit-elle tandis qu'ils faisaient ensemble quelques pas sur la route. Je mène une vie active. Beaucoup de sport. Je conduis l'auto de Bidivert, et j'ai déjà visité les studios de cinéma dans la Cité près de Chemy. Je suis sûre que je reverrai

Maman Jenny. M. Residore m'a promis que nous habiterions ensemble le château.

— Tu es sûre que tu la reverras ?

— Absolument sûre, dit Hélène. Nous avons obtenu de nouveaux renseignements.

— Alors, tes rêves sont réalisés, conclut Gaspard.

Hélène resta un moment silencieuse.

— M. Residore veut informer M. Drapeur. Je crois que c'est bien.

— Tout s'arrangera, dit Gaspard.

— Tout s'arrangera, reprit Hélène. Et maintenant, toi...

Gaspard la regarda longuement.

— Je vais retourner à Lominval, dit-il.

Elle se hâta de lui assurer qu'elle irait le voir à Lominval. Toutes les fois qu'elle aurait un moment, car elle allait être très occupée. Elle voulait travailler pour devenir une bonne actrice.

— Si tu ne peux venir, ne te tourmente pas, dit Gaspard.

— Mais si, je viendrai.

Elle l'embrassa, et remonta dans l'auto. Elle fit des signaux à Gaspard pendant les cinq secondes que la voiture mit à gagner la première courbe du chemin. Gaspard retourna auprès de Niklaas. Personne ne lui posa de questions. Jérôme et Ludovic répétaient un air sur leurs instruments. Ils jouaient en sourdine.

11

COMMENT ON EN VIENT A CORRIGER SES DÉFAUTS

Le lendemain, Niklaas donna de nouveaux soins au cheval, qu'il avait entouré de couvertures, et il eut la satisfaction de constater qu'il se portait beaucoup mieux. Le cheval put se mettre debout et brouter l'herbe.

— Je crains tout de même que cela le reprenne. Il est bien vieux et les nuits sont fraîches déjà. Il faudrait nous emparer de ce cheval pie.

— Quel cheval pie ? s'écria Gaspard.

— Je suis allé cette nuit jusqu'à la forêt, dit Niklaas. Je ne pouvais trouver le sommeil. Dans l'allée, j'ai vu au clair de lune un cheval pie ; peut-être le même que celui que tu as monté malgré toi, Gaspard. C'est un cheval abandonné sans aucun doute.

Gaspard se souvint que, lorsqu'il s'était perdu dans la forêt avec Ludovic et Jérôme, ils avaient entendu une galopade lointaine.

— Un beau cheval, dit Gaspard, mais il est sauvage et il ne se laissera jamais atteler.

On bavarda sur ce sujet une partie de la matinée et l'on déjeuna de bonne heure. Gaspard devait quitter ses amis et rejoindre Lominval. Il leur avait annoncé la veille au soir qu'il partirait au début de l'après-midi. On se préparait à son départ sans rien dire. Quand ils eurent mangé, Niklaas donna à Gaspard une musette garnie de quelques vivres et lui remit un peu d'argent. Ludovic et Jérôme lui firent cadeau de quelques feuillets de leurs chansons comme souvenir.

— Pour traverser la frontière, tu passeras par la forêt, dit enfin Niklaas. Nous allons t'accompagner jusqu'à un carrefour de sentiers que je connais maintenant. Il y a un sentier qui va vers le château. L'autre descend sur la Meuse du côté de Vireux, où tu prendras le train. Un homme de Treinte m'a indiqué ce carrefour qui est marqué par un grand bouleau. Tu te méfieras. Les douaniers circulent sur la pente qui descend vers la vallée. Dès que tu seras sur la pente, tu prendras à travers bois. Si l'on t'arrête, tu ne risques rien d'autre que d'être renvoyé chez ta tante à Lominval, où tu veux aller.

Ils accompagnèrent Gaspard jusqu'au carrefour, où ils parvinrent après une demi-heure de marche. Ils voulaient aller plus loin, mais Gaspard assura qu'il préférait partir seul. Ils se dirent adieu.

— Tu trouveras plusieurs carrefours encore, dit Niklaas, mais d'après l'homme de Treinte il faut aller tout droit et prendre sur la gauche seulement dans un bois de sapins.

Gaspard se retourna à deux reprises afin de saluer ses amis, mais bientôt les branchages l'empêchèrent de les distinguer. Il marcha encore pendant deux minutes, puis il s'arrêta. Il ne pouvait oublier que l'autre sentier conduisait au château, et il éprouvait une grande peine à s'en éloigner.

Il s'assit pour réfléchir. Il revoyait l'enfant tel qu'il l'avait rencontré à Lominval, sauvage et pur dans sa volonté tenace de rejoindre sa famille et son pays. Aujourd'hui, Hélène n'était plus cet enfant. Bien qu'elle eût retrouvé le paysage de son enfance et qu'elle eût toutes les chances d'entendre bientôt parler de Maman Jenny, quelque chose allait de travers.

Il manquait Maman Jenny, et si Hélène voulait être avec elle un jour, il semblait qu'il aurait mieux valu qu'elle aille à l'autre bout du monde et qu'elle traîne les pires jours de misère que de rester dans ce château.

Gaspard se perdait en de telles réflexions. Il ne parvenait à rien décider. Malgré les extravagances d'Emmanuel Residore, Hélène avait raison de se fier aux premiers renseignements sûrs qu'on lui eût donnés, et elle aurait l'avantage de rester en bons termes avec M. Drapeur.

— Tout est bien, répétait Gaspard.

Cependant il éprouvait la nécessité de revoir une fois encore le visage, les cheveux et les yeux d'Hélène. Il revint sur ses pas jusqu'au carrefour. Niklaas et ses garçons s'étaient éloignés. Il écouta longtemps. Il ne put percevoir leurs voix dans le lointain des sous-bois. Après avoir encore hésité, il prit le sentier vers le château et marcha pendant deux grandes heures.

Ce sentier se perdait au milieu des acacias où Gaspard, avec Jérôme et Ludovic, s'était empêtré, lors de leur première expédition. Il franchit le mur à travers une trouée, mais au lieu de chercher à rejoindre le ruisseau, il suivit le mur dans la direction opposée, jusqu'à une vieille porte où aboutissait un chemin encombré de ronces. Le chemin le mena derrière le château.

De ce côté, les bâtiments semblaient inhabités. Gaspard escalada une gargouille et atteignit au premier étage un œil-de-bœuf dépourvu de carreau. Il s'y glissa la tête la première, et par bonheur ses mains rencontrèrent la rampe d'un escalier de bois, où il put sauter dans faire trop de bruit. Il demeura un moment immobile afin de s'assurer que personne ne l'avait entendu, puis il descendit l'escalier.

Cet escalier n'aboutissait pas au rez-de-chaussée, mais dans un sous-sol. Des quantités de légumes s'y trouvaient rangés sur des claies. Plus loin, le sous-sol n'était qu'une salle immense peuplée de piliers de pierre. Gaspard l'explora afin de trouver un escalier plus important qui le menât dans une région habitée. Il espérait se tenir aux aguets à l'angle de quelque couloir ou derrière un meuble, et attendre qu'Hélène vînt à passer afin de la voir par surprise et de lui parler une dernière fois à l'insu de tous, comme à Lominval et comme sur le pont du yacht. L'escalier qui se présenta à lui était en pierre. Il le monta, mais à chaque étage il aboutissait à des paliers étroits sur lesquels donnaient des portes fermées à clef. Gaspard dut aller jusqu'au quatrième pour trouver une porte ouverte. Il pénétra dans une pièce qui était une salle de billard, en traversa une autre où il y avait trois pianos et des pupitres, et tomba enfin sur un escalier plus important. Lorsqu'il fut redescendu au deuxième, il entendit quelqu'un qui montait et entra dans une salle qui semblait un musée d'habillement. On y voyait des personnages en cire vêtus de toutes sortes de costumes, dames hollandaises, généraux d'empire. Les figures de ces personnages semblaient le regarder et suivre ses démarches. Il quitta cette pièce en hâte. La suivante était occupée uniquement par des masques suspendus aux murs ainsi qu'à des colonnades de bois. Gaspard eut un frisson dans le dos. Il voulut encore se hâter. Il se rendit bientôt compte qu'il se trouvait dans une sorte de galerie dont les issues devaient être dissimulées par des tentures sur lesquelles devaient être dissimulées par des tentures sur lesquelles il y avait encore des masques. Il s'efforça de garder son sang-froid. A vrai dire les masques, malgré leurs regards troués et leurs mâchoires d'animaux, avaient une beauté singulière. L'effroi le pénétrait, mais il se dit qu'il devait les regarder bien en face. Il y avait aussi des figures de pierre et de marbre étrangement paisibles. Gaspard découvrit une tête immense enveloppée d'une chevelure de paille et qui avait des yeux comme des rubis et la bouche grand ouverte. Il se contint et regarda la grande figure. Au milieu de la bouche il y avait un bouton de porte. Doucement, malgré sa crainte, il le saisit et un vantail s'ouvrit sur un vaste palier qui devait appartenir à l'escalier central. Gaspard respira.

Il résolut de s'avancer avec plus de prudence. La rampe de l'escalier était une rampe à balustres. Il se glissa le long de cette rampe et descendit lentement vers le premier étage. Les degrés étaient couverts de vastes tapis. Gaspard songeait qu'il ne pourrait rien rencontrer de plus terrible que les masques, et cependant, lorsqu'il eut dépassé la grande courbe de l'escalier, il fut en présence d'une apparition qui lui glaça les os.

Au bas de l'escalier, un homme venait à sa rencontre. Il avait mis le pied sur la première marche. Gaspard n'était séparé de lui que par une douzaine de degrés. L'homme s'était arrêté. Ses yeux exprimaient la cruauté et la moquerie. Gaspard avait reconnu sans hésitation la figure de Parpoil, encadrée d'une barbe rousse. Parpoil et Gaspard demeurèrent immobiles pendant une seconde, après quoi Gaspard tourna les talons et regrimpa l'escalier quatre à quatre.

Du moment que Parpoil se trouvait au château, il n'y avait pas de doute qu'Hélène serait de quelque manière victime de ses combinaisons. Gaspard ne pouvait d'abord songer qu'à se mettre hors d'atteinte. Sans réfléchir, il monta jusqu'au palier. Là, il poussa une porte. Derrière cette porte, un nouvel escalier aboutissait au grenier.

Jamais Gaspard n'avait vu un tel grenier. C'était une jungle où l'on apercevait des armoires, des caisses, des baldaquins, des piles de baquets, des rangées de perruques et même des harpes. Il se jeta dans ce fouillis avec un sentiment d'espoir. Jamais personne ne l'y retrouverait. Il plongea d'abord derrière une malle et s'appliqua à faire le tour du grenier jusqu'à ce qu'il arrivât à une nouvelle issue qui lui permît de gagner les étages inférieurs et l'air libre. Il entendit bientôt les pas de Parpoil qui cherchait ici et là, avec hâte. Puis le silence se fit. Gaspard s'avança à quatre pattes derrière les caisses, et se faufila entre deux armoires. A l'extrémité de ce passage, il y avait un mannequin sans tête, vêtu d'un habit de soirée mangé aux mites. Au moment où Gaspard débouchait du passage, la tête de Parpoil apparut au-dessus du mannequin, comme si le mannequin lui-même avait soudain sorti sa tête. Gaspard sentit des picotements sous la plante des pieds et rebroussa chemin. Il eut le bonheur de rencontrer des tentures entre lesquelles il se glissa. Il y avait des dizaines de tentures suspendues à des fils de fer. Gaspard résolut de rester immobile à cet endroit pendant des heures s'il le fallait.

Le silence continuait à régner dans le grenier. Au bout d'une demi-heure, Gaspard fut pris de crampes et se coula sous les tentures afin de se dégourdir un peu. Il parvint dans un étroit espace libre entouré de bandes de soie avec des dessins japonais. Gaspard poussa une des bandes de soie, juste à l'endroit où se dessinait la main brodée d'un personnage. Il fut soudain atrocement paralysé lorsqu'il vit et sentit cette main qui saisissait la sienne. Parpoil était derrière la bande de soie, le tenant à sa merci.

Gaspard se démena avec tant de violence que des tentures se décrochèrent alentour et embarrassèrent son ennemi. Il réussit à dégager sa main. Il se réfugia sous un monceau de tables alignées, puis il tâcha de regagner le mur du grenier.

Une fois encore Parpoil se manifesta. Comme Gaspard passait devant une comtoise vide, il aperçut le visage de l'homme à la place de l'horloge, et ses mains qui étaient derrière le carreau du balancier ouvrirent brusquement la petite porte. Parpoil s'élança en criant : « Je te tiens, mon garçon. » Gaspard recula pour échapper à l'étreinte et son talon buta sur des tringles à rideaux. Il tomba à la renverse. Parpoil lui-même tomba. Gaspard fut le premier relevé. A ce moment, juste devant lui, se présenta un petit escalier. Il se laissa glisser sur la rampe. C'était l'escalier même par lequel il s'était introduit. Il retrouva la lucarne qu'il escalada, puis il s'accrocha à la gargouille, par où il dégringola dans l'herbe de l'arrière-cour.

Il n'était pas cependant au bout de ses peines. Il courut dans le parc, jusqu'aux premiers bois, franchit deux taillis, retrouva un sentier, mais, comme les bois enveloppaient le parc de toutes parts, Gaspard ne sut quelle direction suivre. A tout hasard, il prit à gauche. Il n'avait pas fait cent pas qu'il voyait Parpoil qui venait à lui. Pourquoi cette obstination à le poursuivre ? Quelle importance y avait-il à se saisir d'un jeune garçon qui ne demandait qu'à disparaître sans espoir de retour ? « Tu ne m'échapperas pas », cria encore Parpoil.

Il ne restait à Gaspard qu'à courir de toutes ses forces dans le sentier. Il hésitait à se jeter dans les bois qui étaient encombrés d'épais fourrés où il risquait de s'empêtrer. Mais ce sentier semblait d'une longueur désespérante. Parpoil perdit peu de terrain. Il paraissait se ménager comme s'il avait la certitude que le garçon succomberait tôt ou tard à la fatigue.

Ces bois qui entouraient le château n'étaient pas moins bizarres que le château lui-même. Le sentier aboutissait à une clairière ronde assez peu étendue et qu'il était impossible de franchir. Gaspard se trouva bientôt acculé au fond de cette clairière.

Tout ce qu'il pouvait espérer, c'était de retarder le moment où Parpoil l'appréhenderait. Dans ce lieu, qui avait dû jadis servir à des réunions intimes, s'élevaient ici et là de hauts chardons, des haies d'épilobes et des buissons de camérisiers. Gaspard tenta de déjouer l'homme parmi ces obstacles. Il dut bientôt y renoncer car il se fourvoya entre des buissons accolés à la charmille. Il fut obligé de faire face à Parpoil qui se tenait immobile à dix pas de lui et jouissait de son triomphe.

— Maintenant, jeune homme, nous allons nous expliquer, dit-il. Je vais couper une bonne branche et te fouetter jusqu'à ce que tu comprennes qu'il faut se mêler de ses propres affaires. Entends-moi bien, jeune homme, si tu meurs sous les coups, personne ne le saura jamais, et si tu te réveilles tu te débrouilleras pour fuir à tous les diables. Non pas que je veuille te tuer. Une simple leçon où tu risqueras ta vie avec plaisir, puisque tu aimes les aventures. Entends-moi bien, jeune homme, il n'y a rien de plus beau que les rêves, comme tu disais. Hélène est en train de rêver en ce moment. Il ne faut pas la troubler.

Que voulait dire Parpoil ? Gaspard le regardait en face. Le visage encadré de barbe rousse était animé d'un sourire mielleux. Mais soudain ce visage changea d'expression. Gaspard y lut l'étonnement, puis les yeux s'agrandirent d'effroi en même temps qu'on entendait un bruit pareil à celui d'une bourrasque qui se serait soudain élevée au milieu des feuillages. Une grande ombre passa au-dessus des buissons devant Gaspard qui vit alors un cheval pie retomber sur ses sabots et s'élancer sur Parpoil.

L'homme avait fait demi-tour, mais le cheval l'eut bientôt rattrapé et se mit à le mordiller aux épaules et aux reins. Parpoil s'était lancé dans une fuite éperdue le long du sentier. Il appelait vainement au secours. Le cheval le talonnait et déchirait ses vêtements. Gaspard s'était mis lui aussi à courir à leur suite pour savoir ce qui allait advenir.

Parpoil était en proie à une telle épouvante qu'il disparut bientôt avec le cheval au milieu des bois.

Au bout d'une demi-heure, le garçon parvenait à un carrefour, et là il vit le cheval pie qui broutait l'herbe paisiblement. L'homme avait disparu. Gaspard s'approcha doucement du cheval qu'il reconnut. En somme, c'était un cheval comme tous les autres. Il avait simplement des caprices sauvages. Un cheval abandonné ou perdu, ainsi que le disait Niklaas.

L'animal releva la tête et secoua sa longue crinière. Ses yeux brillaient comme un doux feu. Il laissa Gaspard s'approcher. Gaspard le saisit par le cou dans ses bras et enfouit son visage au milieu de la crinière. Gaspard aurait voulu dire ceci :

— Mon cheval, je ne reverrai plus Hélène. Montre-moi de nouveau les beaux pays, la forêt, la Meuse, et fais-moi retrouver Hélène.

Le cheval n'avait pas bougé, et semblait attendre que le garçon disposât de lui. Gaspard se décida à sauter en croupe. Au moment où il appuyait ses mains sur les flancs du cheval, celui-ci se déroba soudain et s'en fut au petit trot par une grande allée. Gaspard le regarda tristement qui s'éloignait.

A une centaine de pas, le cheval s'arrêta et tourna la tête. Gaspard s'avança de nouveau, et de nouveau le cheval prit le trot pour s'arrêter un peu plus loin. Ainsi ils parcoururent deux ou trois kilomètres sous les futaies. Enfin le cheval s'élança à travers bois.

Gaspard, bien qu'il ne pût espérer le rejoindre, s'obstina dans cette vaine poursuite. Quand il l'eut perdu de vue, il ne cessa pas de courir. Il parvint à bout de souffle à une lisière, et s'effondra dans l'herbe, tandis qu'il entendait encore un galop lointain et sourd sur l'humus des bois.

Gaspard resta longtemps étendu. L'après-midi entier s'était écoulé. Le soleil touchait déjà la cime des forêts.

— Je trouverai bien la pente, se disait Gaspard, et je descendrai sur la Meuse. Je dormirai dans la salle d'attente de Vireux.

Il avait perdu sa musette et il crevait de faim. Il mangea quelques mûres qu'il trouva dans les ronces de la lisière, après quoi il chercha à s'orienter.

Il se trouvait sur la bordure d'une longue prairie encastrée dans un golfe de la forêt. Les fleurs y étaient répandues à profusion. A son extrémité la prairie s'élargissait et donnait sur des terres assez vastes au fond desquelles s'élevait une maison. Gaspard se dirigea de ce côté, et dès qu'il fut arrivé au bout de la prairie il reconnut la maison de Théodule Residore, le propre fils d'Emmanuel.

Comment n'avait-il pas songé à lui dans toutes ces conjonctures ? Si le père laissait son fils vivre à l'écart, n'ayant sans doute pas trouvé dans sa progéniture de quoi satisfaire des ambitions étincelantes, néanmoins il y avait certainement entre eux des relations affectueuses, car l'un et l'autre montraient d'excellents sentiments. Gaspard pouvait à tout moment trouver conseil et appui auprès de Théodule. Il arriva devant la maison comme la nuit tombait.

Théodule lui-même ne faisait que rentrer. Comme Gaspard s'avançait, il vit une camionnette qui débouchait du bois et d'où Théodule descendit ainsi que Marvel, son vieil employé. Théodule accueillit le garçon sans montrer aucune bienveillance.

— Bonsoir, Gaspard Fontarelle, dit simplement Théodule. Tu viens bien tard.

— C'est par hasard, dit le garçon. Je ne fais que passer. Je retourne à Lominval.

Théodule demeurait aussi sourd que lorsque Gaspard lui avait fait sa première visite.

— Entre, dit Théodule. Pourquoi ne m'as-tu jamais donné de nouvelles de l'enfant d'Anvers ?

— Je peux t'en donner maintenant.

— Trop tard, disait Théodule, beaucoup trop tard. Les électriciens sont au château.

Il laissa Gaspard tout interdit de cette nouvelle qui n'avait aucune signification, et il appela la servante pour qu'elle leur servît le repas sur-le-champ. Gaspard vit avec joie la femme poser une soupière fumante sur la table de la cuisine. Théodule ne disait plus rien et Gaspard chercha vainement à lui conter des bribes de son histoire. L'autre était muré dans sa surdité. Peut-être saisissait-il à tout hasard certains mots, mais ces mots n'avaient pas le don d'éveiller sa curiosité.

Quand on eut mangé l'omelette, la servante apporta un bol plein de groseilles à maquereau.

— Je viens du château, dit enfin Théodule de sa voix de fausset. Mon père n'a pas de cervelle. Qui a jamais eu de la cervelle dans notre famille ? Nous avons bavardé une bonne heure. Mais c'est la dernière fois que j'entre moi-même dans son salon. J'ai connu toute l'histoire il y a trois jours. Un domestique m'avait prévenu. J'ai questionné mon père qui a été charmant comme d'habitude. Quoique j'aie bien déçu ses ambitions, il reste charmant avec moi. Il a eu la patience de m'écrire sur un papier tout ce que je ne pouvais pas saisir par signes.

— Que s'est-il passé ? demandait Gaspard sans aucun espoir d'être entendu.

— Ce qui s'est passé ? répliqua Théodule.

Ses mots avaient par miracle traversé le plomb qui lui bouchait les oreilles.

— Je me doutais bien que l'enfant d'Anvers était une fille, reprit-il. J'ai réussi à la voir de loin dans le parc du château. J'ai reconnu l'enfant fugitif. Mon père m'a enfin expliqué qu'un nommé Gaspard Fontarelle avait conduit Hélène Drapeur au château, où elle espérait retrouver des traces de sa famille. Mais il a téléphoné à Drapeur après ta première visite. Drapeur, conseillé par son secrétaire, a prié mon père d'accueillir Hélène et de lui raconter des histoires propres à la persuader qu'elle apprendrait au château des nouvelles de sa famille. Bref, favoriser ses idées tout le temps qu'il faudrait, jusqu'à ce qu'elle oublie ses rêves qui n'avaient pas de sens, son pays qui n'existait pas, sa famille dispersée ou perdue. J'ai appris aussi que Parpoil vous avait espionnés, toi et Hélène, dans le jardin de Temschen. Il a eu l'audace de laisser Hélène filer avec toi, pour mieux la tromper. Il est arrivé avant vous au château de Residore.

Théodule frappa du poing sur la table :

— Ils ont raison. Ce n'est pas à nous de savoir ce que nous avons à faire. Ils ont tort tout de même de ne pas faire attention quelquefois à une idée d'enfant. Hélène a un pays qu'elle doit retrouver. Mon père a été remué lorsque Hélène lui a parlé de son pays. Mais il prétend qu'il doit se méfier de sa sensibilité.

— Quel pays ? demandait Gaspard. On ne peut pas rêver mieux que le parc, avec le lac, les palmiers et les bouleaux. Et j'ai bien lu le nom de Jenny écrit sur un volet.

Théodule écoutait maintenant les paroles de Gaspard avec une attention extrême. Le nom de Jenny lui parvint :

— Jenny existe, tu m'entends ? J'en jurerais. Ce n'est pas chez mon père qu'on la trouvera. Il y a quelque chose à comprendre, qu'on n'a pas compris encore.

Théodule expliqua qu'Emmanuel Residore s'était engagé à réaliser les projets de M. Drapeur avec toute son habileté d'entrepreneur de spectacles et non sans espérer qu'il tirerait profit d'Hélène pour monter certains films. En un rien de temps, Hélène avait été conquise. Cette nouvelle vie la changeait de la routine austère où elle était maintenue par M. Drapeur. Elle ferait du cinéma et, du même coup, elle croyait ainsi courir sa meilleure chance de revoir Maman Jenny.

Elle était prisonnière plus que jamais. Occupée du

matin au soir à répéter des rôles, à faire de la gymnastique, à conduire des autos de course. Par surcroît, M. Residore avait l'intention de la spécialiser dans des rôles acrobatiques. Pour quelle raison, il n'en savait rien lui-même.

Chaque jour, on la conduisait aux studios. A une vingtaine de kilomètres au sud, des actionnaires avaient monté une petite Cité du cinéma, où les metteurs en scène pouvaient bénéficier de studios spacieux et de tous les paysages d'une région extrêmement variée. Théodule connaissait bien cette Cité bâtie à la limite du bourg de Chemy. Il fallait certes louer M. Residore et ses comparses d'avoir voulu réaliser d'excellentes conditions pour leurs films. En tout cas, ce lieu de féerie ne pouvait que séduire Hélène. Elle assistait aux prises de vue et l'on promettait de la faire participer à un film, dès qu'elle aurait appris les éléments du métier qu'un vieil acteur se chargeait de lui inculquer sous la direction éminente de M. Residore.

A tout instant, Hélène était étroitement surveillée sans qu'elle s'en doutât. Elle serait de plus en plus isolée dans ce milieu nouveau. Personne ne pouvait lui parler sans la permission de M. Residore. Cet après-midi même, Parpoil était revenu au château dans un état piteux. Il racontait qu'il avait surpris dans le bois le jeune Fontarelle, et que celui-ci avait pour complice un homme de forte taille, monté sur un cheval pie. Parpoil avait été attaqué et jurait ses grands dieux que Gaspard servait d'indicateur à quelque bandit qui cherchait à faire un coup de main dans le château.

— Voilà les dernières nouvelles, conclut Théodule. Moi-même je ne suis plus autorisé à entrer au château et mon père, avec son goût des dispositifs ébouriffants, a fait venir ce soir les électriciens de la Cité pour mettre des sonneries dans tous les recoins de son palais.

Jamais Hélène ne pourrait connaître les mensonges dont on l'entourait.

— Si elle savait... disait Gaspard.

— J'ai vu les yeux d'Hélène, lorsqu'elle est venue rôder par ici pour la première fois, dit Théodule. Je ne peux pas croire qu'elle renie un jour sa famille et tout ce qui lui est cher pour jouer la comédie.

Théodule appela le vieux Marval et la servante. Il leur demanda de servir d'interprètes et pria Gaspard de conter tout ce qu'il savait sur Hélène. Il y eut alors une longue séance. Grâce à une mimique éperdue, les deux serviteurs s'efforcèrent de conter, d'après Gaspard, l'histoire d'Hélène, la découverte du livre d'images qui témoignait du grand pays, le voyage aux Bermudes, la chute et la maladie d'Hélène, le départ de Niklaas, de Ludovic et de Jérôme avec Gaspard sur les chemins de Belgique, enfin les adieux d'Hélène à Gaspard et la maladie du vieux cheval.

— Il faut aller chercher Niklaas et ses garçons, dit Théodule. On soignera son cheval ici.

Théodule se réjouit beaucoup à la pensée de revoir Ludovic et Jérôme avec lesquels il avait fait de bonnes parties sur l'Escaut jadis, pour finalement subir avec eux cette terrible explosion qui l'avait rendu sourd, tandis que Jérôme éprouvait une peur chronique et Ludovic une colère inextinguible.

— Comme je serais heureux de leur serrer la main ! disait Théodule.

— Il y a encore le cheval pie, dit Gaspard.

Il y eut de nouvelles explications animées, à propos de la présence de ce cheval dans les forêts des environs.

— C'est extraordinaire, dit Théodule, cette affaire de cheval pie qui t'a emporté, qui a démoli une boutique de vaisselle et qui a chassé Parpoil aujourd'hui même. Un cheval vicieux, peut-être.

Gaspard et Théodule éprouvaient néanmoins un

certain effroi à parler du cheval, ainsi qu'il arrive lorsqu'on touche à l'inexplicable.

— Comment prévenir Hélène ? reprit Théodule.

— N'est-elle pas heureuse, après tout ? répondait Gaspard. De quoi est-ce qu'on se mêle ? Je pense que je n'ai plus qu'à retourner à Lominval. De toute façon l'histoire est finie. Jamais plus...

Théodule ne comprit rien cette fois, malgré les signaux explicatifs de Marval et de la servante. Cependant il lut la tristesse sur le visage de Gaspard.

— Dieu sait ce qui peut arriver, dit-il. Nous irons d'abord chercher Niklaas.

Gaspard dormit dans la chambre où on l'avait déjà accueilli. Le lendemain, Théodule pria le vieux Marval de sortir la camionnette de la remise. Avant d'y monter, Gaspard regarda la grande prairie où s'élevaient de nombreuses tentes. C'était encore le plein été, et d'année en année les campeurs venaient plus nombreux en ce lieu que Théodule leur réservait.

— Il y en a peut-être qui connaissent le grand pays, disait Gaspard.

Théodule considéra aussi les pentes. Il dit :

— Il faut toujours espérer bien des choses.

Ils montèrent dans la camionnette à côté de Marval qui prit le volant. On descendit vers la vallée et l'on se dirigea vers Treinte par Agimont. Bien avant Treinte on rencontra la voiture de Niklaas. Jérôme et Ludovic cheminaient sur le côté. Niklaas tirait doucement les rênes.

Théodule s'élança vers Jérôme et Ludovic.

— Pourquoi n'avons-nous pas pensé à toi plus tôt ? disaient Jérôme et Ludovic. Gaspard nous avait dit que tu n'habitais pas au château.

— Si j'avais su que vous étiez là tout près ! s'écriait Théodule sans avoir rien entendu.

— Te revoilà, dit Niklaas à Gaspard. Quel vent t'amène ? Tu n'es pas retourné à Lominval ?

— Il y a du nouveau, répondit Gaspard.

— Du nouveau ? s'exclamait Niklaas. Mon fils, il ne faut pas compliquer les affaires, en tout cas. Tu vois, il y a aussi du nouveau pour nous. Le cheval s'est remis à marcher, et je crois que les brancards lui font du bien. Cela durera ce que ça durera.

On expliqua la supercherie de M. Residore à Niklaas qui se contenta de hausser les épaules :

— Mes enfants, cela ne change rien sans doute. Si vous désirez informer Hélène, je n'y vois aucun mal. Mais vous n'y parviendrez pas. Gardez-vous de l'entraîner encore loin des lieux où elle doit faire sa vie.

Théodule dit à Niklaas qu'il était venu d'abord pour l'engager à demeurer quelque temps dans sa petite ferme, en attendant du moins que le cheval se guérisse. Niklaas avait des papiers qui lui permettraient de passer la frontière et le nom de Residore était suffisamment connu à la douane pour abréger les formalités.

Comme Niklaas devait laisser son cheval se reposer, on s'arrêta aux abords d'un village. Gaspard et Théodule restèrent avec Niklaas et ses garçons. Ils passèrent l'après-midi et la nuit presque tout entière à bavarder. Tous dormirent dans la voiture de Niklaas. Le vieux Marval regagna la ferme avec la camionnette. Le lendemain on passa la frontière. Niklaas était touché par l'affection de Théodule, et les jours suivants, il écouta d'assez bonne grâce les projets que firent Théodule et Gaspard.

C'était peu après le vingt-cinq août. Le cheval de Niklaas reçut les meilleurs soins. Le vétérinaire fut appelé. Par ailleurs on aida Théodule pour les travaux de sa petite ferme. La moisson était achevée depuis longtemps et l'on s'occupa des regains. Le soir, on bavardait sous les étoiles devant la porte. Et voici enfin ce que l'on décida pour tenter d'informer Hélène.

La Cité du cinéma était un ensemble de bâtisses

provisoires qui s'élevaient sur le haut d'une colline, aux limites de la petite ville de Chemy. Comme on ne pouvait joindre Hélène dans le château d'Emmanuel Residore, il fallait surveiller ses allées et venues, et trouver un moyen de pénétrer dans les studios pendant qu'elle y venait pour s'initier aux secrets du cinéma. Afin d'écarter toute méfiance, Jérôme et Ludovic, qui n'étaient pas connus d'Emmanuel Residore ni de son entourage, seraient chargés des premières démarches. On leur confierait un message qu'ils s'efforceraient de transmettre.

Niklaas gardait un air soucieux :

— Je n'aurais pas dû encourager Gaspard à chercher le pays d'Hélène, disait-il. Mais puisque les choses sont ainsi, faites encore cette tentative. Je ne crois pas qu'elle réussisse.

Les garçons se rendirent d'abord à Chemy avec la camionnette. Ils laissèrent la voiture dans une petite rue. Les bâtiments de la Cité s'élevaient sans grand apparat juste à la limite du bourg. Une voie cimentée y conduisait. Les garçons évitèrent cette avenue et firent un détour afin d'en venir à longer l'enceinte, qui était constituée par les murailles aveugles de longs hangars, et par des maisonnettes percées de lucarnes. Un mur de ciment surmonté de tessons de bouteilles fermait les espacements entre les bâtisses. Par endroits on apercevait des pylônes, des décors élevés. Sur un côté de la Cité dominait un ravin abrupt creusé dans les prairies. La ravin donnait sur la forêt. En longeant cette partie de l'enceinte, les garçons entendirent le rugissement d'un lion. Emmanuel Residore avait dû constituer une petite ménagerie en vue d'un film exotique. Nul doute qu'il ne disposât aussi d'une forêt de cocotiers, soit en carton, soit élevés au naturel dans de vastes potiches au fond d'une serre.

— C'est impossible de franchir ces murs, observa

Théodule. Il faudra que quelqu'un de nous essaie d'entrer par la porte principale.

Jérôme ne manqua pas d'exprimer ses craintes et Ludovic le rabroua comme d'habitude. Mais avant de tenter la moindre démarche, on résolut d'observer de loin cette porte principale, afin de connaître toutes les possibilités d'accès. On employa trois après-midi entiers à cet examen minutieux. Jérôme et Gaspard se tenaient sur un côté de l'entrée. Théodule et Ludovic un peu plus loin, les uns et les autres cachés par les buissons d'ornement qu'on avait plantés alentour. Le résultat de leur enquête ne fut pas très satisfaisant.

Il y avait sur la gauche un petit hôtel construit en plaques de ciment et dont les fenêtres s'ouvraient sur une terrasse. Cet hôtel devait accueillir les acteurs ainsi que tous ceux qui travaillaient aux films. Vers la droite, des bureaux. On voyait arriver des autos de fournisseurs et d'autres voitures d'où sortaient des personnages divers. Aucun n'entrait sans subir l'accueil d'un concierge en tenue bleue ornée de boutons d'or. Ludovic, s'étant avancé, aperçut un vestibule commandé par un comptoir où siégeait un bureaucrate qui semblait faire fonction de cerbère. Bref, un lieu sacré, d'où l'on écartait tous les curieux. Chaque jour, vers trois heures, une vaste auto verte arrivait en trombe et freinait brusquement. Hélène en descendait suivie de Bidivert. Elle avait maintenant une allure dont l'élégance étudiée était propre à étonner tous les publics. Son visage et ses gestes parfois embarrassés dénotaient une vague inquiétude. Ses regards semblaient absents.

Enfin, on passa à l'action. Jérôme fut d'abord envoyé en reconnaissance. Il devait simplement demander à parler à M. Bidivert, et dès qu'il serait introduit, tâcher de s'échapper à travers le dédale des bâtisses afin de rejoindre Hélène à tout hasard et de lui remettre une lettre où l'on expliquait brièvement la situation. On avait compté que l'air effaré de Jérôme n'inspirerait aucune méfiance. L'affaire échoua beaucoup plus rapidement que l'on ne pouvait s'y attendre. Le portier envoya Jérôme au bureaucrate qui l'accabla de questions, lui fit remplir une fiche, et lui parla avec tant de froideur que le garçon se sauva.

— Vous n'imaginez pas, disait Jérôme. C'est une terrible administration. Jamais on ne passera au travers.

Ludovic se fit fort de montrer que son frère avait tort, et le lendemain il se présenta au concierge avec tout l'aplomb dont il était capable. Il réussit à entrer, et l'on crut un moment qu'il en était venu à ses fins, car une heure se passa sans qu'on le vît ressortir. Finalement ce fut accompagné de Bidivert en personne qu'il reparut, et Bidivert secouait le garçon d'une telle manière qu'on ne pouvait douter de la nature de l'accueil qui lui était fait. Ludovic reçut enfin un coup de pied au derrière.

— Ces gens sont impossibles, avoua Ludovic à ses amis. Je les ai raisonnés de phrases ronflantes : Bidivert était notre ami, il m'avait sauvé la vie à moi et à mon frère, *et cœtera*. Ils m'ont fait pénétrer dans une salle d'attente où j'ai tourné pendant une heure sans trouver un moyen de filer. Après quoi vous savez ce qui s'est passé.

Bref, cet organisme cinématographique était commandé par un mécanisme implacable. Lorsque Niklaas connut le résultat de ces tentatives, il déclara que tout lui semblait normal :

— Nons n'avons pas à nous inquiéter d'Hélène. Gaspard retournera à Lominval. Moi, je vais repartir sur les routes tandis que Théodule continuera de travailler sur sa ferme. Vous verrez plus tard Hélène sur les écrans s'il vous arrive d'entrer dans un cinéma. Ce sera une actrice parmi d'autres, tandis que nous sommes de modestes travailleurs parmi d'autres. A quoi bon lui enlever son espoir ? Que pouvons-nous lui donner en échange ? Elle comprendra elle-même un peu plus tard ce qu'elle doit faire.

Ces sages paroles ne convainquirent pas les garçons. On s'était réuni à la nuit tombée comme d'habitude. Dans la paix des forêts environnantes, la petite ferme de Théodule semblait perdue, et toute parole s'envolait comme une chanson nostalgique.

— Nous nous sommes donné du bon temps, poursuivait Niklaas. Toi, Gaspard, tu es allé jusqu'aux Bermudes et nous avons erré avec toi sur les routes de Belgique. Tu as appris beaucoup de choses, que tu pourras méditer lorsque tu seras retourné comme nous à tes occupations coutumières.

— Je ne demande pas mieux, dit Gaspard. Qu'y a-t-il de commun entre Hélène et moi ? Mais j'ai l'idée que cela ne peut pas finir ainsi.

— Que voudrais-tu encore ? demandait Niklaas.

— Si nous n'étions pas si ignorants, dit Gaspard, si nous étions meilleurs, nous saurions ce qu'il faut faire, et nous découvririons ce que nous voulons.

Dans le ciel, on voyait au-dessus de la forêt tomber des étoiles filantes.

— Lorsque tombe une étoile filante, on dit qu'il faut former un vœu, murmura Niklaas. Formons le vœu que vous vous corrigerez d'abord de vos défauts, et la vie vous paraîtra plus belle. Peut-être comprendrez-vous mieux alors ce que vous devez faire, et un jour nous retrouverons Hélène et nous lui parlerons sans souci.

Les conseils de Niklaas n'eurent aucun effet, en vérité. Les garçons ne voulaient pas céder. Ils feraient n'importe quelle tentative pour voir Hélène. Corriger d'abord leurs défauts ? A quoi cela les avancerait-il ?

— Eh bien, dit Niklaas, cela nous permettra tout au moins de rester ensemble encore quelque temps. Ce serait une occupation comme une autre, et aussi agréable que la pêche à la ligne. Si Théodule le veut bien, nous passerons encore avec lui quelques heureux jours à chercher la sagesse.

— Une semaine ? Deux semaines ? demandait Gaspard.

Sans doute, Niklaas songeait-il que la vertu consiste d'abord à prendre son temps. Ainsi l'on bavardait. Jérôme déclarait que son plus grand désir était de ne plus avoir peur et Ludovic qu'il rêvait de garder la paix du cœur en toutes circonstances. Mais l'un et l'autre savaient bien que c'était encore plus difficile que de découvrir le grand pays. Théodule, qui sans doute n'entendit pas plus que d'habitude le quart de ces paroles, s'exclama soudain que rien au monde ne le délivrerait d'une surdité qui l'accablait. Quant à Gaspard, il garda le silence. Pour sa part, comment échapper à une fatalité de catastrophes ? C'est bien l'affaire à laquelle personne au monde ne se dérobe.

En ces derniers beaux jours, le cheval, qui se remettait de son mal, paissait en cheminant dans la prairie, tandis qu'on poursuivait les travaux des champs et qu'on passait de longues heures à deviser. Les campeurs venaient rarement à la ferme, sinon pour demander de l'eau ou du lait ou quelques provisions. De temps à autre on allait leur parler, et un soir, Niklaas avec Ludovic et Jérôme leur donnèrent un petit concert. C'était encore le plein été, les vacances. La joie des champs et de la forêt. Seule Hélène manquait. Et il fallait savoir qu'Hélène manquait, faire quelque chose pour marquer son souvenir. Ce fut cela plus que toutes les paroles de Niklaas qui engagea d'abord Jérôme à entreprendre de vaincre son terrible défaut. Chacun répétait :

— Si nous étions différents, tout changerait. Nous découvririons le grand pays.

Simples façons de parler. Cependant, Jérôme décida de se rendre seul, chaque nuit, dans la forêt. Il s'y promena, les cheveux dressés sur sa tête, au milieu des mystères et des bruits. On le voyait revenir avec des yeux agrandis, et grelottant comme s'il sortait d'une glacière. Ludovic s'exerça, avec l'aide de Gaspard, à dominer ses élans inconsidérés. Gaspard avait la charge de l'exciter et de lui dire des choses désagréables auxquelles Ludovic s'ingéniait à répondre avec courtoisie. Ludovic ne cessait guère de bouillonner de colère, mais il parlait avec douceur. Immanquablement, la conversation finissait par une bataille, Ludovic ne pouvant jamais supporter que Gaspard lui fît chaque fois remarquer que ses oreilles rougissaient plus qu'il n'était convenable.

Quant à Théodule, on le surprit qui cherchait à écouter les oiseaux.

— Si je faisais bien attention, disait-il, je pourrais suivre le chant du merle. Mais je n'ai pas plus de cervelle que mon père.

Il prétendit enfin qu'il avait perçu le cri d'une buse en haut du ciel.

— Le cri d'une buse, disait Niklaas. Qu'est-ce que cela peut annoncer ?

Gaspard frissonna en entendant ces mots. Il était pour sa part tout à fait décidé à mourir plutôt que de provoquer quelque incident.

— De belles résolutions, constatait Niklaas, de louables efforts. Mais que nous est-il demandé de plus que d'attendre la lumière du ciel ?

Enfin, arriva le dernier jour qu'ils devaient passer ensemble (il avait bien fallu convenir d'un dernier jour). C'était un dimanche de septembre, Théodule avait en vain tenté de parler à son père. M. Residore prétendait être occupé par l'idée d'un film, et, en ce cas, aucun être au monde n'avait le droit de lui adresser le premier la parole.

Ce dimanche-là, après la messe à Vireux où l'on s'était rendu avec la camionnette, on partit en piquenique afin de célébrer ce dernier jour. La camionnette fut chargée de victuailles et Niklaas conduisit la voiture dans une allée de la forêt, vers les pentes de la Meuse. On s'arrêta à l'entrée d'une clairière d'où l'on pouvait voir le fleuve au fond de la vallée, entre les troncs des grands chênes sous lesquels on déballa les provisions.

— Une belle vallée, disait Niklaas en débouchant une bouteille, une des plus belles vallées du monde.

Les cimes des arbres étagés sur la pente se mouvaient dans le vent, au-dessus de l'eau bleue qui fuyait entre les feuillages d'un grand ravin plein de douceur. On entendit la trompe d'une péniche lointaine, venue du fond de la forêt.

— Je connais bien la région, dit Niklaas. Je l'ai parcourue autrefois. On débouche des bois et l'on voit des usines et des villes perdues. On travaille beaucoup dans cette vallée. Nous avons eu la chance de courir le monde. Il est juste que nous prenions notre part de besogne comme tous les gens de la vallée et comme Hélène le fera.

A mesure que l'on poursuivait le repas, il devenait évident pour chacun qu'il fallait reprendre la vie ordinaire. Mais on ne pensait ni au travail ni aux sermons de Niklaas. On était saisi par l'air vif du mois de septembre. Il y avait dans cet air et dans cette forêt quelque chose de brutal qui ravivait l'ardeur de la vie. Jamais on n'oublierait.

En regardant cette belle vallée, on a le loisir de songer que la terre entière c'est le grand pays, mais cela ne nous satisfait pas complètement. On se dit qu'il faut rendre la terre encore plus belle, par le bonheur des hommes et par les histoires que l'on apprend inlassablement. Il semble que la vie restera toujours inachevée. Mais on demande une chance supplémentaire.

Personne n'osait rien dire au sujet du grand pays d'Hélène. Niklaas lui-même ne pouvait exprimer ce qu'il pensait vraiment. Ce fut avec gravité que l'on trinqua, vers la fin du repas, à la santé d'Hélène et au souvenir du pays inconnu où l'on n'arrive jamais.

On ne sait pourquoi tous les yeux se tournèrent alors vers Gaspard. Sans aucun doute, on attendait de lui quelque chose, lui qui ne pouvait rien à rien. Ce fut Niklaas qui dit pour plaisanter :

— Toi, Gaspard, il ne te reste plus qu'à provoquer une catastrophe d'un nouveau genre, si tu ne veux pas retourner à Lominval.

— Non, dit Gaspard avec effroi.

Les plaisanteries deviennent quelquefois chose sérieuse, et l'on se trouve rappelé à une réalité qu'on ne soupçonnait pas. Au moment même ou Niklaas prononçait ces mots, on entendit un léger froissement dans le taillis. En se tournant, tous aperçurent parmi les feuillages la belle tête du cheval pie. On l'avait tout à fait oublié. Chacun ressentit un frisson. Gaspard dit, comme pour conjurer le sort :

— C'est mon ami.

Le cheval ne bougeait pas et semblait attendre qu'on vînt lui passer un licou.

— Je voudrais simplement le caresser une dernière fois, dit Gaspard.

Il se leva et s'avança vers le taillis, mais le cheval fit volte-face et disparut. Alors, tous s'avancèrent et sans s'être concertés, se dispersèrent pour essayer de cerner le cheval.

Le taillis se composait de charmes et de noisetiers assez espacés. Par endroits, il y avait quelques profonds fourrés. Le cheval ne s'était pas beaucoup éloigné. On l'aperçut bientôt entre les branches. Néanmoins, quand on resserra le cercle autour de lui, il se déroba de nouveau. On le poursuivit encore et finalement, tous se retrouvèrent autour d'un très grand hallier qui s'élevait dans une fondrière.

— Il ne doit pas être ici, cria Niklaas, il me semble que j'ai entendu son galop un peu plus loin.

— Fouillons quand même le hallier, dit Ludovic. Il y a quelque-chose qui remue là-dedans.

Gaspard s'avança le premier. Il écarta une liane de clématite et quelques branches pour se frayer un passage. Mais aussitôt, il recula si précipitamment qu'il tomba à la renverse. Un ours énorme venait de surgir du fourré.

12

TRES LONG DOUZIEME ET DERNIER CHAPITRE

OU L'ON DÉCOUVRE ENFIN LE GRAND PAYS

Niklaas, qui se tenait de l'autre côté du fourré, ne soupçonna pas l'événement. Jérôme et Ludovic, lorsqu'ils aperçurent l'ours, furent cloués sur place. Ils étaient, l'un et l'autre, à vingt pas de Gaspard. Ils n'eurent même pas l'idée de se sauver.

L'ours s'était avancé en regardant de part et d'autre. Sa fourrure magnifique ondulait sur son corps qui se mouvait avec une prudente et cruelle lenteur. Ses yeux brillaient. Gaspard, étendu de tout son long, n'osait pas non plus bouger. Lorsque le mufle de l'ours fut au-dessus de lui, il se ramassa sur lui-même. L'ours détourna la tête. Jérôme venait de s'avancer.

Il est bon de corriger ses défauts, mais on ne peut y parvenir sans une grâce du ciel. Peut-être Jérôme avait-il tellement peur qu'il ne savait plus ce qu'il faisait. Lorsqu'un danger assez terrible se présente, la nature entière semble changer. Le ciel bleu entre les branches et le silence devenaient fantastiques. Jérôme s'arrêta à quelques pas de l'ours. Il demeura immobile, en proie à une hésitation désespérée. Gaspard venait de se relever. Alors Ludovic s'avança à son tour. Gaspard recula un peu, s'adossa à un arbre, tout saisi d'horreur. L'ours se dressait sur ses pattes de derrière.

Cette scène se déroula en quelques instants. On entendit Niklaas qui se frayait un passage dans le fourré. L'ours marcha pesamment jusqu'à Gaspard. Jérôme et Ludovic se trouvaient maintenant derrière l'ours.

La bête dominait Gaspard de deux coudées. Ses pattes de devant s'abattirent sur l'arbre, où les griffes s'enfoncèrent au-dessus de la tête du garçon.

L'attitude de l'ours était très étrange. Il semblait animé par une curiosité cruelle, et sa férocité demeurait sournoise et méfiante, bien qu'il fût cent fois le plus fort. Jérôme s'était encore avancé. Il y avait lieu de croire qu'il était soudain privé de toute raison. En tendant le bras, il pouvait toucher l'ours. Il tendit le bras et saisit l'épaisse fourrure.

L'ours se laissa retomber sur ses pattes de devant, comme pour obéir à la main de Jérôme, et voici le fait le plus extraordinaire qui ait été rapporté sur cette histoire : le visage de Jérôme était tout souriant. Ludovic lui-même, transporté par on ne sait quelle inspiration fabuleuse, se mit à parler avec douceur. Il dit simplement :

— C'est peut-être un ours apprivoisé.

Gaspard ouvrait des yeux grands comme des lunes. Il savait qu'une catastrophe s'était déclenchée et que, de toute façon, il y aurait à pâtir. Mais l'ours tendit l'oreille aux paroles de Ludovic. Jérôme avait laissé sa main sur la fourrure.

— Il a un collier, dit Ludovic.

Il faut croire que la voix de Ludovic était aussi belle qu'une chanson, à ce moment-là. L'ours venait de s'asseoir et l'écoutait avec un intérêt prodigieux.

— Laisse-nous en paix, disait Ludovic. Nous sommes amis de la paix.

Ce fut à ce moment que Théodule intervint. Il s'était éloigné un peu plus que les autres, tandis qu'on poursuivait le cheval et, après un détour, il revenait sur le fourré. Il avait assisté à la scène, et s'était avancé sans bruit. Son intervention eut quelque chose de plus surprenant encore que la conduite de Ludovic, mais par surcroît, complètement inutile. Théodule se borna à dire :

— Maintenant, j'entends les oiseaux.

Nul doute qu'il ne fût en proie lui-même à une épouvante merveilleuse qui l'avait soudain guéri de sa surdité. A la fois enchanté et désolé des circonstances, il dit encore :

— Je remercie tous les saints du ciel.

Quelques secondes passèrent pendant lesquelles Théodule parut attentif au chant d'un merle que les autres garçons entendirent eux-mêmes, malgré le périlleux embarras de leur situation.

Théodule revint le premier à la réalité. Il fit signe à ses amis de s'éloigner le plus doucement qu'ils le pourraient, de façon à éviter de déclencher la fureur de la terrible bête, qui paraissait pour l'instant se désintéresser un peu des circonstances. Jérôme et Ludovic s'étaient déjà effacés derrière l'ours, et Gaspard se glissait autour de son arbre.

— La camionnette, souffla Théodule.

Gaspard, Jérôme et Ludovic aperçurent la camionnette entre les arbres. On avait tourné dans la forêt, en sorte qu'on était revenu non loin de la clairière. Si l'on pouvait filer jusqu'à la voiture, on s'y enfermerait. C'était la seule solution raisonnable, en tout cas. Gaspard fit quelques pas avec précaution. Jérôme et Ludovic de leur côté s'écartèrent. L'ours demeura lourdement assis, balançant sa tête à droite et à gauche comme s'il mélangeait des pensées. Les garçons s'arrêtèrent, osant à peine respirer, puis ils firent encore quelques pas et s'arrêtèrent de nouveau. Théodule commandait d'un signe les départs et les arrêts.

— On y va, dit-il enfin.

Tous s'élancèrent vers la camionnette avec une agilité inouïe. Comme ils étaient à vingt pas de la voiture, ils sentirent l'ours sur leurs talons. L'animal avait bondi et chacun s'attendait à recevoir tout son poids sur les épaules. Cependant, l'ours ne se livra à aucune agression. Il passa en coup de vent entre Jérôme et Gaspard qui sentirent le frôlement de l'énorme fourrure, et il s'arrêta derrière la camionnette.

Les garçons, qui voyaient presque à leur portée les portes ouvertes du fourgon, durent soudain renoncer à tout espoir. Ils stoppèrent brusquement. L'ours s'était tourné de leur côté et semblait les narguer. Ce fut à ce moment que Niklaas sortit du fourré.

Niklaas, constatant que les garçons avaient abandonné l'endroit, revenait vers le lieu du pique-nique. Il cria :

— Il n'y a pas plus de cheval que...

Il eut le souffle coupé quand il aperçut l'ours, qui s'était assis de nouveau et considérait les garçons frappés de stupeur.

— Eh bien ! s'exclama Niklaas.

Pourquoi il s'exclama ainsi, lui-même ne le savait pas. La voix de Niklaas était grave et profonde. Lorsque l'ours l'entendit, il se dressa soudain, puis, faisant volte-face, il s'élança dans le coffre de la camionnette. Aussitôt Théodule se précipita pour fermer les battants. Ludovic, Gaspard et Jérôme vinrent l'aider à assurer la barre de fer et à placer la goupille. Ces gestes, si simples d'habitude, se révélèrent assez compliqués car les garçons tremblaient de tous leurs membres.

Aussitôt, ils s'affalèrent dans l'herbe et respirèrent profondément. Ils regardaient avec une joie immense la vallée profonde et les eaux de la Meuse. Ils ne songeaient même pas à écouter Niklaas qui leur posait des questions.

Lorsqu'ils eurent repris tout à fait leur sang-froid,

ils eurent néanmoins beaucoup de mal à s'expliquer. Ludovic avait cru remarquer un léger collier de métal autour du cou de l'ours, mais ce n'est pas l'usage de mettre un collier aux ours, et maintenant, il n'osait plus rien affirmer. Il n'y avait pas de doute néanmoins que ce fût un animal échappé d'une ménagerie, comme il arrive de temps à autre. Théodule se montra le plus fertile en commentaires. Il avait, dans l'aventure, recouvré tout à fait l'ouïe, et il se plaisait à entendre les inflexions de sa propre voix.

— Le Seigneur veille, dit Niklaas en souriant. Jérôme sera devenu un héros magnanime et Ludovic le plus paisible des enfants de toute la Belgique. Quant à Théodule, il entendra bientôt le bruit de la mer qui est à cinquante lieues.

— Tout cela est bien beau, dit Gaspard. Mais que ferons-nous de cet ours ?

Que faire de cet ours ? Comment éviter les ennuis que promettait la possession d'un tel fauve ?

— Niklaas, dit Gaspard, tu prétendais que je devais provoquer encore une fichue histoire. Eh bien ! vous devez être tous contents, mais si vous croyez que l'affaire va finir ici...

— Voyons, dit Niklaas, nous nous en sortirons facilement.

— Qu'est-ce qu'on va faire de cet ours ? insistait Gaspard. Le rapporterez-vous au commissariat ? Allez-vous mettre une annonce dans les journaux ? En attendant que vous preniez une décision, il aura cent fois le temps de défoncer la camionnette et d'égorger le premier venu.

La situation était beaucoup moins agréable qu'on n'avait cru. Les parois de la camionnette ne semblaient pas, en effet, d'une solidité à toute épreuve.

Gaspard proposait de courir pour chercher du renfort. Deux ou trois chasseurs avec leurs fusils pourraient venir avec eux, et l'on préviendrait ainsi tout accident, si l'on voulait transporter l'ours et aller l'enfermer en lieu sûr.

Niklaas objecta que la bête pouvait à tout instant défoncer les panneaux et se lancer à leur poursuite. Il valait mieux sauter sur la camionnette, et la mettre en route. Si l'ours s'échappait, on aurait l'avantage de faire du quatre-vingts à l'heure. Ainsi fut-il décidé, et, si tout allait bien, on fourrerait l'animal dans le garage de la ferme.

Niklaas, avec Jérôme et Théodule, s'entassèrent sur la banquette. Gaspard et Ludovic se tinrent sur les ailes et l'on s'en alla cahin-caha. Niklaas, qui conduisait la voiture, avança avec prudence. Le voyage fut sans incident. Sans doute, fidèle à une ancienne domesticité, l'ours ne trouvait rien que de normal à la prison où il s'était lui-même précipité en entendant la voix de Niklaas. On parvint à la ferme deux heures plus tard. La voiture fut menée dans le garage et quand on eut rabattu le rideau de fer il ne resta plus qu'à pousser des cris de joie, ce dont on se dispensa néanmoins.

— Eh bien, Gaspard, dit Niklaas, tu vois que rien ne nous est arrivé et que nous sommes tranquilles maintenant. Ma plaisanterie était sans conséquence, et nous nous séparerons demain comme il était convenu. L'ours nous aura simplement montré qu'il ne faut pas voir partout des monstres et des malheurs et que chacun de nous doit retourner maintenant à ses occupations avec la joie de respirer l'air d'ici-bas.

Tout était dit. Niklaas partirait le lendemain à la première heure avec ses garçons. Le cheval les ramènerait à Anvers, par petites étapes. Gaspard prendrait le train pour Revin. Théodule le conduirait à la gare et il s'occuperait ensuite de l'ours. On avait songé que le fauve pouvait faire partie de la ménagerie de la Cité du cinéma, et de toute façon le père de Théodule saurait faire un sort à cet animal, en attendant de retrouver son propriétaire.

Après le repas, ils veillèrent deux ou trois heures avec le vieux Marval et la servante. On bavarda longuement. Seul Gaspard garda le silence.

Le lendemain matin, Niklaas et ses fils, menant leur break, partirent après avoir fait leurs adieux. On les accompagna jusqu'à la route qui descend sur la Meuse. Après avoir vu la voiture disparaître en cahotant, lorsqu'on eut échangé les derniers saluts, Gaspard et Théodule écoutèrent le bruit des essieux qui se perdit bientôt au fond des bois, puis ils revinrent à la ferme.

— Ton train ne part pas avant deux heures de l'après-midi. Nous avons le temps, dit Théodule.

Ils déjeunèrent vers onze heures sans échanger beaucoup de paroles. Théodule ne se lassait pas d'écouter les moindres bruits. De temps à autre il frappait son verre avec son couteau pour avoir le plaisir d'entendre le tintement.

— Tu pourras maintenant écouter les carillons des beffrois, dit Gaspard.

Théodule était tout à fait changé. Il n'avait plus son air grave d'enfant livré à des responsabilités précoces.

— D'ici, j'entends chanter les campeurs, dit-il.

— Ce n'est pas possible, dit Gaspard.

— Et même, j'entends grogner l'ours au fond du garage.

Gaspard tendit l'oreille. Des chansons perdues dans l'air parvenaient à travers la fenêtre ouverte, mais pas le moindre grognement d'ours.

— Je vais téléphoner, dit Théodule.

— Tu as un téléphone ! s'exclama Gaspard.

— C'est la première fois que je m'en servirai, déclara solennellement Théodule.

— A qui veux-tu téléphoner ?

— A mon père.

Théodule ouvrit une petite armoire et décrocha le téléphone. Au bout de quelques instants il pouvait souhaiter le bonjour à Emmanuel Residore. Gaspard attrapa quelques bribes de conversation.

— Ma surdité a cessé, disait Théodule. J'ai fait hier un tour dans nos bois avec la camionnette. Un ours nous a poursuivis. Il s'est élancé dans la camionnette. Nous avions ouvert les battants pour charger du bois. La camionnette est maintenant dans le garage... L'ours ne bouge pas plus qu'une souche... C'est entendu, Marval et moi nous emmènerons la camionnette à Chemy cet après-midi vers trois heures.

Quand il eut raccroché il regarda Gaspard :

— L'ours appartient à la ménagerie des studios. On l'avait laissé se promener dans la cour de la ménagerie parce qu'on le croyait tout à fait raisonnable et il a escaladé le mur d'enceinte. Marval et moi nous l'emmenons tout à l'heure dans la camionnette. Tu viens avec nous ?

— Non, dit Gaspard.

— Il n'y a aucun risque, dit Théodule.

— Il faut que je prenne mon train.

— Nous reviendrons avant six heures. Il y a un autre train à sept heures.

— Nous reviendrons aussitôt ? insistait Gaspard.

— Nous reviendrons aussitôt, assurait Théodule.

Ainsi l'on remet toujours naïvement l'heure de la séparation, comme nous l'avons maintes fois observé et comme nous le dirons encore. La séparation apparaît tellement fatale qu'il est doux de gagner quelques heures et n'importe quelle histoire, si vous y songez bien, n'est jamais qu'une histoire de gens qui s'entretiennent, se querellent ou se saluent longuement pour prolonger leur réunion sur une terre où tout semble passager et où tout s'enfuit au fond du temps.

Théodule fit apporter une bouteille de vin de Moselle et lorsqu'ils partirent, vers trois heures, ils étaient pleins d'enthousiasme. Ils songeaient, sans se l'avouer, qu'ils arriveraient à Chemy peu de temps après que Bidivert y aurait amené Hélène dans la grande voiture verte. Marval conduisait la camionnette. C'était lui qui parlementerait au bureau de la Cité.

Tout se passa comme on l'avait prévu. La voiture verte stationnait près de l'entrée des studios. Le vieux Marval conta l'histoire de l'ours au concierge, qui était prévenu. Des coups de téléphone furent lancés d'un bureau à l'autre. Un employé vint vérifier la présence de l'ours. Il ne jeta qu'un coup d'œil à travers la lucarne de l'arrière. L'ours dormait.

— Méfiez-vous, disait cependant Marval à l'employé. Tout à l'heure, il a manqué m'arracher la barbe, comme je voulais lui dire quelques mots par la lucarne. Il fait semblant de dormir, puis il s'élance. A chaque instant il manque de défoncer le coffre.

— C'est bien, dit l'employé. Suivez ce chemin. A deux cents pas d'ici, on vous ouvrira une porte dans l'enceinte, et vous foncerez tout droit dans l'allée. Ne prenez ni à droite ni à gauche. Il y a des allées en V qui pourraient vous tromper. A droite vous verrez d'ailleurs le nom des studios sur des pancartes.

L'homme avait défilé ces recommandations à toute vitesse. L'ours venait de remuer au fond du coffre.

La camionnette franchit sans encombre la porte indiquée, et s'avança lentement dans l'allée. On ne rencontra personne. Il semblait que l'alerte eût été donnée. Du côté de la ménagerie on trouverait probablement un gardien qui réceptionnerait l'ours avec la plus grande prudence. Cette vague inquiétude que Marval avait inspirée donna aux garçons une nouvelle idée. Ils avaient espéré peut-être apercevoir Hélène par un hasard. Maintenant, il semblait qu'une magnifique occasion se présentait à eux de circuler en toute liberté dans ces petites avenues au moins pendant quelque temps. Ils pouvaient se cacher et chercher Hélène dans le dédale des bâtisses, cela ne mènerait probablement à rien, mais ils ne parvinrent pas à dominer leur premier mouvement. Gaspard serrait avec violence le bras de Théodule.

A droite, des hangars s'alignaient selon des directions obliques. Quelques pancartes : STUDIO EMMANUEL, STUDIO DE LA JUNGLE et enfin STUDIO HELENE. Ce fut devant cette pancarte que Théodule et Gaspard ouvrirent la portière et sautèrent, tandis que la camionnette poursuivait lentement son chemin. « Le vin de Moselle », songea Gaspard en retombant sur ses pieds.

Le nom d'Hélène, que l'on avait inscrit tout récemment, leur semblait indiquer la présence de celle qu'ils cherchaient. Néanmoins il n'était nullement nécessaire qu'Hélène se trouvât dans ce studio, et ils se rendirent compte aussitôt qu'ils se fourvoyaient et qu'ils avaient commis une imprudence. Mais c'était trop tard pour changer d'avis.

Ils pénétrèrent sans hésiter dans un hangar. Là s'entassaient des mobiliers de toutes les époques, particulièrement des meubles de salon somptueux. Certains décors étaient plantés devant un espace réservé aux appareils de prise de vue. Deux chambrettes gracieuses, et un vestibule de château avec des armures. Un employé vêtu d'une blouse était assis sur un fauteuil dans l'une des chambrettes. Il se leva pour venir au-devant de Gaspard et de Théodule qui firent demi-tour et regagnèrent la sortie. Ils coururent jusqu'au bâtiment voisin. L'homme ne les avait pas poursuivis.

Dans cet autre bâtiment une certaine animation régnait. Des machinistes s'employaient à monter de hauts décors que l'on disposait sur plusieurs plans. Les deux garçons se plaquèrent derrière des planches, tandis qu'ils observaient les ouvriers. Là non plus ils ne pouvaient espérer rencontrer Hélène. Ils employèrent deux minutes à regarder les décors. Au premier plan c'était un montage en carton représentant un désert de sable avec des buissons. Au-delà montaient des rocs, et enfin un pic couvert de neige qu'illuminaient des projecteurs.

Les deux garçons avaient eu tort de perdre un peu de temps. Ils entendirent la voix d'un haut-parleur : « Deux garçons se sont introduits dans les studios. Prière de fermer les portes et de les rechercher. » Le magasinier avait dû signaler leur présence aussitôt qu'il les avait aperçus. Cette Cité était une machinerie où les coups de téléphone ne coûtaient pas cher et vous traquaient plus sûrement qu'une meute de chiens. Gaspard et Théodule étaient tout juste revenus de leur surprise, qu'un ouvrier se précipitait pour fermer la porte par où ils s'étaient introduits et leur barrait définitivement toute issue. Les autres machinistes, sur un ordre du contremaître, se hâtaient de vérifier si les garçons qu'on leur signalait n'étaient pas cachés dans quelque angle obscur du studio.

Gaspard et Théodule s'étaient glissés entre deux décors. Ils pouvaient contempler au-dessus d'eux la haute montagne neigeuse qui brillait sous le feu du projecteur. Il aurait fallu que cette montagne fût vraie et aller se perdre dans les ravins de neige. On vint de leur côté.

Les garçons se sauvèrent à tout hasard à travers la bâtisse, tandis que les ouvriers criaient et se hélaient pour les cerner derrière un autre décor. Gaspard et Théodule se glissèrent sous les charpentes. Ils parvinrent juste au bas de la montagne, qui était un énorme tableau suspendu à des cordes.

— On coupe les cordes, dit Théodule.

Gaspard sortit son couteau et coupa une corde à tout hasard. Des poulies grincèrent. Le décor oscilla. Il coupa une autre corde et ils n'eurent que le temps de se garer, tandis qu'un machiniste s'écartait lui-même avec des malédictions.

Le décor tomba, fracassant des charpentes, et crevant deux fenêtres basses.

— La courte échelle, dit Théodule.

Gaspard hissa Théodule jusqu'à l'une des fenêtres et Théodule, aussitôt qu'il eut pris appui, tira à son tour Gaspard. Ils sautèrent au-dehors.

Ils furent surpris de se trouver dans un étroit couloir. Devant eux s'élevaient de très hautes toiles dont ils n'apercevaient que l'envers. Ils suivirent le couloir et aussitôt découvrirent un léger intervalle entre les châssis, par où ils se glissèrent. Ils s'avancèrent avec prudence et ils arrivèrent à l'extrémité d'une immense salle obscure où passaient d'étranges lueurs. Ils étaient sans aucun doute en plein cœur d'une des dernières créations d'Emmanuel Residore.

Vers le haut, ils aperçurent bientôt de grands voiles que parcouraient de temps à autre les lumières des projecteurs. Ces voiles révélaient un ciel bleu avec des nuages blancs et noirs, que striaient des éclairs.

— C'est son fameux orage sur la jungle, souffla Théodule. Voilà trois mois qu'il en parle.

Ici, du moins, on était coupé du monde extérieur, et certainement Emmanuel Residore serait trop occupé à mettre en branle ses mystères pour souffrir d'être dérangé. Le ciel factice s'éteignit soudain.

Alors, parmi les ombres s'allumèrent des perspectives de forêts dont les troncs énormes et les lianes formaient des dessins d'un noir profond. Puis, à l'extrémité d'une sorte d'allée, une clairière apparut. Dans cette clairière, des hommes à demi nus tenaient des torches d'où s'élevaient de grandes flammes.

Les deux garçons furent saisis d'horreur, et peut-être seraient-ils restés là sans bouger, si le pinceau d'un projecteur qui balayait un pan de la forêt de carton n'avait soudain éclairé deux personnages. L'apparition ne dura qu'un quart de seconde, mais cela suffit pour que Gaspard reconnût Parpoil et Hélène. La fille était habillée d'un pantalon et d'une blouse. Une blouse blanche sur laquelle retombaient ses cheveux qui brillèrent vivement sous le projecteur. Théodule enfonça son coude dans les côtes de Gaspard.

— Tu ne connais pas Parpoil, souffla Gaspard. Cet homme fera toujours le malheur d'Hélène quoi qu'il advienne.

— Il faut aller là-bas, répondit Théodule, et tâcher d'attirer son attention.

Les garçons étaient décidés à tenter l'impossible avant d'être rejoints. On entendit un roulement de tonnerre, puis une voix, celle d'Emmanuel Residore :

— Un nouvel essai, je vous prie, avant de déchaîner l'orage ; et que les sauvages, là-bas, élèvent leurs torches aussi haut qu'ils le peuvent.

Malgré ces ordres qui indiquaient le caractère anodin de la mise en scène, Gaspard et Théodule ne s'avancèrent pas sans frémir. Gaspard songeait aux anciens orages de Lominval. Tandis qu'ils se dirigeaient tant bien que mal entre des arbres de toile, de carton ou d'aluminium, un grand silence tomba. On faisait les derniers préparatifs avant la grande répétition. Nulle part on ne voyait de caméras ni d'opérateurs. « D'abord créer l'ambiance », cria de nouveau Emmanuel Residore. Cette ambiance n'empêchait pas qu'il y eût des poutrelles qui traînaient en travers des arbres de la forêt vierge.

Gaspard buta sur une poutrelle. Théodule ne put le retenir. Ni l'un ni l'autre ne savait où ils se trouvaient à ce moment-là. Un rideau de toile représentant des fougères arborescentes leur masquait la clairière sur laquelle ils s'efforçaient de se repérer.

Gaspard tomba la tête la première dans la toile qu'il creva, et il vint rouler juste à l'entrée de la clairière au moment même où se déchaînaient les premiers grands éclairs de l'orage. La voix d'un haut-parleur éclata :

— Saisissez ce jeune idiot.

C'était la voix de Parpoil. Celle d'Emmanuel Residore lui succéda, plus dramatique :

— Que tout le monde se jette sur le criminel qui s'est permis de troubler un tel spectacle.

D'abord les assistants, les machinistes, les figurants et les acteurs étaient tous demeurés immobiles à leur poste, bien que personne n'eût manqué d'apercevoir le garçon qui s'était effondré au premier plan de la grande scène. Cela lui donna le temps de se relever. Théodule s'élança sur ses talons au moment où tous les personnages présents se mettaient en branle.

Les garçons ne pouvaient revenir sur leurs pas. Ils contournèrent la clairière. Ils furent aussitôt serrés de près par les sauvages avec leurs torches.

— Les torches, cria Emmanuel Residore dans le haut-parleur. Seule la clairière est ignifugée, ne l'oubliez pas.

Les sauvages s'arrêtèrent brusquement, sauf l'un d'entre eux qui pouvait atteindre Théodule d'un instant à l'autre. Les garçons avaient réussi à se glisser dans une sorte de couloir de toile. Eclairés par la torche du sauvage, ils sautèrent par-dessus une poutre. Le sauvage n'aperçut pas cette poutre. Il buta, sa torche lui échappa et une grande flamme s'éleva soudain. L'incendie éclata en quelques secondes.

Les événements qui suivirent ne furent pas extraordinaires, comme Gaspard et Théodule s'y attendaient. Les figurants crevèrent les toiles, les papiers peints et renversèrent les panneaux pour s'écarter des hauts décors qui s'effondrèrent au milieu de gerbes d'étincelles. Gaspard et Théodule ne s'occupèrent qu'à détaler. Une sirène retentit. Des ordres furent donnés par haut-parleur, tandis que le personnel s'activait autour des bouches d'eau et s'occupait à dérouler des tuyaux. Les garçons tournèrent l'angle d'un bâtiment. Ils en suivirent l'autre côté. Comme ils parvenaient à un petit carrefour où se dressait un autre hangar, ils s'arrêtèrent brusquement. Ils venaient d'apercevoir Hélène qui venait à leur rencontre.

— Ce n'est pas bien difficile de vous trouver, dit-elle, mais ils sont trop occupés pour se soucier de vous. Suivez-moi.

Ni bonjour ni rien. L'incendie s'élevait en longues flammes. On voyait déjà les jets d'eau des lances retomber au milieu des nuages de fumée.

— Un incendie pour rire, dit Hélène en montrant le chemin.

Ils arrivèrent à une clôture. Les garçons ne parvenaient pas à prononcer une parole. Un peu plus loin, une porte de bois, fermée par deux gros verrous.

— Derrière, c'est le ravin, dit Hélène. Maintenant, quand vous serez rentrés chez vous, je ne garantis pas qu'on vous laissera tranquilles. Vous vous défendrez comme vous pourrez.

Théodule et Gaspard se regardèrent. Ils pensaient que peut-être il valait mieux ne rien dire à Hélène. Gaspard tira les verrous et la porte s'ouvrit, en grinçant, sur un talus qui descendait à pic. Au lieu de franchir la porte, les garçons demeuraient plantés devant Hélène.

— Je vais faire un bout de chemin avec vous, déclara-t-elle enfin. Vous avez l'air passablement ahuris. Qu'est-ce que vous êtes venus faire dans ce fichu décor ?

— On te racontera, dit Gaspard.

Ils sortirent de l'enceinte et tirèrent la porte à eux. Ils se laissèrent glisser le long du talus. Puis ils suivirent le fond du ravin. C'était une coulée vers laquelle les eaux de la forêt étaient drainées en hiver et au printemps. La coulée remontait en pente douce vers les bois qui peu à peu la comblaient. Quand ils arrivèrent dans le bois, Hélène dit :

— Maintenant, nous sommes tranquilles. Racontez votre petite histoire.

— M. Residore ne peut se passer de toi, dit Gaspard avec une certaine dureté.

— Je fais ce que je veux, dit-elle. Racontez.

Ce fut Théodule qui s'en chargea :

— Tu te rappelles qu'un jour, il n'y a pas si longtemps, tu es venue me demander l'hospitalité. Tu t'étais sauvée d'Anvers et tu cherchais ton pays. Voilà tout ce que je savais sur toi. Je ne t'ai pas oubliée. Je demandais toujours des nouvelles de l'enfant d'Anvers. Depuis ce temps, j'ai rencontré Gaspard Fontarelle qui désirait te rejoindre et que j'ai aidé. Il a trouvé place dans une péniche qui appartient à Emmanuel Residore. Mon père veut être le maître d'une quantité d'entreprises. Il a aussi des péniches.

— Je te reconnais maintenant, dit Hélène. Mais tu étais sourd quand je suis arrivée chez toi.

— J'étais sourd. Depuis hier j'entends les oiseaux.

— Il faut commencer par le commencement, observa Gaspard.

Ils expliquèrent comment Emmanuel Residore et M. Drapeur s'étaient entendus pour laisser croire à Hélène qu'elle avait habité autrefois le château avec Maman Jenny, et qu'elle la retrouverait comme elle avait déjà retrouvé le paysage de son enfance, avec les palmiers, les bouleaux et le grand lac dans la forêt. Tandis qu'ils racontaient, le visage d'Hélène reprenait cette beauté cruelle qu'ils avaient autrefois connue.

— Ils ne m'ont pas laissé un instant de répit, disait-elle. J'étais incapable de réfléchir. Ils me faisaient conduire une auto, m'apprenaient à plonger dans le lac et à nager longtemps. Ils voulaient faire de moi une acrobate accomplie. Du moins Emmanuel Residore le voulait. J'assistais à des mises en scène dans le studio et on m'apprenait des bouts de rôle. J'étais contente avec cela. Le soir il fallait encore que je m'exerce au chant. On me promettait une carrière plus éblouissante que celle dont M. Drapeur rêvait pour moi.

— Peut-être, nous n'aurions pas dû... dit Gaspard. Mais on désirait tellement te revoir et te parler. Il faut que tu retournes chez M. Residore. Où pourrions-nous découvrir ton pays vraiment ? Maintenant que tu sais, tu trouveras des moyens de t'informer dans ton nouveau métier beaucoup mieux qu'avec nous. Tu feras semblant d'abandonner tes rêves. On te laissera libre, et tu chercheras.

— Je ne sais pas, dit Hélène. Où allez-vous maintenant ?

— Je dois descendre vers la vallée, pour prendre le train, dit Gaspard. Théodule va rentrer dans sa petite ferme et on ne parlera plus de rien.

— Je t'accompagne jusqu'à la vallée, dit Hélène.

Elle apparaissait toute pareille à ce qu'elle était lorsque Gaspard l'avait vue à Lominval. Ses yeux avaient une flamme angélique.

— Tu viens avec nous, Théodule ? dit Gaspard.

— Je ne viens pas avec vous, répondit Théodule. Il expliqua que, s'il rentrait à la ferme, il pourrait conter à son père qu'ils avaient fait cette expédition dans la Cité du cinéma par simple curiosité et pour l'amusement. Il ajouterait que Gaspard avait pris le train.

— Et pour Hélène, que diras-tu ? demanda Gaspard.

— Je ne dirai rien, puisque Hélène reviendra au château dans la soirée. Ils n'oseront pas lui faire de reproches.

— Je reviendrai dans la soirée, dit Hélène.

Ils s'avancèrent au milieu des bois qui dans cette région étaient assez clairsemés. Ils rencontrèrent bientôt un chemin. Ce n'était pas difficile de s'orienter sur cette crête d'où ils apercevaient la plaine de Chemy. Le chemin suivait la crête. Hélène et Gaspard quittèrent Théodule qui monta vers le nord tandis qu'eux-mêmes se dirigeaient vers le sud. Il leur suffisait de prendre à leur gauche le premier chemin pour aller vers la vallée entre les premières croupes. En dépit des événements spectaculaires qui venaient de se dérouler, ils étaient sûrs qu'aucune aventure n'était à prévoir. Gaspard et Hélène marchèrent sans hâte, échangeant de rares paroles.

— Je te quitterai sur la grande route, disait Hélène.

Au bout de trois heures de marche dans des basfonds, ils gravirent une vaste croupe et ils arrivèrent sur une pente rapide. Ils aperçurent dans la perspective profonde du bois la route et le fleuve. Sous leurs pieds, c'était un grand pan rocheux lisse et sombre comme un miroir sans tain. Entre des fentes du roc poussaient de rares bruyères. Ils durent faire un long détour pour le contourner. Quand ils furent au bas du rocher, ils le regardèrent longuement. La surface leur apparaissait noire et rose sous un éclatant ciel bleu. Hélène dit :

— Il me semble toujours que mon pays n'est pas loin d'ici, et que je dois d'un moment à l'autre rencontrer Maman Jenny.

Gaspard ne répondait pas. Ils allaient parvenir à un chemin qui dominait la route. Pourquoi s'attendre à rencontrer Maman Jenny ? Mais écoutez ce qui arriva.

Ce matin-là, lorsque Niklaas et ses enfants avaient descendu les premières pentes vers la Meuse, ils s'étaient rendu compte que leur cheval peinait. Certes, il se tenait vaillamment aux brancards, et il n'aurait pas à fournir une longue traite. Mais le chemin qu'on suivait était abrupt et mal empierré. A tout instant les sabots du cheval glissaient. On s'arrêta en un tournant assez large, où la déclivité était moins forte, et tandis que le cheval se reposait un peu, Niklaas alla explorer le chemin afin de savoir quelle distance restait à parcourir dans ces conditions difficiles. On ne pouvait songer à dételer le cheval et à faire descendre à bras la voiture. Jérôme et Ludovic n'auraient pas eu assez de force pour aider Niklaas dans cette besogne. Lorsque Niklaas revint, il leur apprit qu'à trois cents mètres s'étendait une clairière autour de laquelle le chemin suivait une rampe plus aisée. On pouvait déjà entendre les trompes des péniches sur la Meuse. Ils repartirent en prenant les plus grandes précautions pour ménager le cheval.

Cent pas furent franchis sans encombre, et déjà l'on apercevait la clairière, lorsque le cheval glissa sur un rocher qui affleurait. Il s'abattit comme une masse. Il fallut dételer, cette fois, et ce ne fut pas sans peine qu'on le dégagea et qu'on parvint à pousser la voiture entre deux arbres où elle se trouva calée. C'était sûr que le cheval s'était brisé un membre. Il respirait avec peine.

— Il ne reste plus qu'à l'achever, dit Niklaas tristement.

Jérôme et Ludovic embrassèrent le vieux cheval, tandis que Niklaas suivait le chemin pour gagner un village d'où il appellerait le vétérinaire. Il voulait avoir la certitude qu'il ne restait aucun espoir. Au bout d'une heure le vétérinaire arriva dans son auto et constata que le cheval ne pouvait recevoir aucun soin et qu'il allait succomber. Niklaas repartit avec l'homme, afin de trouver un équarrisseur. Ces démarches prirent assez de temps. Niklaas dut encore téléphoner. Enfin, un camion arriva avec deux ouvriers que Niklaas aida à charger la bête. Pendant ce pénible travail, Niklaas se félicita que Ludovic et

Jérôme se fussent un peu éloignés. Il ne les avait pas aperçus, comme il venait avec le camion, et il supposa qu'ils étaient entrés dans le bois. Lorsque la voiture se fut éloignée, il les appela, mais les garçons ne répondirent pas.

Il ne fut nullement inquiet. Il se demandait comment acheter un autre cheval, et ce souci occupait toute sa pensée. Après un quart d'heure d'attente, il décida d'explorer un peu les environs. Pourquoi donc, en de telles circonstances, Ludovic et Jérôme avaient-ils eu l'idée d'aller se promener ? Il était deux heures de l'après-midi.

Niklaas parcouru dans les bois un long cercle autour du break. De temps à autre, il lançait des appels qui restaient sans réponse. Une demi-heure plus tard il entendit une galopade au fond des bois et il en fut bouleversé. Avant même de l'avoir vu, il songea au cheval pie. Il attendit de longues minutes sans bouger. Le silence s'était rétabli. Puis il entendit Jérôme et Ludovic qui l'appelaient et il les aperçut entre les branches d'un taillis.

— Vite, criait Ludovic, *il* est à ta gauche.

Niklaas se tourna. Il vit le cheval pie qui s'avançait vers lui et s'arrêtait à vingt pas. Il s'approcha doucement. Le cheval l'attendit sans frémir. Niklaas fut étonné de pouvoir caresser l'encolure de l'animal ardent et capricieux. Jérôme et Ludovic survinrent.

— Il est venu tout à l'heure près du chemin, dit Jérôme. Nous l'avons caressé, puis il nous a échappé. Il nous attendait, on le caressait, et il s'échappait encore.

— Va chercher une corde dans la voiture, dit Niklaas. On ne risque rien d'essayer.

Le cheval paraissait heureux de sentir la main rude de Niklaas. Jérôme apporta une corde, et Niklaas la passa sur la tête du cheval, sans que celui-ci eût opposé la moindre résistance. Ils furent tout étonnés de pouvoir conduire le cheval jusqu'au break et de parvenir à le placer entre les brancards. Il se laissa atteler. Il refusa simplement de garder les œillères. Lorsque la besogne fut achevée, Niklaas dit :

— Voilà une aubaine extraordinaire. J'ai souvent pensé à ce cheval. Nous tâcherons de retrouver son maître, mais en attendant nous pouvons continuer notre route.

Niklaas et ses garçons, encore ahuris de tous ces événements, descendirent cette fois la pente sans encombre. Ils arrivèrent à la clairière et là ils montèrent tous sur la voiture. Niklaas tenait les rênes. Le cheval pie se montrait parfaitement docile. On arriva à un carrefour. Un chemin filait sur la droite, mais on ne devait pas changer de direction si l'on voulait gagner la Meuse.

— A mon avis, dit Niklaas, c'est un cheval qu'on a dressé pour toutes sortes de besognes ou d'exercices. Il ne serait pas plus embarrassé de porter un cavalier que de traîner une voiture. L'essentiel c'est de ne pas le brusquer, et je dois sans doute ressembler de quelque manière à un ancien maître qu'il a eu. Voilà pourquoi il m'obéit malgré sa sauvagerie.

Il achevait ce discours au moment où l'on arrivait à la croisée des chemins. Le cheval n'avait qu'à suivre. Cependant, il se détourna avec brusquerie, et prit le chemin de droite. Niklaas tira vainement sur les rênes pour le faire reculer et le remettre dans la bonne direction. Le cheval s'obstina, piétina et parvint à parcourir une cinquantaine de mètres sur le nouveau chemin.

— Je vais descendre, dit Niklaas.

— Attention ! cria Ludovic.

Profitant de ce que Niklaas avait un peu relâché les rênes, le cheval s'était élancé. D'abord, ce fut un trot rapide que Niklaas ne put d'aucune façon modérer, puis un train de cheval emballé, un vrai train d'enfer, qui secoua la voiture avec une extrême violence.

Par bonheur le chemin restait désert. On ne rencontra que deux cyclistes qui eurent juste le temps de s'effacer contre le remblai. Ce chemin courait d'abord à flanc de montagne, puis il y eut des descentes et des remontées rapides dans les ravins. On se demandait comment la voiture ne versait pas.

— Attendons, murmurait Niklaas. Il se calmera.

Le cheval pie semblait animé par un feu qui lui aurait brûlé les entrailles. Il fut bientôt couvert d'écume. A un croisement où la route descendait vers la vallée, le cheval la quitta pour prendre un chemin mal empierré qui se présentait à lui. Il dut alors modérer sa course, mais elle était encore bien trop vive pour permettre à Niklaas et à ses garçons de sauter de la voiture. D'ailleurs, ils ne tenaient guère à abandonner cette voiture qui contenait leurs instruments et tous leurs biens. Ils se demandaient combien de temps les essieux résisteraient à de tels sauts. Ils devaient se cramponner à leur banc de toutes leurs forces. A peine s'ils prenaient garde aux régions qui furent ainsi traversées. Bruyère, genêts, hautes futaies, taillis se succédaient. Deux heures passèrent ainsi. Le cheval prenait des chemins à tout hasard, montait sur des crêtes, redescendait dans des vallons obscurs.

— Il est fou, murmurait Niklaas.

On arriva sur une corniche bordée d'ormes entre lesquels on distinguait la Meuse. Le chemin était à cet endroit si inégal que la voiture pencha. Le cheval ralentit son allure et revint au petit trot. Néanmoins la voiture s'engagea si malencontreusement dans une ornière qu'elle versa. Niklaas et ses garçons furent précipités contre la bâche de la voiture. Le cheval s'était affaissé et il fut renversé presque complètement entre les brancards. Comme Jérôme, le premier, se dégageait du fouillis de la voiture, il s'écria :

— Hélène et Gaspard ! C'est Hélène qui vient avec Gaspard, là-bas, sur le chemin devant nous.

★

Hélène et Gaspard accouraient. Lorsque Gaspard reconnut Niklaas et les garçons, qui s'étaient avancés vers eux, il fut si étonné qu'il ne songea pas à les questionner.

— Hélène ! murmurait Niklaas.

Ils restaient tous plantés sur ce chemin, ne sachant que dire.

— Pourquoi êtes-vous venus jusqu'ici ? demanda enfin Gaspard.

— Pourquoi ? répéta Niklaas.

Il se tourna, et tous regardèrent la voiture versée. Gaspard aperçut alors le cheval pie qui était couché dans l'herbe entre les brancards. Il alla s'agenouiller près du cheval. Il jeta ses bras autour de son cou et plongea la tête dans sa crinière :

— Mon beau cheval ! Comment est-ce possible ? Pourquoi t'ont-ils attelé ?

Le cheval secouait la tête. Il cherchait vainement à se relever. Hélène était venue près de Gaspard. Elle caressa la tête du cheval. Gaspard expliqua ensuite à son tour comment il se trouvait sur ce chemin en compagnie d'Hélène.

— Tu vois bien, lui dit Niklaas, que les ours et les incendies ne mènent à rien de bon et qu'il est temps d'en finir avec ces plaisanteries.

— Je ne demande pas mieux, répondit Gaspard. Nous pouvons vous aider à remettre la voiture d'aplomb.

Ils examinèrent la position de la voiture. Le haut du break était appuyé contre le talus. Les roues de droite étaient enfoncées dans une sorte de tranchée, tandis que celles de gauche se trouvaient à vingt centimètres au-dessus du sol.

— Les essieux ne sont pas rompus, dit Niklaas. Il nous faudrait simplement des cordes.

— On peut couper des lianes de clématites, dit Gaspard. Il y en a en contrebas.

Sur la pente se creusait une vaste fondrière comblée par des halliers d'où s'élevaient des arbres minces et très hauts, auxquels s'accrochaient de grosses lianes. On eut assez de mal pour couper et dégager ces lianes. Elles étaient pesantes et encombrantes. Ce ne fut pas sans difficultés qu'on les passa entre les rayons des roues, autour des brancards et des montants de la voiture. La suite de l'affaire fut plus aisée. Dès que la voiture se trouva d'aplomb, le cheval eut un sursaut et la tira d'un seul élan sur le chemin.

— Attention qu'il ne se sauve pas, dit Niklaas.

Gaspard s'était jeté à la tête du cheval, qui demeura tranquille. Ce fut alors seulement que Niklaas conta la mort du vieux cheval, et la rencontre du cheval pie.

— Ma voix a dû lui plaire, disait Niklaas, mais lorsque nous sommes montés dans la voiture, il ne m'a plus obéi et il est parti à fond de train, dans n'importe quelle direction. Maintenant je ne sais pas ce que nous devons faire.

— Nous pourrions monter avec vous, dit Gaspard. Si nous sommes tous dans la voiture, il se fatiguera plus vite en tout cas, et dès qu'il sera maté, vous pourrez le guider comme vous voudrez.

— Je crois que toi, Gaspard, tu as autre chose à faire et que tu dois retourner à Lominval, dit Niklaas. Quant à Hélène Drapeur, il est bon qu'elle rejoigne les siens.

Gaspard et Hélène assurèrent Niklaas qu'ils n'avaient nullement l'intention de vagabonder, mais qu'ils regagnaient, comme lui, la route de la Meuse.

C'était une très belle fin d'après-midi. Les arbres devenaient purs dans l'air. Le ciel demeurait lumineux. Sa lumière semblait plus lointaine, mais ce n'était pas encore le crépuscule.

— Nous avons bien encore deux heures avant la nuit, dit Niklaas.

— Au premier village je téléphonerai pour faire venir un taxi, dit Hélène. Je déposerai Gaspard à Revin et je serai rentrée chez Residore bien avant la nuit.

Tous montèrent dans la voiture. Le cheval pie semblait fatigué. Il chemina lentement. Niklaas avait laissé les rênes à Gaspard qui guida le cheval comme il voulut au premier carrefour.

On commit deux erreurs. Une fois, on s'engagea sur une amorce de chemin tombant à pic derrière un ressaut du roc. Il fallut reprendre une allée qui s'enfonçait très loin dans la forêt et finalement aboutissait à une vaste coupe entourée de taillis où il n'y avait aucune issue. Après avoir encore fait demi-tour, ce fut à tout hasard que l'on suivit une ancienne voie encombrée de ronces dont les talus, après un long cheminement, s'ouvrirent comme par surprise sur la route qui longe le fleuve.

On avait perdu beaucoup de temps. Il faisait déjà sombre. Niklaas voulut descendre d'abord vers le sud bien que son intention fût de gagner la Belgique, car ils se trouvaient alors entre Fumay et Revin et cette dernière ville était la plus proche, comme on le constata sur la première borne kilométrique. Niklaas jugeait meilleur de conduire Hélène et Gaspard à Revin où ils trouveraient l'un et l'autre le moyen de regagner plus facilement leurs pays.

— Mon pays, s'écria Hélène. Dieu sait où se trouve mon vrai pays.

Personne ne répondit. Il avait bien fallu renoncer à chercher le pays d'Hélène. A quoi bon en parler encore ? Ce fut non sans tristesse que l'on parcourut les derniers kilomètres. Les arbres de la forêt défilaient lentement, et la forêt paraissait maintenant hostile dans le crépuscule. On arriva aux premières maisons de Revin.

— Poussons jusqu'à la gare, dit Niklaas. Gaspard dormira dans la salle d'attente s'il n'y a plus de train. Hélène trouvera plus facilement un taxi de ce côté.

— Allons ! mon cheval, dit Gaspard.

Il secoua un peu les rênes, de façon qu'elles claquent légèrement sur le dos du cheval. Jusqu'à ce moment, il s'était bien gardé de le stimuler. A peine eut-il fait ce geste machinal que la bête, comme piquée par un taon, frémit de tout son corps et s'élança dans un galop éperdu. Chacun se cramponna au banc ou aux montants du break.

La rue était à peu près déserte et le cheval ne rencontra aucun obstacle. On croisa seulement une automobile qui dut monter sur le trottoir pour éviter cet ouragan. Au bout de la rue, le cheval en suivit une autre où stationnait un camion. Le break frôla le camion.

— C'est ma faute, songeait Gaspard.

Fort heureusement, cette rue aboutissait à la route qui s'éloignait vers la forêt, où l'on ne tarda pas à pénétrer. La route suivait la pente douce d'une vallée transversale.

Le cheval pie avait toujours semblé fantastique à Gaspard aussi bien qu'à Niklaas et à ses fils. Cependant la vivacité et l'allure joyeuse de la bête avaient une familière beauté qui inspirait confiance. Même lorsque Niklaas et ses fils, au début de l'après-midi, avaient été emportés dans la voiture, ils étaient restés enclins à l'admiration, et tout prêts à excuser les caprices du cheval. Cette nuit-là, ce fut bien autre chose. Ils avaient le cœur glacé par l'angoisse. Dans l'ombre, la robe du cheval luisait comme de la neige. La course allongeait démesurément le corps de la bête et secouait sa tête avec fureur.

La nuit était tombée rapidement. On avait à peine parcouru un kilomètre dans les bois, que les étoiles apparurent au-dessus des chênes et des feuillages qui se confondaient dans une masse énorme. De chaque côté de la route, le bois formait une barrière impénétrable. De temps à autre s'ouvrait une allée à peine distincte. Les sabots du cheval et le crissement des roues se répercutaient sur les pentes et, semblait-il, jusqu'au fond du ciel étoilé.

— Il se fatiguera, disait Niklaas.

On savait qu'il ne pensait pas ce qu'il disait, et qu'il se demandait, aussi bien que les enfants, dans quelle région inconnue des hommes ce terrible cheval devait les conduire. Pas une maison sur la route. Pas une voiture. Rien que la forêt de chaque côté.

De temps à autre, le cheval changeait d'allure et reprenait un trot modéré. Mais il était impossible d'en profiter pour sauter de la voiture, car soudain il s'élançait de nouveau dans sa course folle. En vérité, on voulait aussi savoir où irait ce cheval.

Un croissant de lune éclaira vaguement la route et le haut des arbres. Le paysage n'en parut que plus étrange.

— Un renard qui traverse la route, murmurait Gaspard.

Le renard filait comme une ombre.

— Un chevreuil qui nous regarde, murmurait Jérôme.

On apercevait des yeux dans l'ombre. Les têtes fines des chevreuils se dessinaient sous la lune dans les clairières. Les oiseaux nocturnes fuyaient en silence au-dessus de la voiture. On découvrait tout un peuple de bêtes surprises. De gros papillons venaient heurter les fronts. Une belette sauta devant le cheval. Un cerf se dressa et disparut comme un fantôme au milieu de la route.

Il semblait qu'on ne sortirait jamais de cette forêt. Les voyageurs avaient perdu conscience de toute durée. Ils se taisaient et regardaient de tous leurs yeux par-dessus les oreilles du cheval qui bondissait. A un tournant, le cheval, au lieu de suivre la route, fonça droit dans la forêt. Ce fut comme un mur d'ombre. Tous s'attendaient à être jetés contre les arbres. Niklaas murmura une prière. Ils passèrent à travers l'ombre et retrouvèrent la route.

Ils furent alors surpris de distinguer une vague lueur, comme une lueur d'aube, mais incomparablement plus lointaine. La forêt s'ouvrait tout d'un coup. On arrivait sur un plateau.

Où se trouvaient-ils ? Un ciel criblé d'étoiles sur des prairies et des landes. Le cheval poursuivait son manège, tantôt prenant le trot, tantôt filant à toute allure. Un vent froid soufflait sur le plateau qui paraissait inhabité. Dans quel pays allait-on se réveiller ? Hélène serrait la main de Gaspard.

La monotonie des prés peu visibles avait remplacé les ténèbres de la forêt. Le paysage était encore plus interminable que tout à l'heure. Le cheval quitta la route pour suivre sur la gauche un chemin secondaire. Il revint sur la route par un autre chemin, mais au lieu de la suivre dans la direction première, il tourna et regagna le chemin dans lequel il s'était engagé. Ainsi cette course discordante prenait l'allure d'un rite insensé. On parcourut cinq fois cette boucle autour de prairies noires où l'on ne distinguait rien.

— Le jour ne viendra donc jamais ? murmurait Gaspard.

Enfin le cheval, en revenant pour la sixième fois sur la route, renonça à son manège, et s'élança vers la droite. Tout d'un coup, on aperçut des lumières au fond des prairies.

— Des maisons, dit Gaspard.

Bientôt, on entrait dans une petite ville par un passage entre de grandes maçonneries qui devaient être des fortifications. Aussitôt arrivé dans la première rue, le cheval avait freiné tout son élan et il s'était mis à cheminer avec une certaine lenteur.

— On pourrait descendre, dit Jérôme, et aller prendre le cheval par la bride.

Mais personne n'osait ni ne désirait sauter de la voiture.

— Il faut voir, murmurait Niklaas.

Que fallait-il voir ? Au bout de la rue on distingua des lumières plus vives que celles du simple éclairage municipal. On entendit les flonflons d'une musique.

— Quel pays ? murmura Ludovic.

— Une fête, dit Gaspard.

On arriva sur une petite place circulaire, où étaient dressés quelques boutiques, un bal, un manège. Il n'y avait pas une grande foule, quelques badauds seulement circulaient. Sans doute était-il tard et la fête allait se terminer.

— Quelle ville ? reprenait Jérôme.

— Peut-être Rocroi, dit Niklaas.

Gaspard tira doucement sur les rênes, de façon que le cheval ne s'engage pas sur la place. Le cheval se détourna de lui-même et passa dans la direction opposée, derrière les boutiques. Il s'arrêta enfin à côté de l'une d'elles qui était une simple tente dressée le long d'une caravane peinte en gris. Sur le côté de la tente et sur la caravane étaient inscrits deux mots qui étonnèrent les garçons, aussi bien Hélène et Niklaas : deux mots en grandes lettres cursives d'un bleu sombre : Maman Jenny.

Ils descendirent de la voiture en hâte, sans se préoccuper du cheval, qui d'ailleurs resta tout à fait tranquille et inclina seulement la tête pour mordiller des brins de gazon entre les pavés. Ils contournèrent la tente et furent devant un petit éventaire où étaient alignés des gâteaux saupoudrés de sucre, des pains au lait, des crêpes et des gaufres. Sur le côté, des réchauds avec des moules, des poêles où grésillait la friture. Une femme, jeune encore, au beau visage, aux lourds cheveux blonds, attendait la clientèle. La femme avait des regards patients et simples. Dans ses yeux bleus néanmoins brillait par instants cette même flamme dure qui avait surpris Gaspard quand il l'avait vue dans les yeux d'Hélène pour la première fois. Hélène s'était avancée en tremblant, tandis que les garçons et Niklaas demeuraient un peu à l'écart.

La femme ne prêta pas grande attention à ses clients éventuels, et elle parut ne s'intéresser nullement à Hélène. Elle avait baissé les yeux. Elle regarda enfin les mains d'Hélène.

— Le bracelet, dit Gaspard. Elle a vu le bracelet.

— Est-ce possible ? murmura la femme.

Elle dit encore comme malgré elle :

— Le bracelet d'Hélène.

Puis elle leva les yeux vers le visage d'Hélène. Toutes les deux restèrent immobiles et silencieuses un long moment.

— Ce bracelet... dit encore la femme.

— Je l'avais quand j'étais malade à Stonne, dit Hélène avec une voix ardente.

— A Stonne, reprit la femme. Ce village s'appelait Stonne, c'est vrai. Moi-même, j'étais mourante.

Un long silence encore. Les quelques mots échangés donnaient à l'une comme à l'autre une preuve immédiate et irrécusable. Cependant elles hésitaient à se reconnaître. Elles éprouvaient le besoin de se contempler longuement. Les souvenirs d'Hélène restaient incertains sans aucun doute et, pour Maman Jenny, Hélène avait tellement changé depuis le temps de la première enfance, qu'elle parvenait difficilement à retrouver les traits de sa fille. Il suffit de quelques années pour que les êtres les plus proches deviennent étrangers. Seuls les regards... Enfin Maman Jenny souleva la toile de sa boutique et vint devant l'éventaire. Elle saisit les épaules d'Hélène dans ses mains.

— Est-ce possible ? dit-elle encore. Je crois que j'ai retrouvé ton regard. Et toi ?

— Ta voix, dit Hélène.

Elles s'embrassèrent. Pendant un long temps, elles semblèrent ne pouvoir dénouer leur étreinte.

— Viens dans ma caravane, dit Maman Jenny. Il faut que nous parlions. Je t'attends depuis longtemps.

— Je te cherchais, dit Hélène.

— Tu me cherchais !

Niklaas et les garçons demeuraient à distance. Hélène les désigna.

— Avec eux, je te cherchais.

— Comment es-tu venue ici avec eux ? demanda Maman Jenny.

— Par hasard, répondit Hélène.

— Montez, vous aussi, dans la voiture, dit Maman Jenny. Il faut que nous parlions.

Ils contournèrent la tente de la boutique. Maman Jenny s'écria :

— Le cheval pie, mon Dieu !

— Tu le connais ? demanda Hélène.

— Nous l'avions quand tu étais avec nous. C'était alors un jeune poulain, tu pourrais t'en souvenir. Je l'ai vendu il y a trois ans. Je ne pouvais plus le garder puisque je devais voyager avec cette voiture et cette caravane. Mais il n'a jamais voulu rester chez son nouveau propriétaire qui est un homme de Revin. Il se sauve au milieu des bois et il galvaude jusqu'à ce qu'il me retrouve dans la région. Je l'ai ramené plusieurs fois à Revin, mais il s'en va toujours. Ainsi il t'a conduite ici. De simples caprices, crois-le bien. Il est possédé par un feu qui n'est pas de ce monde.

— Gaspard l'a vu pour la première fois du côté de Lominval, répondit Hélène.

Le cheval pie demeurait immobile entre les brancards de la voiture. Il regardait les uns et les autres de ses yeux de rêve.

— Il faudrait le dételer, dit Niklaas.

Jérôme et Ludovic s'occupèrent du cheval, tandis que Niklaas et Gaspard entraient avec Jenny dans la caravane.

C'était une assez grande caravane. Une seule pièce avec un lit bas dans le fond. Il y avait, tout autour, des boîtes et des ustensiles.

Niklaas et Gaspard s'assirent sur un banc tandis que Jenny donnait une escabelle à Hélène. Elle-même s'assit sur le bord de son lit.

Jenny avait gardé un visage très jeune, malgré la fatigue qui y était marquée.

— Ton père est mort pendant cet exode, dit Jenny à Hélène. Nous possédions alors plusieurs voitures tirées par des chevaux, et nous donnions des représentations théâtrales et des pantomimes avec deux hommes qui étaient les cousins de ton père et mes deux sœurs. Tes deux frères étaient un peu plus âgés que toi. Tout ce monde s'est dispersé. Le matériel a été détruit par un bombardement au début de la guerre. Je n'ai retrouvé, après ma guérison, qu'une petite voiture, un cheval et un poulain. Voilà presque dix ans de cela. Les cousins et mes sœurs ont cherché fortune dans différents commerces. Tes frères sont aux colonies. Moi je suis lasse infiniment, mais ce soir j'ai vu le Paradis.

Elle parlait d'une voix égale. Quand elle s'était trouvée seule avec ses deux garçons, elle avait dû faire mille travaux. Elle lavait le linge des autres forains, passait des nuits à fabriquer des vanneries, et finalement s'était mise à pâtisser.

— Je n'ai cessé de te chercher, dit-elle à Hélène. Je suis revenue à Stonne. Plus de traces de la femme qui nous avait recueillies. J'ai mis des annonces dans les gazettes. Je me suis adressée à des bureaux. J'ai parcouru la région. J'ai voyagé dans toute la France. Où étais-tu ?

Hélène dit que M. Drapeur l'avait soignée et élevée.

— C'est incroyable que tu te sois souvenue et que tu aies songé à me rejoindre.

Hélène expliqua qu'elle avait rencontré beaucoup d'obstacles. Personne ne voulait la croire. Enfin elle parla du livre d'images où il y avait écrit : *Maman Jenny au grand pays.*

— Le grand pays ! s'écria Maman Jenny. Toi et moi nous savions ce que cela signifiait.

Hélène lui avoua qu'elle ne comprenait pas encore quel était le grand pays. Jenny la regarda longuement :

— Ce n'est pas étonnant que tu aies oublié cela. J'espérais que si tu l'avais oublié tu pourrais songer à moi.

— J'ai oublié, mais je désirais revoir toujours le grand pays, dit Hélène. Explique-moi. Où est ce pays ?

Jenny demeura pensive quelques instants. Elle dit :

— Je t'expliquerai demain.

— Pourquoi demain ?

— Demain, reprit Jenny. Nous avons tant de choses encore à nous dire ce soir. Qui sont ceux-là ?

Elle désignait Niklaas et Gaspard, ainsi que Jérôme et Ludovic qui venaient d'apparaître sur le seuil de la petite porte. Hélène expliqua ce qu'elle savait. Gaspard compléta l'histoire. Jenny voulut que rien ne fût passé sous silence, ni le voyage aux Bermudes ni les fantaisies d'Emmanuel Residore. Quand on eut terminé par la dernière rencontre de Gaspard et d'Hélène avec Niklaas, dont la voiture avait versé sur le chemin de la forêt, Jenny conclut :

— Ce sont de bien belles histoires. Mais ne vas-tu pas regretter M. Drapeur et M. Residore ? Faut-il que tu aies abandonné pour moi de telles chances ? Ne valait-il pas mieux que tu poursuives une si belle carrière et que tu viennes me voir de temps à autre ? Qu'ai-je à te donner ?

— Je veux vivre chaque jour avec toi dans le grand pays, dit Hélène.

— Nous en parlerons demain, répondit encore Jenny.

La nuit était très avancée lorsqu'on eut épuisé toutes les questions sinon celle du grand pays. Gaspard apprit que ses propres parents se retrouvaient parfois sur les fêtes et sur les marchés avec Jenny, et que Mme Fontarelle avait prédit qu'Hélène reviendrait par une nuit d'été. Tout était changé vraiment. C'était une autre vie.

On se sépara pour la nuit. Niklaas et les garçons allèrent coucher dans leur voiture. Hélène et Jenny restèrent dans la caravane.

Le lendemain, on plia bagages. Certes, il fallait que Gaspard retourne à Lominval et que Niklaas regagne la Belgique avec Ludovic et Jérôme. Mais on n'osait en parler et l'on accompagna Jenny qui devait se rendre sur une autre fête.

Avant de partir, Jenny pria Gaspard de monter avec elle et Hélène dans la caravane. Niklaas conduirait l'auto qui tirait la caravane. Il irait lentement, de façon que Ludovic et Jérôme pussent suivre le train avec le break sans emballer le cheval qui maintenant semblait apaisé. Jenny avait déclaré qu'elle parlerait du grand pays à Gaspard et à Hélène.

La caravane possédait de chaque côté une petite fenêtre basse. Jenny fit asseoir Hélène et Gaspard sur le banc près de la fenêtre de droite, et elle parla tandis que Niklaas menait doucement la machine et que les arbres défilaient le long de la route.

— Dans ce livre d'images, si tu l'as bien regardé,

ne restait-il pas quelques feuilles d'arbre ? demanda Jenny à Hélène.

— Des feuilles et des fleurs, répondit Hélène. Des feuilles de chêne, de bouleau, de palmier, et je revoyais des bouleaux et des palmiers, et même la mer dans mon souvenir.

Le vent soufflait sur le toit de la caravane et soulevait les rideaux de la fenêtre entrouverte.

— Quand tu as eu cinq ans, dit Jenny, tu es tombée malade. C'était une très grave maladie. Seul un miracle pouvait te guérir, et tu as guéri. Mais alors nous faisions ce que nous pouvions pour améliorer ta santé. Nous sommes allés planter notre théâtre dans les montagnes et près de la mer. Tu délirais souvent. Je t'apportais des fleurs et des feuilles des pays que nous traversions. Tu étais couchée près d'une petite fenêtre comme celle-ci, et tu as vu les bouleaux, les palmiers et la mer.

— Le grand pays, murmura Gaspard.

— Vous êtes dans le grand pays, dit Jenny.

— Les pommiers et la terre noire ! s'écria Hélène.

Par la fenêtre on voyait les pommiers chargés de fruits le long de la route goudronnée.

— Nous verrons bientôt la mer et les palmiers, si nous le voulons, dit Jenny. Mais ce n'est pas tout.

— Ce n'est pas tout ? demanda Hélène. Qu'y a-t-il encore ?

De Rocroi on gagna Launois. On ne resta qu'un jour à Launois. Puis on alla vers l'est dans la région de la haute Meuse pour redescendre sur l'Argonne.

Le troisième soir on s'arrêta à Verziers, où une grande fête se préparait. On aida Jenny à dresser la boutique, puis on se retira dans la caravane pour bavarder. Gaspard savait que Niklaas parlerait de regagner la Belgique et que lui-même aurait à déclarer qu'il devait rejoindre sa tante à Lominval.

— Ce n'est pas tout ? Qu'y a-t-il encore ? demandait Hélène.

— Dieu sait, disait Jenny.

Donc, ce soir-là, Niklaas parla de son retour en Belgique, et Gaspard dit qu'il prendrait le train pour Lominval le lendemain. Ils étaient tous entassés dans la caravane. Une lampe à pétrole suspendue au plafond éclairait l'assemblée. Par la fenêtre ouverte soufflait le vent de septembre. Hélène et Jenny, assises sur le lit, étaient serrées l'une contre l'autre. Elles regardaient Niklaas et Gaspard, mais elles ne répondirent rien lorsqu'ils déclarèrent qu'ils devaient partir. Ludovic et Jérôme faisaient triste figure. Hélène se tourna vers Jenny comme pour lui demander d'intervenir. Jenny eut un sourire et haussa les épaules.

— Dieu sait ce qui peut arriver dans le grand pays, dit-elle simplement.

A cet instant, on entendit hennir le cheval pie. Presque aussitôt quelqu'un frappa à la porte. Personne n'osait bouger. On frappa de nouveau, et Jenny dit qu'on pouvait entrer. La porte s'ouvrit. Sur le seuil parut un homme aux cheveux hirsutes. Gaspard reconnut son père.

— Gaspard, dit Charles Fontarelle. Je savais bien qu'un jour tu viendrais au grand pays.

Gaspard s'élança vers lui.

— Comment savais-tu ?

— Mme Fontarelle, qui prédit l'avenir tout de travers, répondit Charles, m'a quand même annoncé ce soir que tu te trouvais dans les parages, et elle a aussi prétendu que tu étais dans cette caravane.

— Eh bien ? dit Niklaas.

— Eh bien, Gaspard, dit Charles Fontarelle, je pense que tu voyageras avec nous.

Charles Fontarelle, qui gardait un air timide, quand il venait à Lominval chez sa belle-sœur, Gabrielle Berlicaut, montrait en ces lieux forains une ardeur inattendue. Il avait l'art extraordinaire du boniment, et d'un rien il pouvait dire toutes les merveilles du monde. Il se lança dans un discours par lequel il démontra que Mme Fontarelle et lui-même ne cessaient de songer à Gaspard, et qu'il se chargeait, si Jenny le voulait bien, de reconstituer un jour son théâtre avec l'aide de Mme Fontarelle, de Gaspard, de Niklaas et de ses garçons.

— Car, qui que vous soyez, disait-il à Niklaas, je pense que vous êtes les meilleurs amis de Jenny, je pense que Gaspard ne pourra pas la quitter non plus. Je pense aussi que Gaspard désespérait de nous rejoindre, comme Hélène désespérait de rejoindre Jenny, et qu'il s'est passionné pour le pays d'Hélène après avoir renoncé lui-même à retrouver un jour sa famille dont la digne Gabrielle Berlicaut l'avait séparé, et sans savoir que le pays d'Hélène, c'était son pays.

Et bien d'autres propos. Mme Fontarelle apparut au milieu de ces propos, sans que Charles Fontarelle les interrompît le moins du monde. Elle serra dans ses bras Gaspard qui voyait maintenant s'ouvrir une vie neuve. Voilà pourquoi Jenny répétait que dans le grand pays il fallait toujours attendre d'autres événements. Ce soir-là, bien que tous fussent à peu près d'accord pour continuer ensemble la route, elle répéta de nouveau :

— Ce n'est pas tout.

Hélène demande :

— Qu'y a-t-il encore ?

Les jours et les semaines qui suivirent, on devait gagner le sud et, après les bouleaux, les chênes et les sorbiers, découvrir les arbres de Judée, les orangers, les oliviers et les palmiers. Enfin la mer.

L'horizon du grand pays recule sans cesse au fond de l'espace et du temps. C'est le pays où l'on s'éloigne toujours ensemble, et l'on ne parvient en un lieu désert que pour en trouver d'autres plus beaux.

Comment le théâtre se constitua, quelle fut la vie mouvementée de nos amis, nous l'apprendrons un jour. Ce qu'il y eut encore, selon les pressentiments de Jenny, ce fut que pendant le cheminement des longues routes on vit de plus en plus souvent Gaspard et Hélène qui marchaient côte à côte devant les voitures. Il devint sûr qu'ils resteraient unis toute leur vie.

Jenny écrivit à M. Drapeur pour lui dire quel était le sort d'Hélène et quelle reconnaissance elle lui devait. L'homme répondit qu'il ne comprenait pas qu'Hélène eût abandonné la fortune pour une vie difficile et sans gloire. Gabrielle Berlicaut, quand elle connu l'histoire, déplora plus que jamais l'originalité du monde. Mais l'un et l'autre avouèrent plus d'une fois qu'ils restaient émerveillés.

En ces jours, en cet automne éblouissant des contrées du sud, Gaspard comprit donc l'éclat étrange des yeux d'Hélène, car lui-même, ainsi qu'elle le lui dit, eut cet éclat dans son regard. C'est sans doute le signe de l'étonnante et cruelle nostalgie qui fait désirer pour chacun une vie plus grande que les richesses, plus grande que les malheurs et que la vie même, et qui sépare en nous les pays que l'on a vus de ceux qu'on voudrait voir, Ardenne et Provence, Europe et Nouveau Continent, Grèce et Sibérie.

Maman Jenny devait sans cesse répéter que ce n'était pas tout.

— Ce n'est pas tout, clamait aussi M. Charles Fontarelle lorsqu'il s'adressait au public varié des villes en alignant des cravates sur ses avant-bras. Ce n'est pas tout, car il faut enchaîner avec la vie. Ne m'achetez pas une cravate, mais dix cravates, mais vingt cravates, et vous serez toujours sûrs d'avoir une cravate à votre goût, même si vous avez choisi en dépit du bon sens. Et surtout, ajoutez à votre collection, pour le prix dérisoire et supplémentaire de soixante-quatorze francs, cette cravate lumineuse, étincelante et phosphorescente qui est la découverte du siècle, et où vous pouvez voir le soleil au milieu de la nuit et les étoiles en plein jour.

Mais quelles que soient les aventures nouvelles qui nous attendent en compagnie d'un cheval pie traversé par la foudre, JAMAIS NOUS NE QUITTERONS LE GRAND PAYS.

TABLE DES MATIERES

Grands auteurs

Presque des classiques, des auteurs consacrés mais encore et tellement proches de nous.

Demandez à votre libraire le catalogue semestriel gratuit.

APOLLINAIRE Guillaume

Les onze mille verges (704★)
Une œuvre scandaleuse et libertine écrite par un grand poète.

CARRIÈRE Jean-Claude

Humour 1900 (1066★★★★)
Un feu d'artifice des plus brillants humoristes du début du siècle.
Lettres d'amour (1138★★★★)
Les plus belles pages inspirées par l'amour.

CESBRON Gilbert

Chiens perdus sans collier (6★★)
Le drame de l'enfance abandonnée.
Vous verrez le ciel ouvert (65★★★)
L'injustice, le miracle et la foi.
Il est plus tard que tu ne penses (131★★★)
L'euthanasie par amour.
C'est Mozart qu'on assassine (379★★★)
Le divorce de ses parents plonge Martin dans l'univers sordide des adultes. En sortira-t-il intact ?
Je suis mal dans ta peau (634★★★)
Après des études à Paris, deux jeunes Africains cherchent à reprendre racine dans leur terre natale.
La ville couronnée d'épines (979★★)
Amoureux de la banlieue, l'auteur recrée sa beauté passée.
Mais moi je vous aimais (1261★★★★)
Assoiffé d'amour, le petit Yann se heurte à l'égoïsme des adultes, car son esprit ne grandit pas aussi vite que son corps.
Huit paroles pour l'éternité (1377★★★★)
Comment appliquer aujourd'hui les paroles du Christ.
Un vivier sans eau (1416★★)
« Il disait qu'un monde sans amour est un vivier sans eau. »

CLANCIER Georges-Emmanuel

Le pain noir :
1 - Le pain noir (651★★★)
2 - La fabrique du roi (652★★★)
3 - Les drapeaux de la ville (653★★★★)
4 - La dernière saison (654★★★)
De 1875 à la Seconde Guerre mondiale, la chronique d'une famille pauvre qui tente de survivre, à l'heure des premiers grands conflits du travail.
L'éternité plus un jour (2 t. 810★★★★ et 811★★★★)
Henri pensait qu'il lui faudrait « l'éternité plus un jour » pour vivre son amour avec Elisabeth.
La halte dans l'été (1149★★)
Un grand-père fait découvrir l'amour à son petit-fils.

CLAVEL Bernard

Le tonnerre de Dieu (290★)
Une fille perdue redécouvre la nature et la chaleur humaine.
Le voyage du père (300★)
Le chemin de croix d'un père à la recherche de sa fille.
L'Espagnol (309★★★★)
Brisé par la guerre, il renaît au contact de la terre.

Malataverne (324★)
Ce ne sont pas des voyous, seulement des gosses incompris.
L'hercule sur la place (333★★★)
L'aventure d'un adolescent parmi les gens du voyage.
L'espion aux yeux verts (499★★)
Des nouvelles qui sont aussi les souvenirs les plus chers de Bernard Clavel.
La grande patience :
1 - La maison des autres (522★★★★)
2 - Celui qui voulait voir la mer (523★★★★)
3 - Le cœur des vivants (524★★★★)
4 - Les fruits de l'hiver (525★★★★)
Julien ou la difficile traversée d'une adolescence sous l'Occupation.
Le seigneur du fleuve (590★★★)
Le combat, sur le Rhône, de la batellerie à chevaux contre la machine à vapeur.
Pirates du Rhône (658 ★★)
Le Rhône d'autrefois, avec ses passeurs, ses braconniers, ses pirates.
Le silence des armes (742★★★)
Après la guerre, il regagne son Jura natal. Mais peut-on se défaire de la guerre ?
Ecrit sur la neige (916★★★)
Un grand écrivain se livre à ses lecteurs.
Tiennot (1099★★)
Tiennot vit seul sur son île lorsqu'une femme vient tout bouleverser.
La bourrelle — l'Iroquoise (1164★★)
Au Québec, une femme a le choix entre la pendaison et le mariage.
Les colonnes du ciel :
1 - La saison des loups (1235★★★)
« Un hiver terrible où le vent du nord portait la peur, la mort et le hurlement des loups. »
2 - La lumière du lac (1306★★★★)
L'histoire de ce « fou merveilleux » qui bouleverse les consciences, réveille les tièdes, entraîne les ardents.
3 - La femme de guerre (1356★★★)
Pour poursuivre l'œuvre du « fou merveilleux », Hortense découvre « l'effroyable devoir de tuer ».
4 - Marie Bon Pain (1422★★★)
Marqué par la guerre, Bisontin ne supporte plus la vie au foyer.

COLETTE
Le blé en herbe (2★)
Phil partagé entre l'expérience de Léa et l'innocence de Vinca.

CURTIS Jean-Louis
Un jeune couple (321★★★)
La désagrégation d'un amour par la société de consommation.
L'horizon dérobé :
1 - L'horizon dérobé (1217★★★★)
2 - La moitié du chemin (1253★★★★)
3 - Le battement de mon cœur (1299★★★)
Seule l'amitié résiste à l'usure des ans.

DAUDET Alphonse
Tartarin de Tarascon (34★)
Sa vantardise en a fait un héros immortel.
Lettres de mon moulin (844★)
Le curé de Cucugnan, la chèvre de M. Seguin... Des amis de toujours.

FLAUBERT Gustave
Madame Bovary (103★★)
De cet adultère provincial Flaubert a fait un chef-d'œuvre.

PEREC Georges
Les choses (259★)
Le bonheur est-il lié aux choses qui peuvent s'acheter ?

PERRAULT Gilles
Casanova (1279★★★★)
Le plus célèbre séducteur de son temps, un grand écrivain.

RENARD Jules
Poil de carotte (11★)
Sous son ironie facilement amère, que de tendresse pour son père !

TROYAT Henri

La neige en deuil (10★)
Une tragédie dans le cadre grandiose des Alpes.
La lumière des justes :
1 - Les compagnons du coquelicot (272★★★)
2 - La barynia (274★★★)
3 - La gloire des vaincus (276★★★)
4 - Les dames de Sibérie (278★★★)
5 - Sophie ou la fin des combats (280★★★)
Entre 1814 et 1870, les amours d'une jeune Parisienne et d'un lieutenant du tsar.
Le geste d'Eve (323★)
Les histoires les plus invraisemblables ne sont pas forcément les moins vraies.
Les Eygletière :
1 - Les Eygletière (344★★★★)
2 - La faim des lionceaux (345★★★★)
3 - La malandre (346★★★★)
Dans une famille bourgeoise, l'égoïsme, les appétits et les vices se déchaînent.
Anne Prédaille (619★★)
L'amour étouffant d'Anne dévore aussi bien son père que le jeune Laurent.
Le Moscovite :
1 - Le Moscovite (762★★)
2 - Les désordres secrets (763★★)
3 - Les feux du matin (764★★)
Emigré français en Russie sous la Révolution, il se retrouve exilé à Paris, pris entre deux amours.
Le front dans les nuages (950★★)
Deux femmes mûres découvrent la vie.
Le prisonnier n° 1 (1117★★)
Nul ne saura qui il est, ainsi en a décidé Catherine II.
Viou (1318★★)
Cette petite fille transforme en lumière la grisaille de la vie.

ZOLA Emile

L'assommoir (900★★★)
Gervaise, courageuse ouvrière, affronte le drame de l'alcool et de la misère.
Germinal (901★★★)
Le mineur Etienne Lantier appelle ses camarades à la révolte.
La terre (902★★★)
Le monde des paysans dans sa réalité terrible et grandiose.
Nana (954★★★)
Une courtisane sensuelle et subversive.
La bête humaine (955★★★)
Elle fonce et tue, telle la locomotive folle...
La fortune des Rougon (1008★★)
« C'était une famille de bandits à l'affut, prêts à détrousser les événements. »
Thérèse Raquin (1018★★)
La déchéance d'une femme soumise à ses sens.

Achevé d'imprimer sur les presses de l'imprimerie Brodard et Taupin
7, Bd Romain-Rolland, Montrouge. Usine de La Flèche,
le 25 septembre 1983
1339-5 Dépôt Légal septembre 1982. ISBN : 2 - 277 - 11061 - 2
Imprimé en France

61
★★

Editions J'ai Lu
31, rue de Tournon, 75006 Paris
diffusion France et étranger : Flammarion